ヤマケイ文庫

レスキュードッグ・ストーリーズ

Higuchi Akio 樋口明雄

Yamakei Library

主な登場人物

星野夏実《ほしのなつみ》……ボーダー・コリー、メイのハンドラー。巡査
神崎静奈《かんざきせいな》……ジャーマン・シェパード、バロンのハンドラー。巡査
進藤諒大《しんどうりょうた》……川上犬、カムイのハンドラー。K-9チームリーダー。巡査部長

深町敬仁《ふかまちたかひろ》……山岳救助隊員。巡査部長
関真輝雄《せきまきお》……山岳救助隊員。巡査
横森一平《よこもりいっぺい》……山岳救助隊員。巡査
曾我野誠《そがのまこと》……山岳救助隊員。巡査
杉坂知幸《すぎさかともゆき》……山岳救助隊副隊長。巡査部長
江草恭男《えぐさやすお》……山岳救助隊隊長。警部補

納富慎介《のうとみしんすけ》……山梨県警航空隊。操縦士。警部補
的場功《まとばいさお》……山梨県警航空隊。副操縦士。巡査部長
飯室滋《いいむろしげる》……山梨県警航空隊。整備士。巡査部長

高辻四郎《たかつじしろう》……白根御池小屋管理人
小林雅之《こばやしまさゆき》……肩の小屋管理人
松戸颯一郎《まつどそういちろう》……北岳山荘スタッフ

七倉航《ななくらわたる》……環境省野生鳥獣保全管理官
関千晶《せきちあき》……環境省野生鳥獣保全管理官

目次

峠
地蔵岳
2764
鳳凰小屋
N
0
1km
観音岳
2840
鳳凰三山
薬師岳
2780
薬師岳小屋
砂払岳
南アルプス林道
南御室小屋
野
呂
川
あるき沢橋
池山御池小屋
池山
1534
鷲ノ住山
夜叉神峠
奈良田へ
芦安へ

南アルプス北岳周辺図

北沢峠へ
三好沢
白鳳峠入口
広河原
インフォメー
センター
広河原山荘
1529
小太郎山
2725
小太郎尾根
白根御池小屋
大樺沢
1820
小太郎尾根分岐
白根御池
草すべり
肩の小屋
右俣コース
2209
大樺沢二俣
嶺朋ルート
中白根沢ノ頭
2841
バットレス
北岳
3193
山梨県
南アルプス市
池山吊尾根
分岐
八本歯のコル
八本歯ノ頭
ボーコン沢の頭
砂払
池山吊尾根
両俣小屋へ
北岳山荘
中白峰
3055
仙丈ヶ岳へ
間ノ岳
3190
2999
三峰岳
塩見岳へ

装丁＝依光孝之
装画＝つがおか一孝
本文組版・地図製作＝株式会社千秋社

第1話　遺書

風が吹き、周囲の木立が不規則に揺れた。枯れ枝がこすれ合う不吉な音がする。

十月も下旬になれば、標高三千メートルを越える山は紅葉をすっかり散らし、冬の装《よそお》いをそこここに見せ始める。

気温もぐんと下がり、朝夕は零度を切る。山頂付近にはときおり粉雪が舞い、本格的な積雪こそまだないが、まれに木々や大地が白く凍りつく霧氷《むひょう》という現象も発生する。

山は夏の緑を失い、光は弱々しく、人々の賑《にぎ》わいも絶えて、静かな、峻烈《しゅんれつ》たる冬山の装いとなっていく。

ここを訪れる登山者には過酷な場所となる。

とりわけ戻るべき道を失い、遭難している者にとっては――。

大きなモミの木の根許《ねもと》に頭を預けて横たわったまま、男はメモ用紙に遺書を書いていた。ボールペンは寒さのため、インクがかすれ気味で、たびたび舌先で湿らせては文字をしたためている。

ズボンのポケットからスマートフォンをとりだし、電源を入れる。相変わらず画面の隅に〈圏外〉と表示される。明らかにここは電波の届かないエリアだ。いつかこの〈圏外〉の表示が消えてくれると思うわけではないが、都会暮らしで肌身離さず持ち歩いていたがゆえに、まるでお守りのように小さなツールにすがりついていた。

重苦しい絶望感が胸の中心にある。このまま生きて下山できない。そんな諦観《ていかん》が氷の刃《やいば》のように心に刺さったままだ。

遭難以来、携行食として持っていたチョコレートやナッツ類を少しずつ口に入れていた。が、それもじきに底をついた。水はさいわい、手の届く場所に石清水《いわしみず》がポタポタと落ちていて、マグカップにためてはそれを飲んで喉を潤《うるお》していた。

遺書――といっても、何をどう書いていいかわからない。四十八歳にして、こんなものを書くとは、それも人知れぬ山奥で絶望と孤独に耐えながら、したためることになるとは思ってもみなかった。

都内の下町で生まれ育ち、二流の私立大学を出て中堅どころの商社に就職し、会社の上司の勧めで見合い結婚をし、二児をもうけた。どちらも娘だった。思えば、その頃は何の波乱もなく、波風もほとんど立たない平凡な人生だった。

八年前、会社の同僚に誘われて山登りを始めてみたら、これがハマった。自分の虚弱な足で、これほど高い場所に立てるのかと驚いた。

気がつけば、シーズン中は毎月のようにどこかの山を歩いていた。

最初の頃は仲間とともにパーティ登山をしていたが、山歩きのペースが他人とはずいぶん違うことに気づいた。みんないそいそとせわしげに歩いている。自分はもっとのんびりとし、きれいな景色の写真を撮ったり、見知らぬ高山植物の花を眺めたりしたいのに、まわりがそれを許してくれない。

だから、ここ四年はほとんど単独行だった。

五年前に妻と別れた。それで生活が一変した。家庭があっという間に崩壊し、会社でも身の置き所がないような気がして、鬱《うつ》になりがちのため、心療内科に通っていた。

ゆいいつ心安らぐのが山にいるときだった。

ひとりだとマイペースで登山ができる。いちいち他人に気を遣《つか》わずにすむ。都会の喧騒《けんそう》から遠ざかり、人間関係の煩《わずら》わしさから逃れ、山でつかの間の解放感を味わう。いつしかそれが彼のお気に入りの登山スタイルとなっていた。

単独行にはリスクがつきものだ。しかし、自分がそのリスクを背負い込むことになるとは思ってもみなかった。今まで登山で事故はおろか、かすり傷ひとつ負ったことがなかった。だから、これから先もそうなのだと思っていた。それが根拠のない自信だと気づいたときには遅かった。

また、風が吹いてきた。

襟首の隙間から冷たさが侵入して、彼は思わず身震いした。

昨日の午後、下山中にとりついていた崖から足を踏み外した。うっかり道迷いをしてしまったと気づいたあげくの顛末《てんまつ》だった。十数メートル滑落《かつらく》してザックを負った背中から地面に墜《お》ちた。瞬間、明らかに背骨に異音がした。

骨折したのか、それともヒビが入ったのだろうか。それからというもの、冷たい地面に横たわったまま、まったく動けずにいた。ザックを躰《からだ》から外すだけで二時間近くかかった。立ち上がることもできず、ただ横になっているしかなかった。

意外なことに痛みはさほどなかったが、大きな怪我ほど神経が麻痺《まひ》するという話を聞いたことがある。はたして数時間が経過する頃になって、しくしくと疼《うず》き始めた痛みが、やがて刺し込むような激痛となった。

レインウェアとダウンウェアをかぶって震え、寒さと痛みに耐えながら、最初の一夜を明かした。念のためにとザックに入れていた、かなり薄っぺらい、たった一枚のダウンだったが、それがまさか命を守ってくれるとは思わなかった。

ほとんど眠らぬうちに夜が明けたが、翌朝も山は静かなままだった。

登山計画書を提出していなかった。出発前の夜、パソコンで作ってプリントアウトまでしたのに、ザックの中にしまい込んだまま、それきり忘れていたのだった。

離婚以来、東京の世田谷区のマンションでずっとひとり暮らしだった。

元妻は今、品川区の実家で老いた母親とふたりで暮らしている。ふたりの娘のうち、長女は二年前に結婚し、夫の赴任に従って札幌に住んでいる。次女は短大を出て以来、まっとうな就職もせずにアルバイトで貯めた金で旅行三昧だという。いずれにせよ、別れた妻も娘たちも、彼のことなど忘れているだろう。ましてや、ひとりで山に入り、こうして遭難しているなんて思ってもいないはずだ。

腕時計を見た。

日付は十月二十四日、火曜。時刻は午前九時を過ぎていた。

今頃、会社のオフィスには同僚たちが出勤しているだろう。土日にくわえ、月曜の休暇をとって人事に届けを出していた。それが火曜になっても出社してこず、上司は無断欠勤だと思っているだろう。

営業課長からマンションの部屋に怒りの電話がかかっているかもしれないが、留守番電話の録音を聞くことすらできない。そもそも会社の人間たちは、彼がいてもいなくてもどうでもいいと思っているに違いない。社内でもとりわけ影の薄い存在だった。

自分が必要とされてない。それを痛感する。だから、こうして山に逃げ出すしかなかった。

また絶望感がこみ上げてきて、彼は唇を強く噛《か》みしめた。

嗚咽《おえつ》しそうになって堪《こら》えた。ここで涙を流したって、誰も見る者などいないのに、それでも泣くまいと思った。泣けば絶望がさらにつのるような気がした。

ゆっくりと肩越しに振り返る。

吊尾根《つりおね》の向こうに顔を出した北岳《きただけ》。その東面にある大岩壁バットレスが、異様な迫力を持ってそそり立っているのが見えた。ハイマツが斑模様《まだらもよう》に張り付き、亀甲《きっこう》のように荒々しく削《けず》れた岩稜《がんりょう》が巨大にそびえている。

二日前、あの頂上に立ったときのことを思いだした。雲海の彼方に三角のシルエットを突き上げる富士を遠望しながら、彼は解放感に包まれていた。

北岳。南アルプスの主峰、標高三一九三メートル。かねてからあこがれていた、日本で二番目に高い山であった。

初めて、そこで遭難し、そして彼は自分の死を想った。

＊

メイが走っている。

白黒にブラウンが少し混じったトライカラーの被毛《ひもう》が揺れる。

メイは牝のボーダー・コリーだ。豊かな尾を振りながらハードルをいくつも飛び越え、平均台の上を渡り、十二本ポールのスラロームを抜け、ソフトトンネルの入口を探り当ててもぐり込み、反対側から飛び出すと、ハンドラーの星野《ほしの》夏実《なつみ》に向かってまっしぐらに走ってくる。

ふさふさの耳が揺れ、大きな舌が垂れている。

ドッグランの端に片膝をついたまま、夏実はメイの到着を受け、ストップウォッチを停止。タイムの新記録を知って、思わず声を上げた。そのとたん、思い切り飛びつかれて、後ろに転びそうになった。笑いながら犬を抱きしめる。

何しろメイはあわて者だから、タイムは記録更新しても、スラロームのポールを二本ばかり倒している。それでもよくやったと誉《ほ》めてやる。

アジリティと呼ばれる犬の障害物競走。山岳救助犬であるメイとそのハンドラーである夏実は、犬の競技会に出場するわけではない。が、どこもかしこも障害物といった状況である山岳を犬とともに走る日常ゆえに、こうした訓練はスキルアップのために欠かせない。

「つけ！」

声符《せいふ》とともにメイを自分の右側に停座《ていざ》させ、夏実が振り向く。

柵で囲まれたドッグランの入口近くに、メイの僚犬《りょうけん》が二頭――牡のジャーマン・シェパードのバロンと牡の川上《かわかみ》犬、カムイ。それぞれのハンドラーたちが立っている。

すらりとしたモデル体型でポニーテイルの若い女性は神崎静奈《かんざきせいな》。

隣にいる三十半ばの男性が進藤諒大《しんどうりょうた》。

彼ら三名は山梨県警南アルプス警察署地域課に所属する南アルプス山岳救助隊の一員であり、日本で初めて山岳救助犬を導入して作られたK―9（Canine――犬を意味する言葉から警察犬など訓練犬の総称）チームのメンバーだった。進藤はチームリーダーである。

ここは北岳登山のルート途中にある山小屋、白根《しらね》御《お》池《いけ》小屋に隣接する山岳救助隊の警備派出所。犬舎とドッグランも併設されている。

「いいタイムだったなあ」

進藤が笑みを浮かべてカムイとともに歩いてくる。

「だけど、カムイとバロンにはかないません。どちらもタイムも障害のクリアも完璧ですし」

夏実がそう答えたとき、警備派出所のほうから走ってくるふたりが見えた。

横森一平《よこもりいっぺい》と曾我野《そがの》誠《まこと》。ともにこの春、山岳救助隊に配属された新人隊員だ。入隊から半年が過ぎ、初々しさがとれてすっかりたくましくなっている。

「みなさん、出動です。救助犬とともに準備をお願いします」と、横森がいう。

「遭難？」

静奈に問われ、曾我野がうなずく。「本署宛てに要請がありました。行方不明事案です」

本署とは南アルプス警察署のことだ。

彼らは、山小屋が閉鎖になる十月の終わりから六月までは、所轄署の地域課警察官としての任務に就《つ》く、いわゆる兼務隊員である。もちろん登山のオフシーズン中も冬山で遭難があれば出て行くが、初夏から晩秋にかけての登山シーズンの間は、ここ白根御池の警備派出所に詰めており、ゆえに夏山常駐と呼ばれる。

いったん救助犬たちを犬舎に戻してから、夏実ら三名のK—9チームは横森、曾我野とともに急ぎ足で派出所に向かう。

白根御池小屋に隣接するように建つ警備派出所は、こぢんまりとした山荘風の建物で、正面にコンクリの階段があり、入口扉の脇には〈北岳登山指導センター〉の看板とならび、〈南アルプス山岳救助隊警備派出所〉と揮毫《きごう》された大きな看板がかかっている。

階段を登り、アルミ製の扉を開くと、待機室と呼ばれる部屋に隊員たちがそろっていた。それぞれ、大きなテーブルを囲んで座り、いつものくつろいだ様子や笑顔は皆無。全員に緊張が走っている。

夏実たちは彼らの間に座る。

無線機の傍《そば》、ホワイトボードの横には救助隊の隊長、江草《えぐさ》恭男《やすお》が立っている。少し小柄だが、ガッシリとしたいかにも山男らしい体軀《たいく》。白髪交じりの髭面。派出所の隊長だから、部下たちからハコ長と呼ばれる。頼もしいリーダーである。

「要救助者は長谷部《はせべ》道夫《みちお》さん。単独行です。去る十月二十一日に都内世田谷区のマンションのご自宅を出て入山、帰宅予定日は二十三日、すなわち昨日でした。本署に捜索要請をしてきたのは、元奥さんの恵子《けいこ》さんです」

話によると、出社予定日になっても長谷部が姿を見せないことを心配して、上司が何度かマンションに電話したが、留守電のまま。たまたま離婚した恵子の連絡先を知っていた同僚が連絡をとってみたらしい。

恵子は長谷部のマンションに行って管理人に事情を話し、合鍵で部屋の中に入った。

彼が愛用していたザックや登山靴が見つからず、さらに事務机の近くにあったゴミ箱に、プリントアウトした登山行程表がくしゃくしゃになって丸めて放り込まれていて、それで四日前から長谷部が北岳に登ったことを知ったようだ。

しかも下山予定日を過ぎているため、何かあったと思い、南アルプス警察署に連絡を入れたということだった。

「登山初日の十月二十一日はここ白根御池小屋に宿泊され、二日目の二十二日は北岳山荘。ともに宿泊者名簿で確認されてます。二十三日の朝、北岳山荘を出発してから、どこかで遭難された可能性があります」

ホワイトボードに箇条書きに書きながら、江草隊長が説明する。「――恵子さんからの情報、宿泊者名簿と山小屋スタッフの証言などによると、長谷部さんは四十八歳。身長一七〇センチ、体重五十八キロ。痩《や》せ型。着衣は青いキャップ、赤いストライプの登山シャツにベージュのズボンだそうです。登山歴は八年ぐらいだということでした」

「北岳山荘から南に向かい、間《あい》ノ岳《だけ》方面の縦走ルートをとった可能性は？」

夏実の隣に座っている深町敬仁《ふかまちたかひろ》隊員が手を挙げる。眼鏡をかけた長身痩軀の男だ。

「先ほど、ご本人のものらしいプリウスが夜叉神峠《やしゃじんとうげ》の駐車場で確認されました。つまり、北岳山荘を出てから広河原に向かったことは間違いなさそうですね」と、江草が答える。

「二度目の山頂を登り直すことになりますが、中白峰《なかしらね》沢《さわ》ノ頭《あたま》を経て両俣《りょうまた》小屋方面に下りた可能性も否定はできません」

そういった関真輝雄《せきまきお》は医師の資格を持つ隊員。やや小柄で丸顔。いつもの屈託《くったく》のない笑顔が、今は神妙な表情になっている。

「たしかにいろんな遭難のケースがある。先入観にとらわれずに、広域にわたってしらみつぶしに捜索するしかないな」

杉坂知幸《すぎさかともゆき》副隊長がいった。体重八十キロの大柄な体躯は救助隊随一《ずいいち》だ。

「県警ヘリはすでに市川三郷《いちかわみさと》の航空隊ヘリポートからフライト。あと数分でこちらに到着します。K―9チームを含めた各員は三つの班に分かれ、ヘリに搭乗後、八本歯《はっぽんば》と小太郎《こたろう》尾根、そして北岳山荘付近の稜線にランディングし、それぞれ捜索を開始してもらいます」

江草はいった。「では、くれぐれも気をつけて」

全員が立ち上った。

＊

ヘリの爆音が頭上を通過していった。夕暮れの空を遠ざかっていく。

昨日から何度、機影を見ただろうか。

捜索が始まっていることは、それでわかった。しかし、いっこうにこちらを見つけてくれない。爆音を耳にし、ヘリを見るたび、長谷部道夫はキャップやバンダナを振って上空にアッピールしたが、いずれも気づかれず、そのまま行きすぎてしまった。

昨日という一日が過ぎ、遭難二日目の今日になっても事態は変わらなかった。

彼が横たわっている場所のちょうど真上に大きなモミの木が枝葉を重ねていて、上空から見えづらくなっている。開けた場所に移動したいが、仰向けの躰をわずかに動かそうとするだけで、刺すような背中の激痛に襲われ、けっきょく断念した。

そうして幾度となく希望が去っていく。

ヘリが遠ざかるたびに、長谷部は打ちひしがれた。泣きたくても涙も出なかった。やはりここで死ぬのだという思いが強くなっていく。背中の痛みよりも、心の痛みのほうがつらい。

あれから何も食べておらず、たまに水を飲むだけだった。空腹感はとっくに消えて、鉛のように重たい倦怠感《けんたい》みたいなものが心に憑《と》いている。飢え死にするよりも、寒さで凍え死ぬに違いない。周囲には枯れ枝がたくさん落ちているが、焚火《たきび》をしようにもライターもマッチもなかった。

遺書は、けっきょく途中で破り捨てた。

そんなものを書くから、生きる気力が失せるのだと思った。しかし、いくら気力を保っていても、自分は助からないのだろう。やはり最後の手紙は書くべきかもしれない。

傍《かたわ》らに置いたザックの中をまさぐっていると、ふいにふたつ折りにした紙片が出てきた。会社のオフィスから持ち出した営業部の顧客リストだった。そういえば、宿泊した山小屋から何カ所かに仕事の電話を入れた。ペコペコと頭を下げながらスマートフォンで話す自分の姿を、他の登山者たちが白い目で見ていたことを思いだした。

せっかく山に登ってきても、頭の中にあるのは、なぜか仕事に関することばかりだった。家庭を顧《かえり》みずに必死に働いてきた。それが離婚の第一の原因だった。なのに、それがすっかり躰に染みついている。会社という現実から、こうして逃避したはずなのに、けっきょく仕事から逃れることができないという皮肉。

他人に負けたくない。誰からも莫迦《ばか》にされたくない。そんな気持ちから人生を削るように日々の労働にいそしみ、会社に命を捧げてきた。そのことを家族は最後まで理解してくれなかった。

だからこそ、山という癒《い》やしの場が必要だったはずなのに、自分はちっとも癒やされてはいなかった。

ふと、孤独を思った。

山を歩いていても、本当は寂しかった。

陽気に会話しながらトレイルを歩く若者たちの姿を見るたび、長谷部は寂寥《せきりょう》感に包まれた。今さら彼らのような若さをとりもどすことはできないし、自分の生き方を変えようとも思わない。しかし、どうして楽しげに山をゆく人たちがあんなに羨《うらや》ましく思えたのだろうか。

ポケットからスマートフォンをとりだしたが、液晶画面は表示させずにいた。どうせ相変わらず〈圏外〉に決まっている。電源を入れているかぎり、バッテリーは少しずつ消耗《しょうもう》していく。いざというときに使えなくなるのはまずい。だから、思い切って電源をオフにした。

いざというとき――この先、自分にそれがあるのだろうか？

バサリと羽音がして、足許に目をやる。近くにあるダケカンバの枯れ木の枝に斑《まだら》模様の大きな鳥がいた。ホシガラスだった。ふだんは昆虫や松の実を食べるが、悪食《あくじき》で屍肉《しにく》をついばんだりもする。当然、遭難死した人間だってエサになる。

「私が死ぬのをそこで待っているのか」

しゃがれた声を出して笑った。しかし、ホシガラスは知らん顔でじっととどまっている。

手近なところに落ちていた小石を摑《つか》んで投げようとしたが、やめた。

吐息を洩《も》らす。白い呼気が風に流れる。

そっと薄闇が下りてきた。今日もまた、日が暮れる。

やはり明日はもう来ないかもしれないと、長谷部は思った。

＊

捜索開始からすでに二日が経過し、その日もそろそろ終わろうとしていた。

二日間、山岳救助犬と救助隊員たちの懸命《けんめい》の努力にもかかわらず、要救助者の行方は杳《よう》として知れなかった。県警ヘリ〈はやて〉が、連日、この山域を飛び回り、上空からの発見を期待したが、依然として吉報は入って来なかった。

北岳主稜から南側へ延びる池山《いけやま》吊尾根の中途、ボーコン沢の頭に〈はやて〉が着地していた。ローターブレードをゆっくりと回転させながら、エンジンをクールダウンさせている。

午後四時を回る頃、上空には雲がかかり始め、北岳の山稜《さんりょう》はガスに覆われていた。これ以上の空からの捜索は望めそうになかった。

巻き上げる土埃の中、星野夏実とメイが、ややかがみ込みがちにヘリの機体に近づくと、スライドドアが開かれて、キャビンの中から整備士の飯室滋《いいむろしげる》が手を振る。機内にはすでに深町、関の両隊員の姿がある。別の尾根で先にピックアップされたらしい。

夏実が合図を送ると、メイがひょいとキャビンに飛び込む。彼女も続く。

操縦士の納富慎介《のうとみしんすけ》が、キャップの下にサングラスをかけた細面の顔で振り向く。隣には副操縦士の的場《まとば》功《いさお》がいる。ふたりは、キャビンにいる飯室整備士とともに県警航空隊に所属する警察官であり、この〈はやて〉を飛ばし、操るベテランぞろいだ。

頭に装着するインターカムを受け取りながら、座席につく。深町隊員の隣である。

ヘリが離陸した。機体がぐいっと持ち上がる感覚があって、機首をわずかに下げながら〈はやて〉が上昇し始めた。窓外を景色が素早く流れてゆく。

――星野さん。そっちはどうだった？

操縦席の納富の声がインカム越しに飛び込んでくる。

「池山吊尾根付近に臭跡は確認できませんでした。何か原臭になるものがあればいいんですが、漠然とサーチしても、なかなか対象を捉えることができないんです。他の班から、何か連絡は入りましたか？」

——間ノ岳方面に向かった神崎さんと杉坂副隊長からは、発見せずの入電があったばかりだ。小太郎尾根を捜索していた進藤くんと横森くんたちも〝要救〟を見つけられずに肩《かた》の小屋にいる。

「そうでしたか」

「連日連夜のこの寒さだし、生存の可能性は低いかもしれないなあ。今夜はこれから天気が崩れるそうだし、下手すりゃ、まとまった雪になるかも」

関の声を耳にして、夏実は落胆した顔で、登山ズボンの太股に顎《あご》を載せてくるメイを見つめた。上目遣《うわめづか》いの哀しげな目と視線が合う。

それから窓から見える外の景色に見入った。北岳の荒々しい岩稜が、ちょうど機外にそびえていた。気圧が下がっているせいか、岩壁に真っ白なガスがまとわりついている。その山の姿を見ているうちに、夏実はふとあることに気づいた。

深町が隣の座席からいった。

「今日はいったん警備派出所に帰投しろという隊長の命令だ。他の班の隊員もピックアップして、御池の派出所に戻ることになった」

「私……残ります」

深町が意外な顔で夏実を見た。「どうしたんだ」

「あの。すみませんが、北岳山荘のヘリポートに下ろしてもらえますか」

かまわずそういうと、納富操縦士がヘッドセット越しに訊いてきた。

――北岳山荘に下りるってどういうことだ？

「何だか、気になる場所があるんです。〝要救〟がそこにいらっしゃる気がして」

眼鏡越しに深町がじっと見つめてくる。

「ひとりで行くのか？」

「ひとりじゃありません。メイとです」

意を決した夏実を見つめていた深町が、ふっと笑みを浮かべた。

「どうせ止めたって、是《ぜ》が非でも行くつもりだろう。頑固だからな。きみも、それからメイも」

夏実は口許にふたつの笑窪《えくぼ》を見せた。「はい。頑固です！」

「無理すんなよ」

深町にペコリと頭を下げたとたん、メイが夏実の肩に前肢をかけてきた。

北岳山荘の幕営地から、東に向かって下りる急峻《きゅうしゅん》な道がある。下り三十分。登り一時間ほどの水場へのルートである。もとは北岳小屋という山小屋に向かう山路だった。今は廃屋《はいおく》になって風化し、壊れた木材と基礎の石積みしか残っていない。

数年前まで、テント泊の登山者は山小屋で天水《てんすい》を買うしかなかった。さもなくば往復一時間半をかけて水場まで取水にゆく。現在は、北岳小屋跡近くの水源からホースを使って水をポンプアップしているため、テント場からそこまで下りていくことはなくなった。

その急傾斜の細道を、夏実とメイはたどっていた。

日没が過ぎ、夜のとばりが下りると、闇は急速に深まってゆく。頼りになるのはヘッドランプの淡いＬＥＤの白色光だけだ。このルートを下り始めた頃から、粉雪がちらほらと風に舞うようになっていた。それがだんだんと大粒の雪になって、今は牡丹《ぼたん》雪のようなものがサクサクと音を立てて落ちている。

ときおり夏実は立ち止まる。メイの様子を見る。

トライカラーのボーダー・コリーは、ずっと低く地鼻を使いながら、急坂をたどっている。

犬の嗅覚は人間の数千から数万倍といわれ、脳のおよそ八分の一が嗅覚の分析と処理に使われる。視覚はおろか聴覚以上に、犬にとっての嗅覚は高性能のレーダーだ。

人間は常に体臭を発生させている。ラフトあるいは揮《き》発性脂肪酸《はっせいしぼうさん》と呼ばれる微小な皮膚の剥《はく》片《へん》が地表に落ち、あるいは風に舞うのである。それを犬は臭いでたどる。

地鼻をトラッキングといい、高鼻を使うことをエア・センティングという。

ただし、それは風の影響を大きく受ける。前から風が吹くときは向かい風作業と呼ばれ、捜索に理想的とされる。

追い風の中の捜索は犬にとっても不利となる。太陽が地表を温める昼間、風は麓から山頂へと吹くが、日が暮れると逆に麓に向かって吹き下ろす。だから、今の時間帯の捜索はまさに追い風を受けながらの難しい捜索となっていた。

彼女がなぜこの場所にこだわったか。

それは自分の勘だった。幼い頃から人の感情やさまざまな事象が〝色〟となって見えてしまう特殊な共感覚を持っていたが、この山で働くようになって以来、その感覚がいっそう研ぎ澄まされたような気がする。

そして、この能力ゆえに人にいえぬ大きな悩みを持っていたが、今は違う。他の人間にはないこの力が、実は北岳という山に対する感応の原動力であり、のみならず相棒である犬とのコミュニケーションの触媒《しょくばい》であることに気づいたとき、彼女は大いなる悩みから解放された。

夏実はこの山に受け入れられたのである。

突然、足を止めた。

少し前を走っていたメイが振り返っている。

ふいに甲高い声で二度、吼《ほ》えた。大きく耳を立て、口を開いて大きな舌を垂らしている。

バークアラート。要救助者発見の反応だ。

「あなた、見つけたの？」

《見つけたよ！》

そういわんばかりに、メイが口角《こうかく》を吊り上げる。人間の笑顔にそっくり。夏実がいちばん好きなメイの表情だった。

ふいに跳躍し、メイが勢いよく走り出した。

夏実がそのあとを追う。大いなる喜びとともに。

＊

闇に舞っていた粉雪が、だんだんと大粒の雪に変わってきた。積雪はすでに数センチ。自分の躰の上にも情け容赦《ようしゃ》なく降り積もっていた。

夜が深まるにつれ、いちだんと気温が下がり、躰を締め付けてくるような冷え込みとなった。

長谷部はダウンの上着とレインウェアにくるまったまま、小刻みに震えた。二夜にわたる寒さと夜気で、せっかくのダウンもへたり気味で保温力は確実に低下していた。躰に積もる雪を何度も払い落とすが、ふと気づくと、重たくなるほどにまた自分の上に雪の山ができている。

このまま眠ってしまえば楽に死ねるかもしれない。だが、なぜか眠気は訪れず、ただひたすら氷に閉ざされているような寒さが全身を包んでいた。

ヘッドランプの淡い光の中で、あらためて遺書を書いていた。

離婚以来、天涯《てんがい》孤独の身だったが、それでも別れた妻と娘たちに向かって最後の言葉を書いた。他に伝えるべき相手がいなかった。

飲み友達でもある会社の同僚でもなければ、故郷にいる兄弟でもない。やはり元とはいえ、家族に宛てた。書いている間、何度も手が震え、字が乱れた。ボールペンがメモ用紙を破ってしまったが、書き直すにもう余分の紙がなかったため、破れた紙片に書き続けた。

終《しま》いまで書き綴《つづ》ると、それを四つ折りにして、ザックのサイドポケットに突っ込み、ふうっと吐息を投げた。

ヘッドランプを点灯したまま視線を上げた。頭上に交差する枝の影の向こうに、漆黒《しっこく》の空があった。霏々《ひひ》として大粒の雪が舞っている。

二日間、うとうととするたびに、決まって食べ物の夢を見た。

空腹感は相変わらず失せていた。だから、食べ物の夢は飢餓《きが》ではなく、平穏な生活への渇仰《かつごう》なのだろう。

生きてさえいれば、もしも生還できたら、あの家族を、もう一度、やり直せるかもしれない。

しかしこの山を下りることができなければ、何のチャンスもない。死は寒さや苦痛から解放してくれるかもしれないが、心の安らぎはきっとない。

絶望が憑《つ》いていた。

ふと、喉の渇きをおぼえ、傍らに置いたマグカップを手にした。それを口に持ってきて、長谷部は気づいた。水がちっとも口に入らないと思ったら、マグカップに充たしていた石清水がすっかり凍りついていた。

はあっと震える唇から白い呼気が洩れた。

水すらももう飲めなくなってしまった。そう思いながら長谷部は目を閉じた。

自分にやれることは、もうなかった。あとは死を待つのみだ。


そのとき、何かが雪をかき分けるような音が、かすかに聞こえてきた。

ハッと気づいて視線をやった。

雪の積もった低木が揺れたと思うと、突然、犬がそこから飛び出してきた。長い被毛に尖った耳、大きな口から舌を垂らしている。野犬や野良犬の類《たぐ》いではなかった。背中にオレンジ色のハーネスをつけていたからだ。

長谷部は驚いた。犬を追うように立ち木の向こうから人影が現れた。

赤とオレンジのジャケットに登山ズボン。頭には白いヘルメットをかぶっていて、小さなヘッドランプを装着していた。ＬＥＤのまばゆい白色光のせいで顔がよく見えない。

「長谷部道夫さん、ですね！」

若い女の声。思わず身を起こそうとして、背中の痛みに顔をしかめた。彼女は目の前にしゃがみ込み、顔を寄せてきた。

「動かないで。そのままでじっとしていて下さい。痛む場所は——えっと、背中ですか？」

そうだと答えた。かろうじて、声が出た。

「もう安心です。私は南アルプス山岳救助隊の星野夏実です」

小柄な体軀だが、なぜだか華奢《きゃしゃ》には見えなかった。

「救助隊……私は、助かったんですか」

「そのお怪我の様子ですと、無理に動かしたり運んだりできないと思います。ちょっと寒いですけど、今夜はこのまま朝までビバークするしかないですね。でも、大丈夫ですよ。明日は天気が回復します。そしたらヘリで病院に搬送されることになると思います。それまでここでがんばりましょう」

ザックを下ろし、中からとりだしたツェルトを広げている女性救助隊員の横に、さっきの犬が停座していた。相変わらず、長い舌を垂らしたまま、長谷部を見つめていた。その口から呼気が洩れている。

「長谷部さんは山荘から尾根道をたどらず、こんなところまで下りてきちゃったんですね」

そういわれ、自分の失態をあらためて思った。

「どうかしてたんです。標識が立っていたので、ろくに読みもせずにそっちに行ってしまった。八年も山をやってるのに、こんなミスをするなんて。しかも、崖から足を踏み外して――」

「山にベテランはいないんです。救助隊の私たちだって、毎日、基本のきの字を忘れません」

彼女にいわれ、長谷部は唇をそっと噛んだ。

救助犬が興味深そうな目で彼を見ていた。牧羊犬《ぼくようけん》として知られるボーダー・コリーらしい。白黒の毛に、顔の辺りに茶色の毛が混じっている。愛くるしい顔をしていた。

「その犬が……見つけてくれたんですね」

「救助犬のメイです。あ、私はこの子のハンドラーなんです」

メイというこの犬が牧羊犬だとしたら、この山で遭難した自分は、まさに迷える子羊だな。そう思ってひそかに自嘲《じちょう》した。

「ところで、山岳救助隊とはいえ、わざわざ、こんなところまで捜しにきてくれたんですか」

彼女はまた振り返り、小さな笑窪をこしらえた。「はい。仕事ですから」

「すみません。私なんかのために……」

そういったとたん、彼女はわずかに眉をひそめた。

「長谷部さん。ちゃんとここから帰りましょう。麓まで下りてこそ、登山は終わるんです」

そういって湯気を洩らすマグカップを差し出してきた。「これ、ホットカルピス。甘くて、躰がとても温まるんですすよ」

震える手で、それを受け取った。ひと口すすると、芳醇《ほうじゅん》な味わいが口の中に広がった。重苦しかった絶望感が、いつしか消えていることに、長谷部は初めて気づいた。

＊

翌朝、抜けるような青空の下、北岳の山塊はすっかり雪化粧していた。

日没直後から降り始めた雪が、夜半には思わぬ本格的な降雪となって、多いところでは三十センチ近くも積もっていた。

ここ南アルプスはいつの間にか冬となっていた。

夏実がジッパーを開くと、限界までたわみきっていたツェルトから、どさどさと雪の塊が剥《はく》離《り》した。舞い上がる粉雪の冷たさに顔をしかめてツェルトから顔を出す。

頭上に交差する枝々の合間から、澄み切った朝の空が見えている。

雪をかき分けてグローブを払い、夏実は立ち上がって朝の冷たい空気を思い切り吸った。

ハアハアと声が聞こえて、見れば、メイが足許に座って彼女を見上げている。そっとその耳の後ろを撫でてやる。

遠く、かすかにヘリの爆音が聞こえていた。〝要救助者〟発見の報を受けて、朝一番で県警ヘリ〈はやて〉が市川三郷のヘリポートを飛び立ったと、警備派出所の江草隊長から無線連絡が入っていた。

ツェルトの中を見た。

さっきまで寝袋にくるまって眠っていた長谷部が、目を覚ましている。

「背中の痛みはどうですか？」

「大丈夫みたいです」と、はっきりした返事があった。

「あ。でも、無理しないで下さい。背骨のお怪我って、慎重に対処しないといけませんから」

夏実はツェルトの中に這って戻り、オレンジ色の薄っぺらい生地越しに刺し込む朝の光の中で、長谷部の様子を観察した。顔色も悪くなく、表情も明るかったのでホッとする。

「間もなくヘリで他の救助隊員が来ます。ホイストケーブルで担架《たんか》を吊り上げての機内収容になると思うけど、もうちょっとの辛抱です」

そういったとき、ふと長谷部の青いザックの傍に、四つ折りにされた紙片が落ちているのに気づいた。拾い上げると、たまさか〈遺書〉と記された文字が見えた。

〝恵子。きみには苦労をかけてしまった。本当にすまなかった。それから、真弓《まゆみ》と香奈《かな》。お父さんは今でも君たちを愛している〟

ちらりと読めた手書きの文章に、あわてて紙片を閉じた。

長谷部と目が合った。気まずく、しかもどこか思い詰《つ》めたような表情だった。

「ゆうべ、ここで死ぬつもりで書きました。でも……もういいんです」

彼は虚《うつ》ろな目でいった。声がかすかに震えていた。「恥ずかしながら、妻とはとっくに別れました。娘たちとも長いこと会ってないし。私はもう誰からも愛されていない。必要とされていない」

夏実はじっと見つめていたが、ふいに口許に笑みを浮かべる。

「長谷部さん。あなたを心配して救助の要請してきたの、その別れた奥さんですよ」

「恵子が……」

夏実はうなずいた。「今、娘さんたちといっしょにこちらに向かっています。きっとあなたが収容される甲府市内の病院でお会いできると思います。そのとき……もし良ければ、お礼をいって下さい。あなたご自身の口から」

長谷部はふいに感極まったらしい。両手で顔を覆うと、肩を震わせて嗚咽した。

「すみません。こんなふうに……泣いたりして！」

「大丈夫。ここにはあなたの他に、私とメイしかいませんから」

夏実は長谷部の右手をそっと優しく握った。

「躰がすっかり治ったら、またこの山に来て下さいね」

声をかけたとたん、彼が目を見開いた。涙に濡れた顔に夏実は微笑みかけた。それから、心を込めて、こういった。

「――生きていてくれて、ありがとう」

その言葉を受け、長谷部が硬直したように夏実を見返した。
ヘリの爆音が近づいてきた。
彼女は自分のザックから発煙筒を取り出し、ふたたびツェルトの外に出た。
メイが傍らについてくる。
発煙筒の点火口を擦って、赤い煙が洩れ始めたのを確認し、雪上に立った。
大きく手を振り、それを左右にめぐらせた。煙が風に踊り始めた。
メイが嬉しそうに空に向かって吼えた。
木の間越しに、接近してくる青い機体がはっきりと見えた。
希望がそこに輝いていた。

第2話　山の嫌われ者

オスプレーの四十リットルのザックのショルダーストラップにとりつけているホルダーの中で、モトローラ社の小型トランシーバーが甲高《かんだか》いコールトーンを発した。

——至急、至急！　こちら警備派出所、関から星野隊員へ。夏実さん。とれますか、どうぞ。

救助犬メイとふたり、単独パトロール中に立ち寄って休憩していた肩の小屋を出発したばかりだった。無線の発信者は、白根御池にある警備派出所に待機している関真輝雄隊員だ。

夏実は足を停め、メイを傍らに停座させると、差し込み式のホルダーから無線機を抜いてプレストークボタンを押す。

「星野です。もしかして遭難ですか」

——今し方、林田《はやしだ》さんという登山者から、携帯で直接、派出所宛てに〝滑落して倒れている人を見つけた〟と通報がありました。場所は山頂下の両俣《りょうまた》分岐点のすぐ上です。〝要救〟は単独らしい男性で、あの実は……。

いいよどんだ無線の声に夏実は困惑する。「関さん。どうしたんです」

——どうも、例の……斉藤五十六《さいとういそろく》さんみたいなんです。

その名を耳にして一瞬、言葉を失った。「それってマジですか」

——間違いないようです。年齢は七十代半ばぐらいで痩せ型。大きな幟《のぼり》みたいなものをザックにとりつけている報告ですし。

「大きな幟……」

夏実は独りごちるようにつぶやくと、足許にいるメイを思わず見つめ、背後の山に目をやった。

標高三一九三メートル。南アルプスの主峰にして、日本で二番目に高い山、北岳の頂稜が、十月中旬の澄み切った空の下にそびえている。

出発したばかりの肩の小屋まで戻ると、建物の傍を抜けて山頂方面へ。そこからの急登を一気に駆け登っていく。

救助犬メイは夏実のすぐ傍を併走する。犬のなかでもとりわけ知能が高いといわれるボーダー・コリーだが、夏実とは心が通い合っている。こういう状況でハンドラーの夏実が遭難現場に向かっているということを理解している。だから、むやみにリードを引っ張ったりせず、つかず離れずの絶妙な距離で岩場を走っている。

最後の急登をクリアして、〈両俣分岐〉という木の道標が立った場所に到着する。

灰色のベースボールキャップに青いジャケットを着た中年の男性登山者が、そこにぽつねんとした様子で立ち尽くしていた。

「えっと、通報された林田さんですか」

さすがにゼイゼイと肩を上下させながら声をかけた。振り返った顔が驚いている。

「救助隊の方ですか。えらく早いからびっくりしました」

「南アルプス山岳救助隊の星野です。近くをパトロールしていたものですから。で、遭難者は？」

林田が指差したのは両俣方面の急峻な岩場だった。「今、妻が付き添ってます」

夏実とメイがそこに向かうと、トレイルから数メートル下の窪地に、頭にタオルで鉢巻をした老人が仰向けに横たわっていて、すぐそこに青いザックが転がっていた。関隊員からの連絡のとおり、ザックのサイドストラップに固定されて、三メートルはありそうな長い竿にとりつけられた白い幟が横たわっている。

老人の横には、赤いダウンジャケット姿の女性の登山者が座っていた。

夏実たちが下りていくと、老人がむっくりと顔を上げる。

「斉藤五十六さん。救助隊の星野です。お身体《からだ》を拝見させていただいてよろしいですか」

無理に上体を起こし、口をへの字にした老人が、鋭い目で夏実をにらみつけた。

「救助隊が何をしにきた。ちょっと足が滑って尻餅をついただけだ」

思ったよりも元気そうなのを確認して、夏実が破顔《はがん》する。

「ダメですよ。強がりいっちゃ。ずいぶん高いところから落っこちてんですから」

いいながらしゃがみ込んで老人の手足を確認する。次に腰など。

「あー、ホントですね。足も腰も大丈夫なようです。きっとザックを背負った背中から落ちたおかげで助かったんですね。でも、あんなところから滑落して擦《す》り傷と打ち身ぐらいですんだんだから、これって凄く運がいいですよ」

「どうせ儂《わし》は悪運の強いジジイだ」

夏実が肩を少し持ち上げ、クスッと笑った。

「斉藤さん。ご自分で歩けますか？　何なら、肩の小屋まで背負っていきますけど」

「莫迦者。あんたみたいな若い娘に背負われてたまるものか。じゅうぶん休憩をとったから、ひとりで歩いていけるわ」

そういいながら老人は無理に立ち上がろうとして、よろけた。

夏実があわてて背中から支える。

それを振り払うように、体勢を立て直した。転がっていたザックを無造作に拾って、素早く背負う。サイドストラップがゆるんでしまったらしく、長い竿につけられた幟が足許に音を立てて落ちたのに、まるで気づく様子がない。

さっそく落ちてきた急斜面にとりつき、老人が登り始めた。その動きを見て、夏実はたしかに身体的ダメージは軽微《けいび》だと判断する。ザックから外れて落ちてしまった大きな幟に目を戻し、あわててそれを拾い、あとを追いかけた。

両俣分岐の道標の手前で老人に追いつくと、背後から声をかける。

「あの、これ。忘れ物です」

肩越しに振り向いた彼はムッとした表情で、夏実が持っていた幟をひったくるように奪い取った。

山風にあおられて、竿にとりつけられた白い幟がはためいた。そこには豪快な文字でこう揮毫されている。

〈めざせ、北岳登頂56回!〉

夏実の隣に立った林田夫妻が、あっけにとられた顔でそれを見つめている。

「じゃあ、な!」

斉藤五十六老人はそういい残すと、踵《きびす》を返し、幟をストックのように足許に突きながら、山頂に向かって歩き始めた。

メイを傍らに立ち尽くして、後ろ姿を見ていた夏実が、ふいに報告義務を思い出し、ショルダーストラップのハーネスからトランシーバーをとりだした。

＊

北岳登山のメインルートのひとつ、草すべりの直下にある白根御池小屋。

登山客たちが到着する前の時間なので、広い食堂はがらんとしていた。隣り合う厨房の中も、まだ食事の仕込みの時間前とあって、のんびりとした空気でスタッフたちがくつろいでいる。

いくつか並ぶ長いテーブルのうち、窓際にあるひとつで、この白根御池小屋の管理人である高辻四郎《たかつじしろう》と、山岳救助隊の江草恭男隊長が向かい合って座り、茶をすすっていた。

ふたりは両俣分岐の現場から下りてきた星野夏実隊員から、事の次第を聞いたばかりだった。

「相変わらず人騒がせなご老体ですね」

高辻の声に江草は笑う。

「去年から今年の夏頃までは体調を崩したとかで、しばらく登山をやめていたそうなんですが、最近、また登られるようになったみたいです」

「しかも来られる頻度が高くなりましたね」

「なんだかんだいって、今月だけで登ってこられたのは三回目です。そのうち二回は遭難騒ぎがあって、うちの隊員が救助に行ってます。先週なんて小太郎尾根でガスに巻かれてとんでもない方角に下りてらしたし、登山計画書なんて一度も出してもらったことがないので、そのぶん捜索にえらく時間がかかってしまいます」

「それなのに毎回、たいした怪我もなく下山されているんだから、たんに悪運が強いだけじゃないみたいですね」

「まあ、ここ数年の間に、何十回と北岳に登ってらっしゃるし、それなりに体力と馴れみたいなものはあるんでしょう。しかしまあ、あのご高齢ですよ」

「ご自分がかなり無茶をされておられることを自覚していただきたいものですが、ああも頑固だと、救助隊の鬼の隊長さんとしてもどうしようもないでしょうねえ」

江草は笑ってまた茶をすすり、いつもの癖で口許に短く切りそろえた白髪交じりの髭をさすった。

食堂の窓の外、幕営地《ばくえいち》の手前を行き交う登山者たちの姿をぼんやりと見つめる。

斉藤五十六。

太平洋戦争で活躍した海軍大将にして連合艦隊司令長官、かの山本五十六からつけられたという自分の名にちなんで、北岳登頂五十六回を目指している老人。いつもザックに立てている巨大な幟とともに、この山ではすっかり有名人となっている。

それがいい意味での有名人ではなく、むしろ逆だ。

頑固。身勝手。居丈高《いたけだか》。そして無愛想。

トラブルメーカーを絵に描いたような老人である。

トレイルで他の登山者に挨拶されても、決して返事をしない。山小屋では食事がまずい、手際《てぎわ》が悪いなどとスタッフに文句をいい、他の登山者との口喧嘩《くちげんか》もしょっちゅうだ。たびたびの遭難騒ぎで、救助隊に助けられても礼のひと言もなく、助けにきて当然だといわんばかりの態度。あるいは今回のように「よけいなことをしに来るな」とどやされることもしばしばある。

こんなことでは登頂五十六回よりも遭難五十六回のほうが先に達成されるのではと、救助隊員たちがひそかに揶揄《やゆ》していたぐらいだ。

「……しかし、だからといって〝北岳に来るな〟とはいえませんし」

高辻にいわれて江草がうなずく。

「山は人を拒《こば》まず、ですからね」

＊

翌週になって、斉藤五十六はまた北岳に向かった。

今日、十月二十三日は彼の誕生日。七十七歳になる。

しかし、家族は誰ひとりとして「おめでとう」の言葉をいってこない。おそらくすっかり忘れているのだろう。家では厄介モノのジジイだ。

ひとり自分の誕生日を山頂で祝うべく、五十六は山に向かうことにした。

しかも今回は、まさしく〈56回登頂〉の悲願達成の日となる。

自宅は地元の芦安《あしやす》にあった。軽トラックの荷台に登山用具一式を詰めたザックを積み込み、夜明け前、午前五時ちょうどに出発する。家族はまだ寝静まっていて、家の中は真っ暗だった。

ジグザグに折れる山路をヘッドライトの光を頼りに走らせる。ときおり、木立にシカの目が光る。突然、道をタヌキかハクビシンのような動物が横切って、あわててブレーキを踏むこともある。

そうして夜叉神峠の駐車スペースに軽トラを停めると、停留所の時刻表にザックを立てかけ、朝一番のバスを待った。

南アルプス林道は、広河原《ひろがわら》までのマイカー乗り入れが禁止になって久しい。五十六は自分が地元民であることを強調し、何とかゲートを抜ける特権を得られないものかと、再三にわたって市役所の窓口に交渉したが、一般登山客はバスかタクシーでお願いしますと、そのたびに突っぱねられてきた。

十月も下旬になると、すっかり登山者たちの足が引く。ここ夜叉神峠の気温も明け方は零度を切って、息をするたび、呼気が白く風に流れる。

ヴァンを改造した乗合タクシーがヘッドライトを点灯させ、坂道を登ってきたが、そのままゲートを抜けて広河原方面に消えて行った。

バスを待つ登山者たちに向かって、タクシーの運転手が声をかけることが多いが、五十六には絶対に声がかからない。彼を乗せてしまうと、決まってとことん値切られる――その話が出回っているからだ。

午前五時半に甲府駅から出発したバスが夜叉神峠の停留所に到着した。

ドアが開いて降りてきた女性乗務員に片道の運賃を払うが、協力金の百円はいつものように拒否する。五十六のことをよく知っている乗務員は、不機嫌な顔をしただけで何もいわなかった。

およそ四十分で野呂川広河原インフォメーションセンター前に到着し、彼はバスを降りた。日の出の時刻をようやく過ぎて、空が青く広がり、周囲の山々が黄金色に光っている。

登山者は他に四人。若いカップルと初老の男女。いずれも野呂川にかかる吊り橋を渡り、北岳登山口へと向かって歩いて行く。

五十六もザックを背負い、彼らについて歩く。

早朝の空気を吸いながら、彼はゆっくりと大地を踏みしめるように登った。樹林のそこここから聞こえる鳥のさえずりを耳にしながら、五十六は歩き続けた。最初の分岐点で少し休憩し、直登コースと大樺沢《おおかんば》コースのどちらにしようかと少し悩んでから、左側の道——大樺沢へと向かってまた歩き出した。

大樺沢をたどり、バイオトイレがある二俣を通り過ぎ、そのまま八本歯のコルを目指した。うんざりするほどいくつも連なる木製の梯子《はしご》を登り、尾根筋に到達する。とたんに南西から吹いてきた冷たい突風が、火照《ほて》った額の汗を飛ばした。

風には小さな雪が交じっていた。足許の岩場にコロコロと発泡スチロールの粒のような雪が無数に落ちている。それがさらなる突風で飛ばされている。

遠く尾根上に望む北岳山荘から間ノ岳、農鳥岳《のうとり》に至る尾根を見る。

真綿みたいなガスが山肌を這うようにまとわりついている。

右に目を転じて北岳を見上げる。高さ六百メートルになるバットレスの荒々しい岩肌が、突《とっ》兀《こつ》と浮き出すように眼前に迫っていた。

にらみつけるような顔で頂稜を見上げる。

長い梯子を登りつめて、岩場の上に立った。そこからさらに吊尾根分岐を目指して歩き出したとき、前方に赤いチェックのシャツに登山ズボンの中年女性がひとり、座り込んでいた。

六十歳ぐらいに見える。

休憩しているのではないことは明白だった。蒼白な顔で、大きな岩に背をもたせかけるようにして、両脚を投げ出している。頭や肩に粒状の雪がたくさん付着し、傍に中型のザックとストックがふたつ転がっていた。

目の前に立つ五十六を虚ろな眼差しで見ている。

「あの……携帯を持っておられませんか」と、彼女がかすれた声でいった。

「どうした?」

「そこで転倒して、どうも右足首を傷めたらしくて」

ほつれた髪が粉雪交じりの寒風に躍《おど》って頬をなぶっている。

五十六は近づいてかがみ込み、彼女の足首を触った。腫《は》れていた。骨折の可能性があった。

これでは歩くどころか、ひとりで立ち上がることもできないだろう。

「あいにくと儂は携帯電話を持たん主義だ。あんたはひとりか。仲間はおらんのか」

女性はうなずいた。五十六は周囲を見てから納得した。単独行の登山者らしい。

ひとりでは歩けない。だとすれば、誰かが助けて近くの山小屋まで行くしかない。

また、周囲を見た。やはり、他に登山者の姿はなかった。冷たい風がふたりに吹き寄せるばかりである。

五十六は北岳の頂稜を見上げた。

ここから山頂までは一時間と少しで到達できる。しかし、北側の斜面から真っ白なガスが這い上がってきていた。ぐずぐずしていると天候が悪化する畏《おそ》れがあった。

ザックに立てた幟が風にあおられ、バタバタと音を立てている。五十六回目、それも今日は自分の七十七歳の誕生日だ。この日を逃してなるものか。

「大丈夫だ。そのうちに誰かが通りかかる。それまでそこにおれ」

そういい残し、彼は歩き出した。

狭い尾根筋の道を少し歩いてから、ふと足を止めた。肩越しに振り返る。

あの中年女性の姿が小さく見えている。相変わらず岩にもたれて足を投げ出したまま、じっとこっちを見ていた。

五十六は口をへの字に引き結んだ。

「儂はこのとおりの老いぼれだ。しかもこの山でいちばん頑固なジジイだぞ。それでなくても、今日は儂にとっていちばん大切な日なんだ。それを台無しにしてなるものか！」

その声が聞こえたのか、聞こえなかったのか。

中年女性はその場に座り込んだまま、じっと五十六を見つめている。

＊

〈女子部屋につきノック厳守！　神崎・星野〉

そう書かれた札が掛かったドアを開いて、神崎静奈が警備派出所二階に並ぶ寝室のひとつに入ってきた。

小さな窓から午後の光が差し込む狭い寝室。二段ベッドの下の寝台に俯《うつぶ》せになってスマートフォンの画面を見ていた夏実が顔を上げる。

「あ、静奈さん。終わったんですか」

窓際の壁のハンガーに掛けた大きなタオルで汗を拭きながら、静奈がうなずく。

今年の春、昇段試験に合格し、三段を取得した彼女は、いっそう空手の修行にのめり込んでいて、暇さえあればドッグランの近くで型《かた》の稽古をくり返している。

昔から何かと〝武闘派〟といわれるゆえんである。

夏実も「やってみる？」とよく誘われ、静奈の動きを見ながら真似事をやってみるのだが、静動を交えた独特の動きは、とてもじゃないけど素人ができるものではない。

静奈はタオルをまたハンガーに戻すと、壁の鏡の前でトレーナーを素早く脱いで下着姿になった。肩から二の腕にかけてついたしなやかな筋肉。思わず夏実がそれに見とれていると、たまさか鏡越しに静奈と目が合ってしまう。

頬を染めた夏実は、あわてて視線を逸らした。

素知《そし》らぬ顔で隊員服に着替えた静奈は、鏡を見ながら、ポニーテイルの髪をまとめ直している。

「そういえば、さっき広河原から曾我野くんたちが戻ってきたわ」

振り返った静奈が拇指《おやゆび》を立ててポーズをとり、片目をつぶる。「缶ビール、二箱確保ね!」

ベッドから両脚を下ろして、夏実が訊いた。「新人ふたりで、相変わらずのボッカ（荷揚げ）ですか」

「だってIC（野呂川広河原インフォメーションセンターの略）にいた松戸《まつど》くんが北岳山荘のスタッフになっちゃったし、仕方ないじゃないの」

「ですよねえ」

少し肩を持ち上げて、夏実が笑う。

「ところで曾我野くんたちね。朝、広河原の手前で五十六さんとすれ違ったって」

「ええ、またですか。先週、登ってきたばかりじゃないですか。今月はこれで四回目ですよ」

「つまり、毎週、来てるわけね」

静奈が夏実の隣に腰を下ろし、いった。「それはそうと、ザックにつけてた幟の文字が変わっていたそうよ。〈77歳の誕生日、ついに56回目の登頂！〉って」

「ええっ？　それってマジですか」

「だから、今月、あんなに張り切って毎週のように来ていたわけよ。今日がラストデイというわけ。でも、念願の五十六回登頂を達成すると、きっとこれが最後ってことだよね」

いわれて夏実が気づいた。「あ、そうか」

「迷惑ばかりかけてた人だけど、いなきゃいないで、なぜか寂しかったりして」

そういって静奈が笑ったとき、〈出動〉を知らせるベルが鳴り響いた。部屋の外の通路にとりつけられたスピーカーだった。

静奈が立ち上がる。続く夏実も真顔に戻っていた。

「まさか、また五十六さんじゃ？」

「さすがに違うでしょ」

ふたりで部屋を出て走った。

「今し方、本署から出動要請が入りました。要救助者は坂上昌子《さかがみしょうこ》さん。年齢は六十二歳。八本歯のコル付近の尾根で転倒し、右足首骨折。自力で動けない状態となっております。ちょうど通りかかった登山者が携帯で110番通報してきたということです」

待機所の壁際。大きな山岳地図の前で江草隊長が説明する。

夏実たちがテーブルに座り、全員が地図を見ながら静聴している。

通報者は都内から来ていた橋本《はしもと》という名の若い男性。

昨日は肩の小屋に宿泊し、昼前に山頂に到達、八本歯のコル経由で下山しようと下りてきた途中で〝要救〟を発見したらしい。

携帯電話からの通報が山梨県警へ。即時に南アルプス署に連絡が回り、沢井《さわい》友文《ともふみ》地域課長からの無線が警備派出所に飛び込んできたのだった。

「通報者の橋本さんは〝要救〟とともに現場にとどまっているとのことです。上空にガスがかかってヘリはフライトできません。本隊が足で救助に向かいます」

江草隊長が向き直っていった。「〝要救〟が女性のため、神崎、星野両隊員、出動願います。曾我野、横森の両隊員はふたりのサポートをよろしく」

「ハコ長。ふたりとも、ついさっき、広河原からボッカをしてきたばかりですし、ここは――

――」

杉坂知幸副隊長の声をさえぎるように、横森一平がいった。

「自分たちに行かせて下さい！」

県警機動隊出身。学生時代にフットボールで鍛えたという屈強な躰で立ち上がる。「俺たち、平気だよな、曾我野」

「あ、ええ。はい」

曾我野誠が少し狼狽《うろた》えたような顔で答えた。

そんな若いふたりの様子に夏実は微笑み、隣にいる静奈と目を合わせた。

＊

白根御池の警備派出所を出発した四人——夏実、静奈。そして横森、曾我野の新人二名は、ダケカンバや針葉樹が混生した森を一気に走り抜け、二俣に到達した。

ふたつ並んだバイオトイレの前でいったん足を止め、ナルゲンの水筒やプラティパスで水分をたっぷりと補給し、雪渓がすっかり消えた大樺沢をたどって斜面のルートを登り始めた。

救助犬のメイやバロンの出動がないのは寂しかったが、今回は遭難の場所ははっきりと特定できているため、救助犬の嗅覚に頼る必要がなかった。

バットレス沢との合流を過ぎ、大樺沢の左側にルートがトラバースする付近で、夏実たちは思わず足を止めた。

「ほいっ、ほいっ」とかけ声を発しながら、上から下りてくる登山者たちの姿がある。

先頭に立つのは、まごうことなき、あの斉藤五十六であった。

ザックは背負わず空身のままで担架《たんか》を持ち、後ろにいる若い男性の登山者とふたり、赤い登山シャツ姿の女性を搬送している。

「ほいっ、ほいっ」といいながら、彼らは夏実たちの前に停止すると、担架をゆっくりと足許に下ろした。そこに横たわっていたのは六十前後の女性だ。

「えっと、坂上昌子さんですか」と、夏実が訊ねると、彼女は黙ってうなずいた。

「通報者の橋本さんは……」

「ぼくです」

老人の後ろにいた男性が小さく手を挙げた。眼鏡をかけた大柄な青年だった。彼に比べると五十六はカトンボのように痩せて貧弱に見える。それが、ふたりして、この女性をここまで運び下ろしてきたのである。

担架の左右の棒は登山用のストックが二対、合計四本で作られていた。それぞれ細引きのドローコードで器用に縛り付けて補強されている。本体は白い布きれで即席にしつらえてあった。

よく見ると、五十六がトレードマークのようにザックから立てていた、あの巨大な幟だった。それが証拠に、要救助者の躰の下に、大胆に墨書《ぼくしょ》された文句が見え隠れしている。

〈77歳の誕生日、ついに56回目の登頂！〉

じっとそれを見ていた夏実たちは、さすがに声もない。

五十六は、いつもながらのふてぶてしいような横顔を見せながら立っている。白い蓬髪《ほうはつ》が風に揺れていた。

「あの……斉藤さん。頂上には立たれたのですか」と、夏実がおそるおそる訊いてみた。

険しい目をちらと彼女に向けてから、五十六はまたわざとらしく視線を外した。

「登っとらん」

「じゃあ、ご自分の目標を達成されないまま、坂上さんを救助されたんですか」

「そうだ」

「たしか、今日がお誕生日なんですよね」

「これから急いで登ってくる。ザックもまだあそこに置いたままだからな」

「無理ですよ」静奈がいった。「今から頂上に向かっても、日没までに小屋にたどり着けません。ザックは私たちが回収してきますから、今日はこのまま下の御池小屋にお泊まり下さい」

五十六は仏頂面で彼女を見てから、「そうか」といい、すたすたとひとりで歩き出した。警備派出所に無線連絡をしている横森の傍を通り、二俣に向けて下ってゆく。

飄々《ひょうひょう》とした後ろ姿を茫然と見ていた夏実が、橋本という登山者にいった。

「あのおじいさん。もしかして、あなたに当たったりしませんでしたか」

「当たる、ですか？」と、彼は奇異な顔をする。

「有名な頑固者なんです。しかも今日が誕生日で、念願の五十六回目の登頂だっていうのに」

「いえ」橋本がかぶりを振っていった。「ずっと上機嫌でしたよ。人助けはいいことだっておっしゃってましたし」

夏実はあっけにとられた顔で静奈と目を合わせ、また小さくなっていく老人の後ろ姿を見た。

＊

翌朝はガスが晴れて、絶好の登山日和となった。

斉藤五十六は白根御池小屋を出発した。草すべりの急登を登り切り、小太郎尾根に到達すると、稜線のルートをたどって肩の小屋で休憩する。ザックから取り出したテルモスの水筒から熱い茶をコップに注ぎ、ゆっくりと時間をかけてすすった。

ふたたびザックを背負うと、山頂を目指して歩き出した。

トレードマークの幟はない。昨日、怪我をした女性を担架に載せて搬送したとき、何カ所かが破れてしまった。だからザックには幟の竿だけをサイドストラップで固定して立てている。

誕生日も一日、過ぎてしまったが、これで山頂に立てば、ようやく念願の五十六回登山を達成できる。

自分の足許をにらむようにして、ひたすら急登をたどった。風もなく、穏やかな朝の頂稜。気温も上昇して、上着を一枚脱いだ。すれ違う登山者はほとんどいない。

やがて、〈南アルプス国立公園　北岳　3、193ｍ〉と書かれた看板の前に立った。五十六回目にして踏んだ、北岳の山頂である。

周囲には誰もいない。たったひとりで北岳の山頂を独占していた。

どこまでも澄み切った青天井の下、四方の絶景が望めた。隣にある仙丈ヶ岳《せんじょうたけ》。その向こうにそびえる甲斐駒ヶ岳《かいこまたけ》。鳳凰《ほうおう》三山。そして遥か彼方に連なる北アルプスの連峰。背後に目を転じると、真っ白な雲海の彼方に三角の頭を突き出す富士。

感動はなかった。

なぜか斉藤五十六は寂しさを感じた。

目標を達成したという満足感もなく、ただ口をへの字にして、その景色を見つめていた。自分のこれまでの人生をふと思い、あらためて孤独に包まれていた。

——斉藤さん。

ふいに背後から声がした。

振り返って驚いた。すぐ後ろに山岳救助隊の制服姿の女性がふたり。傍らには犬が二頭。ボーダー・コリーとシェパードだ。どちらも彼女たちの足許にしゃんと座っている。

夏実は静奈とならび、斉藤五十六老人と対面していた。

メイもバロンも静かに傍らに座ったまま、長い舌を垂らしている。ふたりとも、五十六老人が御池小屋を出発した三十分後、犬たちとともに警備派出所を出た。彼とは別のルート、大樺沢コースをたどってここまで一気に頂上に到達し、本人の登頂をずっと待っていたのだった。

「五十六さん。遅ればせながら、お誕生日、おめでとうございます」

夏実が、少し頬を赤らめていった。「そして、五十六回の登頂達成。本当によかったですね！」

そういいながら、後ろ手に隠していたものをすっと前に差し出した。赤いリボンが巻かれた赤ワインの罎《びん》だった。

「これ、あんまり高級じゃないんですけど、ハコ長と御池小屋の高辻さんからのプレゼントです」

五十六は茫然としたまま、それを受け取った。

硬直して立ち尽くす老人の目がかすかに濡れ光った。乾いた唇が小さく震えている。それをごまかすようにあらぬほうを向いた。

横顔がこわばっている。わざとらしく洟《はな》をすすり上げた。

「いっとくが、儂をこの山から追い出そうとしても無駄だぞ」

夏実があわてて首を振る。「いいえ、そんなつもりじゃ……」

五十六はザックを下ろして雨蓋《あまぶた》を開き、もらったばかりのワインをそこに突っ込むと、代わりに白い、真新しい布きれを取り出した。きれいにたたんでいたそれを、両手で思い切り広げた。

老人が黄色い歯を剥《む》き出して、ニヤリと笑った。

そこには豪快な文字で、こう揮毫してあった。

〈めざせ！　次は北岳登頂560回！〉

老人が得意げにいった。「ここからが、また新たな出発なのだ」

夏実は驚き、思わず静奈と目を合わせた。

「あきれた。一桁アップしてるわ」と、静奈。

「それって、無理ですよ。いくら何でも！」と、夏実が叫んだ。

「無理かどうか、やってみないとわからんだろう」

手早く幟の旗をザックに立てていた竿にとりつけると、彼は立ち上がり、荷を背負った。

「それじゃ、あばよ」

いい残すと、ふたりに背を向け、斉藤五十六は北岳の頂上から下山を始めた。

痩せ細った躰が、飄々とした様子で岩場を下りてゆく。豪快なスローガンが書かれた白い幟が左右に揺れている。

夏実たちはその場に茫然と立ち尽くし、小さくなっていく姿を見送るばかりだった。

第3話　青天の霹靂

七月に入って最初の日曜日だった。

K―9チームリーダーである進藤諒大と相棒の救助犬カムイ。ルーキー隊員の曾我野誠と横森一平が北岳山荘の近くをパトロール中、白根御池小屋の警備派出所から無線連絡を受けた。

山頂付近で単独行の男性が転倒、足首を負傷して歩けなくなっていると、本人の携帯電話から南アルプス署に連絡が入った。

急遽《きゅうきょ》、頂上を踏んで反対側の現場に急行すると、三十前後の若い男性がひとり、岩場に座り込んでいた。左足首が腫れて靴が脱げなくなっているという。

骨折の可能性があるし、自力歩行は無理だと判断して県警航空隊に連絡。それから二十分と経たぬうちに、県警ヘリ〈はやて〉が急行し、上空にアプローチしてきた。

ホバリング中のメインローターから吹き下ろされる強烈なダウンウォッシュの中、的場功副操縦士がホイストケーブルで降下してきて、ピックアップポイントに着地。

手馴れた様子でサバイバースリングを要救助者の胴にまわし、上空に合図を送る。機内から身を乗り出すように下を見ていた飯室滋整備士がホイストケーブルを巻き上げ、ふたりの姿はするすると空に昇っていった。

やがてキャビンドアをクローズした〈はやて〉は、にわかに機首を転じ、東に向かって滑るように飛行していく。操縦席の窓からサムアップを送ってくる納富慎介機長に手を振りながら、彼らは遠ざかっていくヘリを見送った。

雲行きが妖《あや》しくなってきたのは、現場から肩の小屋方面に向かって下山している途中だった。ガスが出てきて視界を覆い、鉛色の雲が頭上を閉ざしていく。

天候の急変は山ではよくあることだ。

とりわけ山体が日差しで熱せられて上昇気流が発達しやすい夏場は、晴れ渡っていた空が突然、大荒れの嵐になったりする。気圧が急激に下がるために高山病を発症しやすいのも、この時期だ。〈K―9〉のロゴと犬のマークが貼られているヘルメットを脱いでから、発達した積乱雲独特の昏《くら》い雲を見上げながら進藤がいった。

「あまり荒れるようだったら、肩の小屋に逃げ込むしかないな」

とたんに空がゴロゴロと重低音の唸《うな》りを上げた。手が届きそうなほどに低い雲底の奥に、青白い光が揺らめいた。

両俣分岐の道標がガスの先に見え始めた頃、いきなり雷鳴が大きくなった。

視界全体が青白い光輝に包まれ、ほぼ同時にバリバリという音が頭上で轟《とどろ》く。鼓膜がどうかなりそうなほどの大音量だった。それが絶え間なくくり返されている。

まばゆい雷光は真上ではなく真横から放たれていた。ときとして下のほうから突き上げるように矢のような稲光が飛んでくることもある。雷鳴は狂おしいほどに間近から発生し、まるで戦場にいるような感じだった。

そんな中を進藤とカムイが走り、急坂を下っていく。曾我野たちもすぐ後に続く。

さらに悪いことに、大粒の雹《ひょう》までもがバチバチと派手な音を立てて落ち始めた。足許の岩場に当たって粉々に砕けながら、周囲を転げ落ちていくのである。それが頭や肩を容赦なく打擲《ちょうちゃく》する。ヘルメットに当たる音が喧《かまびす》しいばかりだ。

何よりも、犬のカムイが可哀想《かわいそう》だった。

硬貨ぐらいの大きさの雹がまともに胴体に当たったときは、気丈な川上犬もさすがに悲鳴を洩らした。進藤は思わずカムイを抱き上げ、自分の躰を盾にしながら岩場を駆け下りる。落ちて砕けた雹で何度も靴底が滑って尻餅をついてしまうが、カムイの躰だけは絶対に離さない。

雷鳴と雷光は相変わらずだ。

二度ばかり、すぐ近くに落雷があったらしく、すさまじい音とともに青白い光がはじけ飛んだ。空気が独特のオゾン臭に満ちていた。

ようやくガスの切れ間に、肩の小屋の青いトタン屋根と、天水を貯めるドラム缶の群れが見下ろせた。進藤たちは九死に一生を得る想いで、そこまで疾走した。

肩の小屋の正面に回り込み、閉めきられていたドアをガラリと開ける。ちょうど土間のダルマストーブの傍に座っていた管理人の小林雅之《こばやしまさゆき》が驚いた顔で振り向いた。いつものよれよれの青いジャンパーに長靴姿だ。

「無線、聞いてたぞ。こんな天気のときに大変だったなあ。まあ、こっちで休め」

手招きをしてから、奥に向かって声をかけた。「――おぅい、誰か。コーヒーをふたつ持ってきてやれ。それと、犬の水もだ」

コーヒーをふたつといわれて、進藤が奇異に思った。

「自分たち、三名いますが？」

小林が向き直った。進藤たちの後ろをギロリとにらむように見据えてから、こういった。

「どこが三名だ。お前と曾我野しかおらんじゃないか。それともカムイも数に入れるのかい」

「え……」

進藤は初めて気づいた。思わず曾我野と目を合わせる。

横森一平の姿がなかった。


大粒だった雹が、だいぶ小振りになっていた。しかし、それでも躰に当たると痛い。だから小屋から借りたレインウェアといっしょに二重に着込んでヘルメットをかぶる。しきりとカムイがついて来たがっていたが、小屋に置いてふたりで出発した。

北岳は相変わらず雷雲にすっぽりと呑み込まれているらしく、稲光と雷鳴がとどろき渡っていた。

辺りは真夜中のように真っ暗だった。用意していたヘッドランプを点けるが、すさまじい勢いで落ちる雹が紗幕《しゃまく》となり、光を拡散して、かえって足場が見えなくなってしまう。

進藤たちは焦っていた。

遭難――とは思いたくないが、とにかく警備派出所に連絡を入れる前に横森隊員の安否《あんぴ》を確認したかった。本人が無線機を持っていないため、携帯電話で呼び出してみたが応答がない。

頂上から下ってきた道を折り返して捜索し続けた。

いくつ目かの急登にとりつき、這い登るように上を目指しているときだった。

だしぬけに間近に落雷があった。

ガスを切り裂くように真横に走ってきた稲光が、五十メートルぐらい離れた岩に突き刺さった。轟音とともに岩稜帯を青く染めて電光が走った。降りしきる雹の中で、進藤は立ち止まり、身を硬直させたまま、目をしばたたいた。

耳鳴りがひどい。鼻の奥にツーンとオゾンの臭いがこびりついている。

「かなりヤバイ状況っすよ、これって」と、曾我野がいった。

「だよなあ」

他人事《ひとごと》のようにいって進藤が笑うと、曾我野は苦笑いを返した。

「進藤さんは雷が怖くないんですか」

「正直いって腰が抜けるほど怖い。やせ我慢してるだけだ」

「よかった。怖がってるのはお前だけだなんていわれたら、どうしようかと思ってました」

また雷鳴が聞こえた。今度は少し遠くからだ。

「だけどな、曾我野。俺たちはどんなときだって出動しなきゃいけない。雷が怖いからって、救助隊が出て行かなかったら、それこそ笑いものだ」

「ですよねえ」

ふっと周囲が明るくなった気がして、進藤と曾我野は振り返った。

風が出てきてガスが流れている。その合間に頭上の空が見えたかと思うと、いきなり日が差し込んできた。

そのまばゆさに、ふたりは片手で目を覆った。

たちまちはぎ取られるようにガスが散り散りになっていく。スクリーンを覆うカーテンが開くように、青い晴れ間と外の世界が一望できるようになった。北岳の頂稜がすぐ間近にそびえていた。

進藤はあっけにとられた顔で周囲を見た。

ゴウッと音を立てて風が吹き、立ちこめていたガスの残滓《ざんし》を吹き飛ばしてしまうと、山はすっかり晴れ模様になった。肩越しに振り向くと、澄み切った空気の向こうに、仙丈ヶ岳や甲斐駒ヶ岳がクリアに見えている。

あれだけの劇的な雷雲が嘘のように消えていた。

まるで狐につままれたような気分だった。それが事実だったという証拠に、足許にはまだ大量の雹が降り積もったままだ。

嵐は去ったと判断したため、進藤は肩の小屋の小林に無線を飛ばした。中で待機している川上犬のカムイをリリースするようにいう。それから五分と経たないうちに、カムイの小さな姿が岩場をジグザグに駆け上がってくるのが見えた。

進藤の相棒は喜色満面といった様子で、すぐにハンドラーのところにやってきた。

《ご用命は？》

しゃんと座ったまま、そんな顔で長い舌を垂らしながら見上げている。

「横森を見つけてくれるか」

川上犬であるカムイは、犬の中でも最高の知能といわれるボーダー・コリーほど人間の言葉を憶えないが、それでも〝横森〟という名前に反応した。というのも、救助犬を使った原野捜索訓練では、いつも横森か曾我野が〝要救〟役で、森の中や岩場に身を潜《ひそ》めて隠れていたからだ。

カムイは大きく二度、吼えると、だしぬけにダッシュした。

それから数分と経たないうちに、横森はあっけなく見つかった。

少し離れた場所でカムイがさかんに吼えるので、大急ぎに駆けつけてみると、急斜面を登り切ったところにある岩場。ゴツゴツとした大きな岩が積み重なって偶然にできた狭い孔《あな》の中に、横森の姿があった。

「大丈夫か」

進藤が腹這いになって孔に上半身を突っ込むと、そこに横たわっていた横森が青ざめた顔で目をしばたたいた。

表情は冴《さ》えないが、怪我をしたりした様子はない。

しかしながら、滑落して落ちるような場所でもなく、進藤は奇異に思った。

「どうしたっていうんだよ」

すると、血の気を失った唇を震わせながら、横森がいった。

「すみません。自分、足が一歩も前に進まなくなって、夢中でここに飛び込んでました」

進藤は隣に腹這いになった曾我野と目を合わせた。

「雷が苦手だったのか」

すると、泣きそうな顔で彼が答えた。「小学五年の下校中、すぐ間近に落雷があって気絶したことがあります。それ以来なんですが……苦手どころか、生きた心地がしなくなるんです」

県警機動隊出身。強靭《きょうじん》に鍛えた鋼《はがね》のような男の肉体、それが横森の売りだった。それなのに雷を前にすると、身も心も萎縮《いしゅく》してしまう。

人には意外性がつきものかもしれないが、こと、横森に関して、これは驚くべき弱点だった。だから雲行きが妖しくなり、雷鳴が聞こえ始めたときから顔の表情が冴えなかったのだ。

「岩穴に入っても無駄だって教わらなかったのか。山体に落雷すると、岩盤の表面を高圧電流が走るんだ。こんな浅い岩の孔じゃ何の意味もないだろう」と、進藤がいった。

「それはわかっとるのですが……」泣きそうな顔で横森がいった。

ようやく孔の奥から這い出してくると、雹が積もった岩場に座り込み、がっくりと肩を落としてうなだれていた。

「進藤さん。曾我野。後生《ごしょう》です。このこと……誰にもいわんでもらえますか」

「大丈夫だ。俺たちは口が硬い。もちろんお前の秘密は厳重に守る。安心しろ」

進藤は苦笑いをし、横森の丸まった背中を乱暴に叩いた。それで横森は少しだけ安堵《あんど》の表情を浮かべた。

＊

その秘密も、数時間と経たずに救助隊全員の耳に入ることになってしまった。

ふたりの名誉のために記《しる》すが、進藤も曾我野も、横森との岩場での約束を固く守った。彼らの口から仲間内に喋《しゃべ》ることは決してしなかった。

そのことをおもしろ可笑《おか》しく救助隊のメンバーに伝えたのは、肩の小屋の管理人である小林だった。

夕刻の無線の定期交信のときに白根御池小屋の管理人、高辻に話し、それがハコ長こと江草隊長の耳に入り、居合わせた杉坂副隊長や深町、関隊員のみならず、星野夏実、神崎静奈といった女性隊員も横森一平の重大な〝秘密〟を知ることになった。

自分たちはともかく、肩の小屋の小林の口を閉ざしておくことをすっかり忘れた進藤と曾我野に罪があるといえばそうかもしれない。

だから、ふたりはそのことで横森に対して懸命《けんめい》に頭を下げたのだが、本人の機嫌はどうしても直らない。タフでマッチョな元機動隊員。横森のそんな頼もしいイメージが、これですっかり一変してしまったのだから、無理からぬことではある。

その夜、警備派出所一階待機室の奥にある、厨房に隣り合わせのキッチンスペースで夕食をとり、それから畳敷きの狭い部屋でいつものように酒盛りとなった。

横森は他の隊員たちから少し離れ、ぽつんとひとりで壁に向かって胡座《あぐら》をかき、大きな徳利《とくり》を傍らに手酌《てじゃく》でお猪口《ちょこ》をあおっていた。その寂しげな背中を見て、進藤は何と声をかけていいかわからず、ひそかに胸を痛めた。

「横森さん。これ、新潟の知人から届いた越乃《こしの》寒梅《かんばい》なんですけど、いかがですか」

斜め後ろにちょこんと正座した夏実が、小さな酒壜を手に声をかけた。

それを肩越しにちらと見た横森は、すぐにまた前を向いた。いかにも子供っぽい仕種《しぐさ》だが、いつまでも黙っているので気まずくなったらしく、さらに夏実が声をかける。

「えっと……日本酒がお嫌でしたら焼酎とかもありますし、ウイスキーも……あ、そういえば先週、広河原からの荷揚げに混ぜてもらったワイルド・ターキーの十二年ものなんて凄いのがあるんだけど、ここでぱーっと開けちゃいますか？」

「星野先輩。ほっといて下さい。自分は今、ひとりで飲みたいだけっすから」と、横森。

「でも、壁が相手じゃ、何もお話できませんし……」

「夏実」

静奈に腕を摑まれて振り返る。

彼女はかすかに首を振ってから、夏実を自分たちの車座の中に引き戻した。

＊

翌朝、曾我野と横森は二日目のパトロールに出発した。

今回はベテラン隊員がつかぬ、若手ふたりだけのペアで、コースは大樺沢からトラバース道を通って北岳山荘へ。そこから折り返して山頂を踏み、肩の小屋経由で御池の警備派出所に戻る。

俊足が売りともいえる救助隊の中にあって、入隊二年目とはいえ、彼らは足が遅い。

先輩たちといっしょに出発しても、あっという間に距離を空けられてしまう。悔《くや》しい思いで必死に追いかけても、やはり実力の差はいかんともしがたく、どんどん遠ざかっていくばかりだ。

それは単純に体力の差だけではない。山に馴れた救助隊員たちは、自分たちがどんな場所でどういうふうに足を使えばいいか。どこで無理をして、どこで力を抜けばいいかというスタミナの配分や力加減を経験的に熟知している。

だから、海外登山の経験がある曾我野や機動隊出身の横森よりも筋力が劣っているはずの静奈や夏実たち女性隊員ですらも、ふたりを楽々と引き離してしまうのである。

それがわかっているからこそ、若いふたりは機会を見つけては、こうして現場を歩き、山の経験を重ね、北岳を知り尽くしていかねばならない。

午前八時に御池の派出所を出発した彼らは、ほぼ二時間で大樺沢の雪渓《せっけい》に沿ったルートを登り切って、八本歯のコルへと到達した。ふつうの登山者のコースタイムよりも若干《じゃっかん》早いという程度の速度だった。

汗をかいた額や首筋をタオルやバンダナで拭いながら、ふたりして水を補給する。

間近に迫るように見える東面の大岩壁バットレス。左に目を転じれば、間ノ岳、農鳥岳に続くなだらかな三千メートル級の稜線の途中に、北岳山荘の赤い屋根がくっきりと見えている。

「今さらながらだが――」

ふいにいわれて、曾我野は振り向いた。

まだ肩を少し上下させていたが横森は落ち着いた顔をしていた。「昨日、俺の不始末のせいでお前と進藤先輩には大きな迷惑をかけた。そのことを深謝《しんしゃ》せにゃならんというのにすっかり忘れてた」

「俺のほうはいいよ。進藤さんにはあとで詫びとけ」

「もともと登山経験があるお前のほうが、早くこの山になじみそうだな。俺はまだまだダメだ」

「なんでまた機動隊から山岳救助隊に異動を希望したんだ」

「県警の機動隊なんてな、厳《いか》めしい顔をそろえていても、しょせんはお飾りみたいなものだ。日々、汗を流して訓練をやっても、現場ってもんがほとんどない。たまに出動があるかと思えば、セレモニーにかりだされるぐらいだし、俺たちは壁みたいに、ただ黙って突っ立ってるきりさ。だから、少しでも人の命がかかった現場に行きたかったんだよ。そこで自分を試してみたかった」

「そういうふうに昭和の時代から思い切りタイムスリップしてきたみたいな、熱血一直線なところが、いかにもお前らしいっていうかな。だが、機動隊を辞めてよかったと思うのか」

「それが……どうも、わからん。ここにいると自分が警察官であることを忘れそうになる」

腕組みをして俯《うつむ》き、ふっと顔を上げた。「曾我野はなんでここに来た」

「俺はスカウトだから、自分から志願したわけじゃないよ。たしかに山が好きだってこともあるし、ここの独立愚《ぐ》連隊《れんたい》みたいな気風が気に入ったんだ。とくに権力を笠に着てないところがいい」

「警察官の言葉じゃないな、それは」

「もともと組織になじめない人間なんだ。警察官としては落ちこぼれもいいところだ。だから渡りに舟だと思った。それだけのことだ」

曾我野はペットボトルをザックのサイドポケットに押し込むと、立ち上がった。「さあ、行こうか。北岳山荘に着いたら飯にしようや」


午後、北岳山荘を出発して間もなく、にわかに空に異変が起こった。それまで青一色だったのに、南に延びる尾根の先に薄灰色の入道雲がわき起こっているのが見えた。

「来やがったな……」

肩越しに振り向きながら横森がつぶやいた。歯を食いしばって空をにらみつけている。

夏の雷は三日続くという。曾我野がそれを思い出しているうちに、向こうの尾根の中途、農鳥岳近くの稜線に、一条の青白い稲光がジグザグになって突き刺さるのが見えた。しばし遅れて雷鳴が届いた。

「リラックスしろ。昨日みたいに雷雲に囲まれるとはかぎらんし、いざとなったら肩の小屋に避難すればいい。雷の中を平左《へいざ》で下山してこいとは、さすがにハコ長もいってないぜ」

そういって歩き出したのもつかの間、じきに周囲は昏い雲に覆われて、頭上低く垂れ込める雲底が青白く光り始めていた。状況はまさしく昨日の再現である。

雷雲の直径は十から十五キロ。それが時速五キロから四十キロぐらいのスピードで移動するといわれる。

しかも雷鳴の到達距離は最大二十キロというから、農鳥岳に落雷するのを見た段階で、彼らはすでに雷雲の範囲内にいたことになる。

ふいに横殴りの風に雨が交じった。

「悪い。俺の判断ミスだ」と、レインウェアを身にまといながら、曾我野がいった。「北岳山荘に引き返そう。ここからなら二十分とかからない」

ところが横森がいう。「俺はこのまま頂上に向かう」

「無謀なことをするな」

「正々堂々と頂上を踏んで肩の小屋まで下りて、雷なんか怖くないって証明してやる」

曾我野はあきれかえった顔でレインウェアを着込んだ相棒を見つめた。「お前……莫迦か。そんなことで汚名をそそげるものか」

「だったら、お前ひとりで引き返せ。じゃあな」

そういって横森が足早に歩き出す。曾我野があわててそれを追いかけた。

まるで何かに憑かれているかのように、横森の足が速い。大小の岩がゴツゴツと重なる岩稜帯を急ぎ足に登っている。

曾我野が走るように追うが、なかなか追いつけない。

北側をトラバースするトレイルをゆき、急斜面を登り、吊尾根分岐を経て、いよいよ頂上間近となると、そこらじゅうに雷が落ち始めた。視界いっぱいに青白い閃光が輝き、同時に耳をつんざくような雷鳴が轟く。

「おぅい。やっぱり頂上はダメだ。せめてそこらの窪地に避難しないと！」

大声で叫ぶが、雷鳴でかき消されてしまう。横森の姿はどんどん先へと遠ざかる。

隣にそびえる甲斐駒ヶ岳の頂上。そこにある石の賽銭箱《さいせん》は、しょっちゅう落雷を受けるため、中にある硬貨が溶けて融合している――そんな話を麓の神社の宮司《ぐうじ》から聞いたことがある。それを思い出して、曾我野はゾッとした。

「横森――ッ！」

必死に叫びつつ、彼はあとを追った。

岩稜を右に左に折れながら、足場の悪いトレイルを踏んでいるうちに、大きな段差を越えたと思うと、彼らはまさに頂上に立っていた。

眼前に標柱が立ち、その向こうに〈南アルプス国立公園　北岳　3、193ｍ〉と書かれた看板が見える。

周囲が明るくなっていることに気づき、曾我野がハッと頭上を見る。

いつの間にか鉛色の雲が切れて、青空がそこから覗いていた。それは見る見る雲を押しのけながら広がってゆく。さっきまでふたりを包み込むように光り、轟いていた雷もなく、うっすらとしたガスが周囲をとりまいているばかりとなった。

「どうだ、曽我野。俺の晴れ男パワーは、ついに山の雷様をも凌駕《りょうが》したぜ」

山頂の看板の横に立ち、腰に両手を当てて振り返った横森が、のけぞるように高笑いをした。

「もう、俺には怖いものなんてないんだ。雷でも何でもドンと来やがれってんだ！」

そのときだった。

視界全体が青白く、まばゆく輝いたと思った瞬間、真横から空中を電光が走ってきた。同時に打ちのめされるような強烈な衝撃を食らった。空中に吹っ飛ばされた曽我野は、鼻の奥にオゾンの臭いを感じながら意識を失っていた。

＊

闇の奥底から引きずり出されるように意識を取り戻した。

自分を見下ろしているのは、肩の小屋の管理人、小林だった。彼の小屋の中らしい。

一階の板張りの床に布団が敷かれ、そこに仰向けに寝かされているのだった。心配そうな小林の顔を見つめているうちに事態に気づいた。勢いよく布団から起き上がろうとすると、全身に激痛が走る。

顔をしかめながら曾我野が訊いた。「じ、自分……生きてたんですか」

「落雷の直撃を食らって、よくもまあ、助かったもんだ」と、あきれた顔で小林が笑う。

やはりあれは雷だったのか。それも直撃――。

「横森は……まさか……？」

「小屋の外でハコ長と交信しとるよ。奴ぁ、お前を担いでここまで下りてきたんだ」

「まじっすか」

「被雷《ひらい》したのはお前さんだけだ。晴れ間際の、イタチの最後ッ屁《ぺ》みたいな一発だったらしいじゃないか。ふたりして五メートルぐらい吹っ飛んだそうだ。もしも方向が悪かったら、バットレスから真っ逆さまに転落だったな」

小林は傍らに置いていたものを差し出してみせた。それは腰のハーネスにかけていたカラビナの束だった。すべてがいびつな形に変形し、融合《ゆうごう》して固まっていた。続いて小林が差し出したレインウェアの上着。右肩から胸の辺りにかけて真っ黒に焦げ、無残に引き裂かれていた。

雷という電流の威力にあらためて驚かされた。

「雷様はお前の肩に落ちて、この雨具の表側を伝って足から地面に抜けたんだろうな。だから、たいした怪我もなく、足の火傷《やけど》ぐらいですんだということだ」

「足の火傷……」

掛け布団をはいで、そっと自分の下半身を見る。ズボンは脱がされ、下着になっていた。右の太股から脹《ふく》ら脛《はぎ》にかけて、体毛がすべて焦げて消失していた。

つるんつるんになった皮膚に、小さな水ぶくれが無数にできている。左足はまったく無傷なのに、右足だけがそうなっていた。そっと手で触るとひりひりと滲みた。

「あと五分ぐらいでヘリが来るから待っとれ」

そういって小林が去っていくと、入れ違いに横森が小屋に入ってきた。

「横森。お前、よく無事だったなあ」と、声をかけた。

「すまん！」

いきなり土下座をされた。顔を上げるなり、泣きじゃくった。拳でしきりに目をこすっている。

「俺、やっぱり山を舐《な》めてた。もうちょっとで相棒を失うところだった」

曾我野は苦笑いを浮かべながら、彼の肩をそっと叩いた。

山梨県の消防防災ヘリ〈あかふじ〉がヘリポートにランディングした。

曾我野は山小屋のスタッフたちに担架で運ばれ、そこに向かった。横森が心配そうに付き添っている。

ちょうどそこに御池から登ってきた隊員たちが到着した。江草隊長を先頭に、杉坂副隊長、深町隊員。そして星野夏実隊員と救助犬メイの姿もあった。

ローターを回しながら待機しているヘリの前で担架が下ろされ、曾我野は横森と小林に左右を保持されて立ち上がった。

ズボンの代わりに小屋のスタッフの私物であるジャージを穿《は》かされているが、さすがに右足の皮膚がこすれて痛い。上はTシャツ一枚だった。

「ハコ長。自分の不注意でこんなことになってしまいました」と、横森がいう。

「いや、こいつのせいじゃありません。自分の判断ミスもあります。助かったのは、たまたま運が良かっただけです」と、曾我野が詫びる。

江草がそれを片手で制してから笑った。

「貴重な経験を積みましたね。雷は怖い。それを身をもってわかってくれただけでも、ふたりをパトロールに出して良かったと思います」

そういった江草は、横森に目を向けた。

「あなたは自分を恥じるあまりに無理をしようとした。恐怖心は馴れることで消えていきます。けれども度を越した冒険で克服することはできません。昨日は隊員の誰ひとりとして横森隊員の行動を嗤《わら》ったり、軽蔑したりはしていません。臆病《おくびょう》を恥じることはない。むしろ必要なものだし、人は本能的に危険を回避するものなのです。だから、怖いと思ったら、素直に自分の声に従うことです」

横森がグッと肩を持ち上げ、俯いたまま、目をしばたたき、口を引き結んでいた。

江草隊長が優しく見つめながらいった。

「きみ、洟《はな》が垂れとります」

ハッと振り返った横森の鼻水を見て、思わず曾我野が吹き出しそうになる。

「これ。使って下さい」

星野夏実隊員が白いハンカチを渡してきた。

横森はそれを受け取り、しきりに鼻と口許を拭ってから彼女に返そうとし、ハッと気づいた。たちまち顔を赤らめながら、強引にズボンのポケットにねじ込んだ。

「星野先輩。これ、あとで洗濯して返却いたします」

「曾我野さんも早く怪我を治して北岳に戻ってきてね」

夏実にいわれて彼は黙って頭を下げる。

若いふたりは機内に搭乗した。曾我野は担架からストレッチャーに躰を移され、機内に固定された。

消防防災ヘリ〈あかふじ〉が、派手な土煙を蹴立てながら上昇する。キャビンの窓越しに肩の小屋のヘリポートを見下ろしながら横森がいった。

「俺もな、今にして思えば、県警の機動隊を辞めてよかった気がする」

「お前がそんなことをいうとは思わなかったよ。まさに〝青天の霹靂《へきれき》〟って奴だな」

ストレッチャーに横たわったまま、曾我野はそういった。

隣で座席に座ってシートベルトをかけた横森が、ズボンのポケットに半分手を入れ、あの白いハンカチをぎゅっと握りしめている。それを見て、曾我野はかすかに笑った。

「山の神様にたてついて、大目玉を食らった気分だな」

彼はそういってから、ふうっと吐息を洩らし、窓越しに機外を見た。「だが、案外と俺たちは気に入られたのかもしれんぞ」

ちょうど機外を、北岳の頂稜がゆっくりと行き過ぎるところだった。

第4話　神の鳥

七月に入って以来、本格的な夏山シーズンが始まったためか、白根御池小屋前のベンチの周囲には、大勢の登山者たちの姿がある。森の中や御池の周辺の幕営地にも幾張りか、カラフルなテントが目立っている。

最大二百名を収容する二階建ての山荘の向こうに、小さなコテージ風の山岳救助隊の警備派出所があった。

その前にボーダー・コリーを傍らに座らせた山岳救助隊の女性隊員、星野夏実が立っている。隣には彼女の先輩である関真輝雄隊員の姿もある。

「お兄ちゃん」と、ザックを背負った関千晶《ちあき》が声をかけた。

「よく来たな」

兄妹で声をかけあってから、千晶は振り向く。「夏実さん、お久しぶりです!」

歩み寄ってきた彼女の手を握った。それから傍に停座するメイの前にしゃがみ、頭を撫でる。白黒茶のトライカラーのボーダー・コリーが目を輝かせ、豊かな尻尾を激しく振る。

「メイも元気そうでよかった!」顔を思い切り舐められて、千晶は笑う。北岳を訪れるのは五年ぶりだった。

大学を出てからしばらく就職もせず、千晶は山頂近くにある肩の小屋でアルバイトをしていた。それから間もなく、彼女は環境省に入省し、出先機関のひとつである野生鳥獣保全管理センター(ワ《W》イルドラ《L》イフ・パ《P》トロール)八ヶ岳支所のスタッフとなっていた。

今回の登山は、そのＷＬＰの仕事としての公務である。北岳一帯で絶滅に瀕しているといわれるライチョウと、その天敵の調査のためだった。

千晶は、広河原からいっしょに登ってきた上司の七倉航《ななくらわたる》をふたりに紹介した。

「ＷＬＰの七倉です。よろしくお願いします」

そういって彼は関と夏実と握手をした。

「みなさんのご活躍ぶりは噂に聞いてます」と、七倉がいった。

「いいえ。そんな――」夏実が少し顔を赤らめている。

環境省のキャリア官僚だった七倉は、ＷＬＰ八ヶ岳支所長として中央から出向し、二年の任期を経た今はひとりの野生鳥獣保全管理官としてＷＬＰにとどまっている。

千晶にはその理由が何となくわかっていた。

当初は腰掛け人事などと周囲から揶揄《やゆ》されていたのに、野生鳥獣保全活動の最前線に常に立って学び、経験し、文字通り、汗と血を流して奮闘していくうちに、次第に部下たちに認められていき、尊敬の対象にまでなったという。

それは七倉がエリート官僚であることを捨て、ひとり娘とともに、八ヶ岳や南アルプスの自然を愛し、そこに骨を埋める決心をしたからに他ならない。そんな話を同僚や上司から聞かされた千晶は、七倉を尊敬し、絶大な信頼を彼に置いていた、

ふいにメイが七倉のズボンに鼻先を近づけ、クンクンと嗅ぎ始めた。

「あ……もしかして、七倉さんも犬を飼ってらっしゃるんですか」

夏実に問われ、彼は白い歯を見せて笑った。

「ダンっていう名のカレリア犬です。まあ、飼ってるといえばそうですが、ベアドッグとして里に出てきたクマを奥山に追い払う仕事をしてもらってます。犬も我がＷＬＰのメンバーというわけです」

「じゃ、私たちと同じ相棒《バディ》なんですね」

七倉がまた笑みを浮かべ、夏実に向かってうなずいた。

「犬たちの仕事は違えど、お互いにハンドラーという立場です」

ふと彼は真顔に戻った。「ところで隊長の江草さんは？」

関と夏実の顔が急に暗くなったので千晶は驚く。

「ハコ長は甲府の山梨県警本部に行ってます。ちょっと問題が起こってまして――」

「問題といいますと？」

関隊員が七倉に目をやり、いった。「今回のあなたがたのライチョウの調査とも関係があるんですが、実は……山岳救助犬の存続に関わることなんです」

関の隣で夏実がすっかりしょげた顔をしている。

＊

肩の小屋に近い小太郎尾根から、ライチョウの家族の姿を見なくなって何年になるだろうか。地球温暖化の影響だとか、キツネやテンなどの捕食動物が森林限界を越えて登ってきたためだとか、いろいろな説がある中、やはりというか、多くの登山者が山に入ることで、何らかの自然へのインパクトがあったのではないかとの意見が注目されていた。

とくに問題視されたのが犬連れ登山である。

ところかまわず排尿や排便をし、あまつさえ鳥や小動物を見ると猟欲をかきたてられてしまう。そんな犬を高山に連れてくるのはいかがなものかという声。やがてその矛先《ほこさき》は、この山で働く山岳救助犬たちにも向けられることになった。

その急先鋒《きゅうせんぽう》ともいえる人物が、民自党の政治家、猪尾美弥子《いのおみやこ》だった。

山梨県出身で衆議院議員になって二期目になる彼女が、何ゆえに山岳救助犬を非難するようになったのかは定かではない。

ともかく彼女が「山に犬を連れ込むのがダメなら、山岳救助犬だってアウトでしょ？」とツイッターに書いたことが、大きく波風を立てた。

それに同調した者たちがネットで騒ぎ始め、マスコミがそこに目をつけた。民自党山梨県連が県警に対して山岳救助犬廃止への圧力をかけてきたのは、それから間もなくのことだった。

　御池小屋で早めの昼食をとった千晶と上司の七倉は、現地案内として同行してくれることになった兄の関真輝雄隊員とともに警備派出所を出発した。

　千晶と七倉は、下は登山ズボンに登山靴で固めているが、シャツは〈野生鳥獣保全管理センターＷＬＰ〉の文字とシカのトレードマークの肩章がついたシャツを着ていて、頭には制帽のキャップをかぶっている。環境省の役人というよりも、アメリカのパークレンジャーのスタイルに近い。

「犬連れ登山と山岳救助犬を混同するとは見当違いも甚《はなは》だしいですね」

　草すべりの急登をたどり、汗を拭いながら七倉がいった。「犬たちのおかげで、ここでどれだけの遭難者が命を救われたか。そんな現場の実情を何も知らない、ただひとりの議員のネットでの発言ぐらいで廃止とは……」

「だいたいどうして民自党の県連が県警に口出しをしてくるんですか」と、千晶。

「おそらく党として、猪尾議員の発言を正当化するためだと思う。いらぬだめ押しだよ」

　妹の後ろを歩きながら真輝雄がつぶやく。「山岳救助犬は自然環境に対しても極力、ローインパクトで動けるように訓練されてるんだ。排尿排便も決まった場所でしかしないように躾《しつ》けてるし、ましてやライチョウを襲うだなんて絶対にあり得ない」

「だいいち、山岳救助犬がダメだというのなら、私たちのベアドッグも同じだよね」

千晶がそういった。「猟犬だって、基本的にはノーリードなんだから、そんなことをいいだしたら、犬という犬はすべて繋いでおかなければいけなくなってしまう」

「でも、今はハコ長が県警でがんばってくれると思うし、成果に期待するしかないよ」

「江草さんはなかなか頑固な一方、理詰めでちゃんと話せる人ですからね」

真輝雄が七倉を見て、こういった。「うちのハコ長をよくご存じのようですが」

彼は笑ってうなずく。「県の自然保護大会にゲストとして招かせていただいたりして、今まで何度かお目にかかったことがあります。何しろあのお人柄ですから、自分の周辺にも江草さんのファンは多いですよ」

「この世界って案外と狭いんですね」と、千晶。

「とりわけ山や自然環境、野生鳥獣の問題に携わる人々は、何かと顔を合わせる機会が多いです。今回、われわれをお招きいただいた信州学院大学の樫山茂《かしやましげる》先生も、以前は鳥類の調査でいろいろとお世話になりました。今は〝ライチョウ博士〟なんて呼ばれているそうですが」

草すべりを登り切り、小太郎尾根の稜線に到達した。

一行は周辺のハイマツ帯を観察しながらライチョウの姿を捜す。

しかし数年前から、この付近のライチョウたちの姿を見かけなくなったといわれているように、気配や痕跡らしいものはやはりなかった。ハイマツの松ぼっくりを噛み砕いたものがたまにトレイルに落ちているが、それは同じ高山鳥のホシガラスの仕業《しわざ》だった。

肩の小屋を経由して山頂に到達。さらに下ってたどり着いた北岳山荘で宿泊の手続きをした。

そこで荷物をデポ（一時残置）し、ふたたび間ノ岳方面に向かって出発する。

それまで気持ちいいほどに晴れ渡っていた山が、すっかりガスに覆われていた。

およそ四十分。だだっ広い尾根を歩いていると、立ちこめるガスの向こうに、かすかに人の声が聞こえてきた。

――そこから先は高山植物があるから入っちゃだめだ。カメラの三脚を立てて望遠で撮影すればいい。ガスもすぐに晴れるよ。

千晶の耳にはすっかり馴染んだ男の声だ。

信州学院大教育学部の樫山茂教授が大声で叫んでいる。

ふいにガスが風に流れて、その後ろ姿が垣間《かいま》見えた。すっかりトレードマークとなった真っ赤なマウンテンパーカーに青のキャップ。大きな岩のひとつに片足をかけて、ずっと先にいる学生たちに指示しているようだ。

「樫山先生！」

後ろから声をかけると、鼈甲縁《べっこうぶち》の眼鏡で振り返ったとたん、破顔《はがん》する。何日も山にこもっているためか、顔の下半分に無精髭《ぶしょうひげ》が針のように生えている。

「関さん。よく来てくれたね。おや、七倉さんもいっしょか――」

「すっかりご無沙汰をしてました」

七倉が歩み寄って、樫山教授の手を握った。「今回のライチョウの調査では、ぜひともお力になれたらと思います。こちらは山岳救助隊の関巡査。われわれのガイドをしてくれています」

七倉にいわれて、樫山が首をかしげ、彼を見つめた。「関、、巡査って……もしや？」

「実は兄妹なんです」と、七倉がいう。

「どうりで容貌《かお》が似てると思ったよ」

樫山は無精髭を撫でながら、ふたりを観察するように見比べた。「というか、そっくりだ」

「子供の頃から、兄とは双子みたいだっていわれてました」

千晶は笑ってそういった。

「ところで、七倉さん。あれからサルたちの群れの動向に何か変化はあった？」

ふいに向き直ると、せっかちに実務的な話を切り出してくるところが樫山らしい。

「芦安Ⅱ群と名前をつけた大きなグループなんですが、あれ以来、ずっと野呂川に沿って上流に登ったり下ったりの繰り返しです」

「六十頭以上の大きな群れだっていうから、グループが分裂した可能性もあるよね」

「それを見越して、稜線側から調査をするため、こうして登ってきたんです」と、七倉が答えた。

北岳にニホンザルの群れが定着しているというと、驚く人も多い。

しかし、実際には標高三千メートルの稜線付近までかれらは登ってきて、ニホンジカとともに貴重な高山植物を食い荒らし、大きな問題となっていた。

春から秋にかけて大樺沢などを歩いていると、明らかにシカのものではない、アザミやイタドリの食痕があちこちに見られる。

サルたちは夏山では高い場所に縄張りを作るが、食べ物がなくなる冬を前に山を下り、野呂川付近にまで移動するらしい。里山のサルの群れと違って、かなり広範囲にグループが渡り歩くことが特徴だった。

北岳周辺からライチョウが激減した原因が、野生のサルにあるのではないか。樫山教授はそうにらんでいた。

北アルプスの東天井岳《ひがしてんじょうだけ》でニホンザルがライチョウの雛《ひな》を捕食した写真が撮影され、衆目を集めたことは記憶に新しい。それと同じことが、この南アルプスでも起こっているのではないだろうか。

教授の依頼を受けたWLP八ヶ岳支所が、現地に近い野呂川近辺に棲息《せいそく》するサルを捕獲し、発信器をつけて群れの移動をキャッチする、テレメトリー調査をしていた。

ところが夏場は高山まで上がってくる群れが、今年にかぎって、なぜか麓にとどまっていた。もっとも樫山教授がいったように、サルは群れが増えると分離することがある。だから、テレメトリー調査だけでは完璧ではなく、こうして現場で目視をし、直接の観察調査をすることが必要だった。

関千晶がザックを下ろし、器具を取り出している間、周囲のガスが急速に薄れていった。見る見る遠くの山嶺がくっきりと浮き上がってきた。

太陽はすでに西に傾いている。

昨今、WLPは八ヶ岳や南アルプス周辺の里山におけるサルのテレメトリー調査に、GPS発信器を使った首輪を主に使用していた。

衛星からの電波を受けることができれば、現場に行かなくとも対象物の位置情報をスマートフォンやタブレット、パソコンなどにダウンロードできる。

しかし今回の調査エリアは標高の高い山であったり、切れ込んだ深い谷底だったりしてパケット通信の圏外であることが多いために、あえてアナログ式であるラジオテレメトリーの送受信機を使用していた。すなわち首輪につけられた発信器からのFM電波を直接、アンテナでキャッチし、場所を特定するしかない。

四素子の八木《やぎ》アンテナを伸ばした千晶は、肩掛けの無線機にケーブルで繋いだ。

電源を入れてチャンネルを合わせ、アンテナを左右に振りながらビーコンをキャッチしようとするが、なかなか音が入ってこない。発信器を装着した牝ザルは二頭。それぞれのチャンネルに切り替えながら試みてみる。

「これだけ見通しがいい場所ですから、五キロ以内の圏内に群れがいたら反応が出るはずなんですけど……」

そういいながら千晶が八木アンテナを縦にする。

水平偏波《へんぱ》から垂直偏波に切り替えて、ビーコンの受信を試みた。やはり反応がない。受信機の減衰器《アッテネーター》のつまみを操作してみても、耳障《みみざわ》りな雑音が入ってくるばかりだ。

樫山は顎下の無精髭をさすりながら、眉根を寄せていた。

「やはり群れはここまで上がってきていないのか」

「〝はぐれ〟の牡ザルの可能性もありますが、実際に目で見ないと――」

七倉にいわれて彼はうなずく。

サルの群れは牝が中心となる母系社会である。

野生のサル群に、いわゆるボスザルとして君臨する牡ザルは存在せず、母ザルとその仔ザルたちを核とする血縁集団となる。多くの牡は成熟すると群れを出て、〝はぐれ〟あるいは〝ヒトリザル〟と呼ばれる分散個体《ディスパーザル》として単独で行動をとり、牡同士で小さなグループを作ったり、別の群れに身を寄せたりもする。そして物見の役を担《にな》ったり、群れのガードマンとして働くこともある。

樫山は七倉から渡された芦安Ⅱ群の移動を示した地図を見ながら、顎を撫でている。

「もう少し、長期的に観察する必要があるなあ」

「もちろん、そのためにわれわれも長逗留のつもりで来ましたから」

七倉がそういったとき、ハイマツ帯の向こうでデジタルカメラやムービーで撮影していた若者たちが戻ってきた。みんな二十代の青年だった。

「うちの大学の学生たちだ。嶋津《しまづ》くん、竹山《たけやま》くん。それから岡《おか》くん」

三人の若者がそろって頭を下げた。まだ、ニキビが顔に浮いているような初々しい大学生たちだった。

「先生。ライチョウたちをケージに収容完了しました」

茶髪を長く伸ばし、ポニーテイルにした嶋津という青年が報告した。

「ええ。ケージに入れてるんですか」と、驚いた千晶が訊ねた。

「見てみるかい」

樫山に招かれて、千晶たちがザレ気味の砂礫《されき》の斜面を下った。

ハイマツ帯の中、大きな岩がある手前に、目立たぬ色で作られた箱罠のような大きな檻《おり》が安置されている。そっと近づいて覗き込むと、薄暗い中、母鳥が一羽、その腹の下に入り込むように、小さな雛鳥が三羽、確認できた。ライチョウたちはいずれも怯《おび》えた様子はない。斑模様の羽毛が、吹き込む風に小刻みに揺れている。

ケージの前にしゃがみ込み、樫山がいう。

「何しろ、最後に残された家族だからね。夜間は天敵に襲われないように、こうしてここに入れてやって朝になったら、また出してる。かれらはわれわれの意図を知っているみたいに、自分たちから中に入ってくれるし、出しても、遠くに行かないんだ」

「大変なお仕事ですけど、でも……思い切り、人の手が入ってますよね」

千晶が訊いた。「――たしかに貴重な特別天然記念物の鳥だけど、何だか違和感を覚えます」

樫山は少しつらそうな顔をしてうなずいた。「他に方法がないんだ。せめて雛たちが飛べるようになるまで、こうやってわれわれが保護してやらないと、あの家族だって全滅してしまう」

「そこまで追いつめられているんですね。ここのライチョウたちは」

七倉がキャップを頭から脱いで嘆息《たんそく》した。

＊

小さな鳥の影が空に浮かんでいた。

翼をしきりに羽ばたかせ、ヘリのようにホバリングしている。

「チョウゲンボウだ」

南アルプス山系によく見られる紅色をした赤色チャートの大きな岩盤に腰を下ろし、煙草を吸いながら、樫山教授がそれを眩しげに見ていた。「前はこんな高い場所ではめったに見られなかった猛禽《もうきん》類だよ。あれもライチョウたちの天敵だ」

千晶は近くに座ったまま、高い空に静止しているハヤブサの仲間を見つめた。

樫山が立ち上がり、指をふたつ、口に突っ込んで笛を吹いた。それからパンパンと何度か手を叩いた。

とたんにチョウゲンボウは甲高い声で啼《な》き、礫《つぶて》のように飛んだ。朝日が昇ったばかりの鳳凰三山の方角に向けて、小さくなり、やがて見えなくなった。

ふたりの前にはライチョウの親子がのんびりとハイマツの間を徘徊し、松ぼっくりをついばんでは嚙み砕いていた。母鳥はときおり首を伸ばし、周囲の様子を油断なく見ている。天敵から雛たちを守ろうとしているのだろう。

ライチョウたちを遠巻きにするように、大学生三名が立っていた。

彼らは日がな一日、こうしてライチョウの親子をガードしながら、さっきのチョウゲンボウや肉食動物などの接近を阻止している。それを日没まで続けては、夜間、ライチョウたちをケージに入れるのである。

「昔、この辺りのライチョウたちはもっとのんびりしていた。母鳥があんなふうにオドオドした表情をするようになったのは、ここ何年かのことだな」

指の間に挟んだ煙草の煙をくゆらせながら、樫山がそういった。

「ライチョウはどうして人を畏《おそ》れないんですか」と、千晶が訊ねる。

「きっと神の鳥だったからだろうね」

「え」

樫山は涼しげな目をして、北岳の頂に目をやった。

「欧米ではライチョウは狩猟鳥だ。ジビエ料理としてよく知られている。しかし日本では特別天然記念物に指定される以前から、ずっと保護され続けてきた。それはね、山という場所が神の領域だったからだよ。神の住まう場所に棲む鳥、すなわち神の鳥。だから、われわれ日本人はライチョウという存在に畏敬《いけい》の念を抱いていた」

「それは、人と野生鳥獣の間にあるべき、理想的な距離感だといえますね」

「もっとも、そのことがライチョウの激減につながったんだ。人を畏れないライチョウは、当然、天敵からの防衛能力も身につけていなかった」

千晶は膝を抱え、膝頭に頬をつけたまま、目の前をのんびりと歩くライチョウの親子を見つめた。

「だけどね」

樫山は短くなった煙草をいとおしげに吸いながらいった。「すべてはつながってるんだよ」

「え？」と、千晶が顔を上げる。

「ライチョウたちを捕らえにくるチョウゲンボウや、キツネやイタチやテン。それにサルたちもだ。みんな生きるために仕方なくこんな場所までやってくる。ちょっと形が崩れているかもしれないけど、それはすべて自然のサイクルなんだ。だから、ぼくはかれらのことをいとおしいと思う。ライチョウを捕食するかれらを悪だとは思わない」

「もしかして人間だけが、そのサイクルから外れているんですね」

「そう。われわれ人間だけだ」

つぶやくと、樫山は携帯灰皿の中で煙草を揉み消した。

＊

翌朝、騒動が勃発した。

午前六時。三人の学生たちと千晶がケージの扉を開いてみると、中にいたはずのライチョウの母と雛三羽が、忽然《こつぜん》と姿を消していたのである。

樫山教授は現場から三十分ほど離れたところで別のライチョウの家族を捜していたが、千晶からの無線の報告を受け、いっしょにいたＷＬＰの七倉とともに、急遽、現場に引き返してきた。

関真輝雄隊員は、昨夜、宿泊した北岳山荘のスタッフとともに厨房外のプロパンガスタンクの交換作業を手伝っていたが、報告を受けるや押っ取り刀で山小屋を飛び出したようだ。

やがて到着した全員の前で、千晶と学生たちは茫然自失で立ち尽くしていた。

ケージの中はまさにもぬけの殻《から》だった。

「まさか動物に？」と、七倉。

「違うと思います」学生のひとり、嶋津が答えた。「──昨日はちゃんと扉をロックしておきましたし、いくら知能の高いサルでも、それを外して扉を開けるなんてことはできません。ましてや、ライチョウたちが内側から扉を開けるはずもないですし……」

樫山が腹這いになって、ケージの中を覗き込んでいる。「羽毛が散らかった様子もないから、こりゃあ、やっぱり動物じゃないなあ」

「だとすると、人？」

何気なくいったつもりの千晶だったが、だしぬけに全員の視線を向けられて驚いた。

「え。ちょ、ちょっと待って下さい。登山者がライチョウを密猟するなんて、そんなことがあるわけないですよ！」

「千晶。残念ながら、登山者すべてが善人だとはかぎらないんだ。デポ中のテント荒らしは毎年のように横行しているし、中には山小屋のトイレの協力金を、箱をこじ開けて盗んでいく人間もいる。悲しいけど、それが現実なんだよ」

兄の真輝雄にいわれてショックを受けた。言葉も返せなかった。

「ちょっと、これを」

しゃがみ込んで地面を調べていた七倉が指差した。

千晶たちが見ると、ケージの周辺の地面に靴痕がいくつもあった。登山靴によくあるビブラムソールではなく、スパイク靴のような粒々のマークが無数に並んでいる。

「変わったソールの形ですね」と、真輝雄がつぶやく。

「みなさん、靴の裏を拝見していいですか」

千晶と真輝雄、学生たちがそれぞれ片足を上げて靴底を見せた。

それぞれ、土踏まずの部分に黄色い八角形の商標がついた、ビブラムソールだった。七倉も、それから樫山もそれぞれ自分の靴の裏を確認する。

「間違いない。ここにわれわれ以外の人間が来てます」

七倉が断言した。

「夜のうちにライチョウたちを盗んだとしたら、きっと北岳山荘に宿泊した登山者か、テント泊の人ですね」と、真輝雄がいった。

七倉が腕時計を見た。「だとしたら、今頃、下山中のはずだ」

「警備派出所に無線を入れて、下山者をチェックしてもらいます」

関真輝雄がザックのショルダーストラップにつけていたホルダーから、トランシーバーを引き抜いた。

＊

「いいんですか。私たち女性隊員ばかりで？」

北岳登山道の入口にある広河原山荘前に立って、星野夏実は隣にいる神崎静奈にそういった。

ふたりは関からの無線連絡を受け、御池の警備派出所からここ広河原に、文字通り駆け下りてきたばかりだった。

「だって男たちはみんなパトロールに出てたし、ハコ長はいないし、仕方ないじゃない」

「もっとも女性隊員ったって、武闘派の静奈さんがいるわけですからね」

「何よ、それ」

そのとき、登山道入口から数名の登山者たちが列を作って下りてきた。森を抜けてふたりの前に現れたのは、大学生のように見える若い男女ばかりだった。クマ鈴をさかんに鳴らしながらやってくる。

「こんにちは」と、夏実が声をかける。

立ち止まったパーティの先頭、長身の若者が夏実たちの制服姿に気づいたようだ。

「救助隊のみなさんですか。どうも、お疲れ様です」

「えっと。つかぬことをお訊きしたいんですけど、変な荷物を持った登山者を見ませんでしたか」

夏実の質問に、彼らは奇異な顔を見せた。「変な荷物って？」

「たとえば……大きな鳥かごみたいなものとか、箱みたいなものとか」

若者たちは顔を見合わせていたが、しんがりにいたひとりがふいにいった。「もしかしたら、あんな感じの荷物ですか」

彼が指差すほうを夏実たちが見た。

大学生のパーティに続いて登山道入口に下りてきた中年男性の登山者二名が、あっけにとられたような顔で立ち止まっている。

それぞれ四十リットルぐらいのザックを背負っているが、どちらも足許は林業従事者やハンターが履くようなスパイク長靴だった。前にいたスキンヘッドに切れ長の目をした男が、把手のついた四角い木箱を、重たげに右手にぶら下げていた。

傍にいるもうひとりは角刈りで頬を斜めに横切る白い傷がある。双方、服装こそ登山者のスタイルだが、中身はどうみてもヤクザかチンピラだ。

ふたりはまた歩き出した。

素知らぬ顔で若者たちのパーティをすり抜けるように野呂川に架かる吊り橋のほうへと向かおうとした。その後ろ姿に夏実が声をかけた。

「あのぅ、すみません。そのお荷物、ちょっと拝見させていただけますか？」

ふたりの足が、また止まった。角刈りの男が振り向き、いった。

「何だよ、あんたら」

「ご覧のとおり、山岳救助隊ですが。えー、いちおう山梨県警南アルプス署地域課の警察官です」

「け、警官だからって、勝手に人の荷物を開けたりしていいのかよ」

「何なら、任意同行ということで、芦安駐在所までいらしていただいてもかまわないんですけど」

夏実がいったときだった。男の持っている木箱の中で、「クゥ」と声がした。

ふたりの顔色がさっと変わった。

彼らは木箱を見下ろし、それから一瞬、互いに目を合わせた。スキンヘッドが腰をかがめて、木箱を地面に下ろした。背負っていたザックも足許に落とす。

「うらぁ、なめんじゃねえぞ、女ども！」

同時に足を踏み込み、かかってきた。

よりにもよって、ふたりの真正面に神崎静奈が立っていた。

＊

暴行罪、および公務執行妨害で現行犯逮捕され、南アルプス署に連行された被疑者《ひぎしゃ》二名は、甲府在住の暴力団構成員だった。

その日のうちに、彼らが下山後に持ち込む予定だった甲府市内のレストランに警察による家宅捜索が行われた。

すると厨房の隣室に、生きたままカゴに入れられていた別のライチョウが四羽、発見され、保護された。一羽は母鳥、三羽は雛だった。

被疑者たちは北岳での余罪を認めた。今まで二度、山でライチョウの家族を捕獲して持ち帰ったのだという。すでにジビエ料理の食材にされてしまったライチョウも何羽かいたらしい。

「で……背後で糸を引いてた黒幕は、民自党の猪尾美弥子議員だったんだって――」

星野夏実の言葉に、関千晶が驚いた。「あの……山岳救助犬を否定していた人ですか？」

「二年前の党のフランス視察旅行のとき、あちらで食べたライチョウ料理の味が忘れられなかったの。輸入すると食材が古くなるし、新鮮なものでなければならないというこだわりがあって、ああして人を使ってライチョウを密猟させていたというわけ」

「だからって、わざわざケージを荒らしたりしなくても。バレバレじゃないですか」

「〝依頼人〟からせっつかれて、焦ったあまりの愚挙《ぐきょ》だったようね」

千晶ははあっと嘆息した。

「けっきょく……自分の飽食《ほうしょく》のためにライチョウたちを山から盗み、その悪事から世間の目を逸《そ》らすために山岳救助犬たちに罪を着せてたんですか」

「そういうことみたい」

「政治家って人のためになるべきでしょ。でも、あの人たちがやるのは私腹を肥やすことばかり」

「悲しいけど、それが現実なのかもね」

「で、猪尾議員は逮捕されたんですか」

「希少野生動植物種で、それに特別天然記念物でもあるライチョウを捕獲、殺傷したってことで、絶滅のおそれのある野生動植物の種の保存に関する法律および文化財保護法違反の疑いで地検に書類送検されたって」

「え、それだけですか？　窃盗とか殺しとか、もっと重い罪があるんじゃないですか」

納得できないという顔で千晶がいう。夏実がかぶりを振った。

「犬猫なんかのペットはともかく野生鳥獣はモノ扱い。ライチョウのような稀少な鳥類も特別天然記念物。人間が勝手に作った法律って、山の生き物たちには過酷だよね」

岩場に座るふたりの前を、ライチョウの母鳥が平和そうに歩いていた。

三羽の小さな雛たちもつかず離れずで、ハイマツの間にある何かをついばんでいる。それをすぐ傍にしゃがみ込み、樫山教授が穏やかな顔で見守っていた。

いずれも甲府のレストランから戻されたライチョウたちだった。報《しら》せを聞いた樫山がすぐに下山し、自分で保護しながら、この山に慎重に運んできたのである。

あれから三週間が経過し、七月もそろそろ終わろうとしていた。

それぞれの親鳥の雛は、保護の成果もあって、みんなすっかり無事に大きくなり、そろそろ自力で飛び立てるようになる。そうなったら、樫山教授と学生たち、七倉と千晶らＷＬＰのここでの仕事も終わりとなる。

しかしそれまではまだまだ気を抜けない。キツネやテンが夜ごとに徘徊しているし、千晶たちのテレメトリー調査の結果、野呂川沿岸にいたサルの群れも、少しずつ稜線に向かって登ってきている。

「千七百羽だそうです」

「え」夏実が振り返る。

「国内に残されたライチョウの数。たったの千七百羽だって――」

「今回みたいに人間だけが悪者じゃないけど、ライチョウを捕食する動物や猛禽たちだって、温暖化という人間の文明の影響で、いやいやこんな山の上にやってくることになったんだよね」

夏実は傍らに伏せているメイの耳の後ろを優しくさすった。相棒のボーダー・コリーも、鳶《とび》色の大きな眸《ひとみ》で、すぐ前を歩いているライチョウの親子を見守っている。

今回の事件で何羽かのライチョウが犠牲となったが、それはあくまでも特殊なケースだった。

実際、北岳一帯でライチョウが激減しているのは、やはり環境問題による気象条件および生態系の変化に原因がある。もっともどちらも人間による自然へのインパクトが犯人であることには変わりがない。その根本的な問題を解決しないかぎり、ここ北岳にかぎらず、ライチョウたちは年々、激減していくだろう。

「けっきょく、犠牲者はいつだって自然の生き物たちなんですね」

千晶がまた嘆息し、抱えた自分の膝に顎を載せた。ふいにクスッと笑った。

「でも……あのときの夏実さんたちの逮捕の現場を見てみたかったです」

いわれて夏実が微笑んだ。

「見ないほうがよかったよ。ああいうときの静奈さんって、ホントに容赦ないから」

千晶はその状況を想像し、肩をすぼめて笑った。

「でも、ライチョウを密猟したそのふたりは、おふたりへの暴行罪とかで起訴されたんですか」

「それがね。警察官への暴行って、ほとんどが起訴にならないんだよ。裁判になると向こうの弁護士は過剰防衛を盾にしてくるから」

「え。そうなんですか」と、千晶が驚く。

「もっとも静奈さんの場合、たしかに過剰すぎるよね。あれで手加減したっていうんだから。

まったく、どっちが暴行なんだか」

ふたりはしばし笑い続けた。

「何だか、いいな。この山って、いろんな人がいて」

千晶が前髪をかきあげ、そういった。

「うん。全員がとてもユニークっていう点では、はっきりと胸を張れる！」

夏実が拇指《おやゆび》を立てながら、片目をつぶった。

「また、北岳においで」

「もちろん来ます。ライチョウたちのことも、これから先、ずっと見届けなきゃ！」

関千晶は少し頰を紅潮させて、ちょっと遠慮がちにサムアップを返した。

第5話　霧の中に……

メイがふいに足を停めた。

救助犬をつれての単独パトロールだった。

北岳山頂から南へ下る登山道を伝い、北岳山荘方面に向かう途中。すぐ近くに吊尾根分岐の標識がポツンと立っている。

午後二時を回り、登山者の姿はまったくない。周囲は真っ白なカーテンに覆われたようにガスに包まれている。

「どうしたの?」星野夏実は振り返る。

岩場に前肢をかけたまま、メイはじっと動かずにいる。マズル(鼻)にかすかに皺を寄せていた。頬毛を震わせ、鳶色の瞳でどこかをじっと見ている。

その視線を追うように目を凝らす。

砂礫をジグザグに白く刻みながらトレイルが下る急斜面の途中、真綿のようなガスが荒れた地表を這いながら、ゆっくりと流れている。

十月も半ばになって、ここのところ、北岳を訪れる登山者の数が激減していた。ましてや今日は天気も悪い。肩の小屋から山頂を経てここまで、ずっと濃密なガスに巻かれていた。

腰をかがめて片膝を突き、メイの背中にそっと手を触れた。

犬の躰がかすかに震えているのに気づき、夏実は不安になる。

もう一度、視線を戻すと、斜面を下るトレイルの途中に人影があった。

青いチェックの登山シャツを着た男性だ。ザックは四十リットルぐらい。こちらに背を向けて立っている。周囲には誰もおらず、単独の登山者らしい。

しかしさっきまでそこに人はいなかったし、足音すら聞いていない。

突然、ゴウゴウと音を立てて風が吹いた。真っ白なガスが流れる合間に、その姿が見え隠れしている。まるで案山子《かかし》か彫像のようにじっと動かず、立っていた。

見ているうち、名状《めいじょう》しがたい不安が突き上げてきて、夏実は無意識に口を引き結んでいた。

「こんにちはー！　おひとりですか」

思い切って声をかけてみたが、返事はなかった。

男は相変わらず後ろ姿のまま、坂道の途中に佇立《ちょりつ》していた。

聞こえなかったのか、あるいは他人とのコミュニケーションを嫌う人なのか。最近、そういうタイプの登山者も増えてきた。痩せぎすな体型で頭髪は少し長め。中高年と思しき男性である。

ふいにメイが不安そうな声を洩らした。見れば、やはり頰毛を震わせながら両耳を伏せている。尻尾がすっかり股の間に垂れ下がっていた。

ふたたび目をやった。つかの間、ガスが切れて、登山道がよく見えるようになった。

ところが最前、立っていたはずの男性がいない。

思わず立ち上がった。

駆け足で斜面を下ってみる。青いシャツの男性がいたと思った場所に立ち止まるが、姿はどこにもなかった。

「ずいぶんと足の速い人なのね、きっと」

独りごちたが納得がいかない。いくら健脚でも、ちょっと目を離した間に視界から外れるほど遠くへ行くことなんてできるはずもない。

かすかな足音がして、メイが追いついてきた。鼻に皺を寄せ、両耳をペッタリと伏せたままだった。吹き抜ける風に流れるガスの向こうを、鳶色の瞳でまっすぐ凝視している。

＊

「きっとその人だと思うんですが、似たような話を関先輩からも聞いたことがあります」

白根御池小屋の食堂スペース。窓際のテーブルに向かって座り、お茶をすすりながら曾我野誠がいった。向かいに座ってお茶を飲んでいた夏実が驚く。

「先週、進藤先輩とふたりでパトロールしているとき、山頂の標識の近くにひとりで立ってる単独行の男性がいたそうです。同じように濃いガスが出ていて、何だか妙な雰囲気だったそうです。声をかけても返事がなくて、たまたまガスが切れたら、その場からかき消すみたいにいなくなってたって。ところが、いっしょにいた進藤先輩には見えなかったそうです」

「もしかして、その人のシャツの色は青?」

「そうです。青いチェックの登山シャツだと聞きました」

曾我野がニヤリと笑った。「関先輩もだけど、星野先輩も霊感がありそうだから、もしかして見ちゃったんじゃないですか」

「えー、オバケなんて、生まれてこのかた、遭ったこともないですよ」

背筋が冷たくなって自分の肩を抱きすくめながら、夏実が答えた。

「星野先輩って、妙に勘が働くから、いつもその類いを見てるのかって思いました」

「ないです、そんなの」キッパリと否定した。

「オロクさんのどなたかが、発見してもらったお礼をいいに出てきたのかもしれませんよ」

オロクとは南無阿弥陀仏の六文字のことで、山岳遭難での遺体をいう。曾我野はどうしても幽霊にこだわりたいらしい。

「いちいち挨拶に出てこられても、ちょっと困るんですけど……」

夏実は口を尖らせ、わざとらしく曾我野から視線を離し、窓外に目をやった。

すでに日没が近く、すっかり葉が落ちたダケカンバの樹林が夕陽を浴びて鮮やかに光っていた。

「何の話?」

厨房のほうから小屋の管理人の高辻四郎がやってきた。曾我野の隣にある椅子を引いて座り、保温ポットのお茶を湯呑みに注いですすった。曾我野が一部始終を話す。

「昔から山に怪談はつきものだけど、北岳もそういう話って多いんだよ」

高辻は真顔だった。「たとえば大樺沢。バットレス沢との合流点辺りで、誰もいないのに靴音を聞いたことない？」

「あ、それ。俺も体験あります。後ろから登山靴の重い足音がさかんに聞こえるから、ずいぶんと健脚な人が下りてくるのかと思って道を空けて待っていても、けっきょく誰も来ないんです。そういうこと、あそこで二度か三度ぐらいありました」

怪談好きなのかホラーマニアなのか、嬉しそうに曾我野がいう。夏実はまた怖くなってしまう。

「あの場所って、決まって事故があるだろう。バットレス下だから落石が多いのは仕方ないとして、何でもない坂道なのに、転《こ》けて手や足の骨を折ったり、脳疾患《のうしっかん》とか心筋梗塞《しんきんこうそく》などの病気で倒れる人が毎年のようにいたりしてね」

高辻の話に曾我野が相槌《あいづち》を打つ。

「そうそう。先週も、あのバットレス沢合流の〝大岩〟のところで動けなくなってた中年の女性を防災ヘリで搬送したばかりでしたね。両足首の捻挫《ねんざ》でしたが」

ふと、思い出した。夏実も、その場所で一度だけ妙なことがあった。

メイといっしょにパトロール中、〝声〟を聞いたのである。

まわりに登山者の姿が見えないのに、「おーい、おーい」とすぐ近くから男性が呼ぶ声がする。誰かが救助を求めているのかと捜し回ったが、けっきょく誰もいなかった。そんなことを思い出していると、ふいに高辻がいった。

「山ってのは平地よりも死に近い世界だからね。自分が亡くなっているという事実に気づかないまま、ここに残っている人もいるよ」

「高辻さんはご自身で見られたことがあるんですか?」と、曾我野が訊ねた。

「何度か、ね」そっと茶をすすってから、彼はそういった。「歩いていたり、ただぼうっと立っている人も。いずれも、ちゃんとした登山者の姿だったな。まあ姿を見せるだけならともかく、〝大岩〟のところみたいに、他人を引き込もうとするのは困るけどね」

当然のように語られては、夏実はもはや否定もできない。

「たとえば山で登山者同士がすれ違うとき、お互いに〝こんにちは〟って挨拶するだろ? あれは、自分が生きている人間なんだよと相手に伝えるために始まったという話があるね」

「マジっすか」曾我野が興味深そうにいった。

吊尾根分岐の斜面に立っていた青いシャツの男性に夏実は声をかけた。返事がなかったのは、もしや当人が死者だったからなのだろうか。そう思うと、あらためて背筋が寒くなる。

「でも……そういう人たちにお会いしたとき、どうすればいいんですか」と、曾我野。

「心の中で唱えるように教えてさし上げるんだよ。いつまでも山に残っていても仕方ありません。早くご家族のところに戻ってあげて下さいってね。たいていの場合、納得してくれるみたいで、それきり見かけなくなるね」

気がつくと、夏実は頬杖をついたまま、高辻の話に聞き入っていた。

もしまた、あの青い登山シャツの男を見たら、自分は高辻のように心の中で呼びかけることができるだろうか――。

*

大樺沢から吹いてくる冷たい風が頬を撫でた。

腰のハーネスにぶら下げたカラビナの束がさかんに音を立てている。

北岳頂稜東面の大岩壁バットレス。そのポピュラーな登攀《とうはん》ルートのひとつであるDガリー奥《おく》壁《へき》への取り付きである岩壁に夏実はいた。

ペアを組む深町敬仁隊員はフォロアーとして、ずっと下の足場にいる。リードクライマーの夏実は自分でルートを見つけ、確保しながら、岩壁を登ってゆかねばならない。

岩の亀裂《クラック》に登攀器具であるカミングデバイスを差し、カラビナをかけ、強度を確認してから、ザイルをクリップする。ふたたび登攀する。要所要所に中間支点《プロテクション》を構築する。

振り返ると、目もくらむような高度感。思わず目を閉じたくなる。

〝岩しごき〟と呼ばれる登攀訓練であった。

スノーボートを使った〝雪トレ〟と呼ばれる雪上搬送訓練とならび、救助隊員の基礎訓練の一環として、シーズン中は何度か、こうやってバットレスを登らされる。

本来、要救助者に見立てた仲間を背負っての登攀訓練がデフォルトだが、雨上がりで岩が崩落しやすいということもあって、今日は通常の登攀と下降の訓練となった。

実地の救助活動で、何度もザイルを使った懸垂下降《けんすい》や登攀をしてきたが、さすがにバットレスの大岩壁は規模が違う。

見てはいけないと思っても、ついつい真下に目が行ってしまう。

視界がクラクラしそうになり、冷たい岩壁にしがみつく。とたんに深町の叱咤が飛んでくる。

――星野。何度いわせるんだ。岩からもっと躰を離せ！

ふだんは兄のように優しい深町が、このときばかりは鬼のように思える。わずかなミスが即座に命に関わるからこそ、教える側は容赦のない厳しい言葉となる。

深町はヒマラヤやヨーロッパアルプスなどの山々の遠征に何度も参加している、日本でもトップクラスのクライマーだ。救助隊のメンバーの中でも、彼ほどのクライミング・センスをもった人間はいない。そんなプロだからこそ、ザイルパートナーである夏実には手厳しい。

取り付き箇所であるDガリー大滝からいきなりの垂壁であった。クラックを伝い、一枚岩《スラブ》を這うようにして、何とか三ピッチでそこを登り切った。

下部岩壁の上にたったふたりは、横断バンドを伝って落石を起こさぬよう慎重にトラバースした。そこからいよいよ第四尾根下部フランケ（側壁）の登攀が始まる。

次のピッチからは深町がリードをとって登り始めた。

スラブに複雑に刻まれたリス（細い割れ目）を伝って、スパイダーマンのようにスルスルと登ってゆく。夏実は手許のザイルを送り出しながら、その後ろ姿を茫然と見上げていた。

スラブを登り切ったヘルメット姿の深町が振り返る。

「星野。確保《ビレイ》解除しろ！」

上から声がかかると、彼女は自分の支点《アンカー》を撤収する。

深町の合図でクライミング開始。プロテクションをひとつひとつ回収しながら岩壁を慎重に登る。深町は大股で岩場に足をかけながら、夏実を見下ろしている。その姿が頼もしい。

深町のいる場所に到達すると、夏実はすぐさまセルフビレイを二カ所からとった。強度をチェックし、それぞれの角度を指差し確認すると、思わず安堵の吐息を投げた。

ヘルメットと頭髪の間から、汗がしたたり落ちている。

「大丈夫か」

返事をしようとしたが、緊張がほどけず、声が出ない。仕方なくうなずく。

そこからさらに三ピッチほど登り、やがてDガリー奥壁への取付テラスと呼ばれる平らな足場に到達した。

足許から下は相変わらずの高度感で、目をやると身がすくみそうになる。

雪渓がすっかり消えた大樺沢が雄大に広がっている。紅葉シーズンも終わり、モノトーンの樹林が向かい側、吊尾根の斜面に連なる。

そんな景色もろくに目に入らない。心の余裕がないからだ。

下で待機している救助隊員たちの姿が芥子粒《けしつぶ》のように小さく見えた。杉坂副隊長と曾我野、横森の若い両隊員が、夏実たちの登攀を下から見上げている。

もっとも自分が彼らのお手本となっているはずがないと、夏実はそっと自嘲《じちょう》する。きっと〝悪い見本〟として杉坂副隊長はふたりに話しているに違いない。

「なかなかいい登りだったよ」

「え。本当ですか？」と、思わず訊いてしまう。

深町は白い歯を見せて笑い、眼鏡をとって額の汗を拭った。「去年に比べると格段の進歩だ」

夏実は肩の力を抜き、ようやく破顔した。

ふたりがいるこの場所はクライミングルートの全行程のほぼ半ばにあたるが、今回は訓練であるため、頂上に向かわず、折り返して下らなければならない。

懸垂下降を始め、下りといってもさまざまなテクニックを駆使するから気を抜けない。むしろ事故は下りのほうが圧倒的に多い。

「そろそろ戻ろうか」

深町が立ち上がったとき、夏実は気づいた。

見下ろす大樺沢の広大な俯瞰《ふかん》。いつの間にか、渓谷をなめるように白いガスが流れていた。同じ景色を深町も見ていた。

「ガスか……天気が悪化するかもしれないね」

それにしても奇妙だった。

山では昼間、空気が上昇するため、ガスは麓から頂上へ流れる。ところが、それは逆に八本歯のコルから広河原に向かってゆっくりと滑るように下っているのである。

そのうちに、ガスは渓谷いっぱいに広がり、その濃淡の合間に大樺沢の岩の凹凸が見え隠れするようになった。

夏実はふと気づいて指差した。「あそこ。誰か人が立っています」

登山道からずいぶん外れた大樺沢の岩場の途中に、人影が小さく見えた。

ザックを背負い、青いシャツを着ていた。その服装に気づいたとき、夏実の背筋に冷たいものが走った。

「どこだ?」と、深町がつぶやく。

「あの、白い大きな岩の左側ですけど」

深町は目を凝らしている。彼には見えていないのだと気づいた。たしかに遠くて小さいけれども、あんなにはっきりと見えるのに——。

「あれって、まさか……」

思わずつぶやいたそのとき、ふと〝視線〟を感じた。

あまりに遠すぎて顔なんか見えないのに、たしかにそこから強い視線が放たれていた。夏実が硬直しているうちに、またガスが濃く流れて、たちまち人影を覆ってしまった。

「星野、大丈夫か。顔がえらく青白いぞ」

深町の声に、夏実は我に返った。

＊

夕食後、和室で車座《くるまざ》になった飲み会は、もっぱら青いシャツの登山者の話題で盛り上がった。

実際に目撃したのは夏実と関のふたりだが、どちらも口数が少ないのは本人たちにとって洒落《しゃれ》にもならないからだ。

一方、他のメンバーにしてみれば、恰好の酒の肴《さかな》である。とりわけ曾我野は他人事《ひとごと》をいいことに、相変わらずおもしろ可笑しくしゃべっている。

「目の錯覚に決まってますよ。いずれのときもガスだったわけでしょう」

超常現象をてんで信じないらしく、曾我野の同期の横森一平が気炎《きえん》を吐く。

「そのガスがどうも妙なんだ。それまで晴れていたのに急に出てきたりしてな」

深町がそういった。

彼はその人物を見てはいないが、夏実といっしょにいて奇異な何かを感じたのだろう。

「関が山頂で最初に見たときも、たしかガスだったよな」

進藤諒大がいった。「その男を見かけるときは、決まってガスってるわけだ」

「それにしても、最初の目撃が山頂で、次が吊尾根分岐。それから大樺沢だ。これって——だんだんと下に向かっていないか？」

杉坂副隊長の言葉に全員が目を合わせた。

「毎日、毎日、少しずつ移動して、麓に向かって下りてるとか？」

「副隊長。まさか……目的はここじゃないですよね」関が真顔で、しかも不安そうにいった。

「——となると、二俣から先が勝負ですね」ニヤニヤ笑いながら、曾我野がいう。「あそこから、そのまま大樺沢沿いに広河原に向かうならまだしも、左に折れて、こっち側の白根御池方面に来られたら、もう間違いない」

「ちょっと曾我野さん。何、勝手に期待してんですか！　〝だるまさんが転んだ〟じゃないんですから！」

夏実が甲高い声で叫んだ。

「うちなら大丈夫ですよ」

湯呑みで熱燗《あつかん》をすすっていた江草恭男隊長がいった。「ほら。武闘派の女性隊員もいるし」

夏実の隣で神崎静奈が不機嫌な顔で振り返った。

「ハコ長。そんなの、無理に決まってるでしょ」

「えー、静奈さん。頼りにしてたのに」

「いやいや。神崎先輩の空手も、実体のない幽霊相手じゃ通用しないと思います」と、曾我野。

「深町さん。何とかいってあげて下さいよ」

夏実にすがられた彼は、複雑な笑みを浮かべ、ポツリとこういった。

「派出所の入口に盛り塩でもしとくか」

＊

翌朝、母子らしい中年女性と高校生ぐらいの娘が、白根御池小屋の前のベンチで休憩していた。テーブルに立てかけたストックの長さで、登りのハイカーだとわかる。

早朝から犬舎前のドッグランで、メイとともにオビディエンス（服従）訓練をして汗を流した夏実が、タオルを首にかけながら小屋前の水場で喉を潤していた。メイの皿にも水をたっぷりと入れ、存分に舐めさせてやる。

背後からの視線を感じて振り返ると、ベンチに座っているふたりが見ていた。

「救助隊の方ですね」

中年女性が声をかけてきたので、夏実がうなずく。「広河原からですか？　お疲れ様です」

「八年前、主人の捜索でいろいろとお世話になりました」

女性が頭を下げた。

「ごめんなさい。八年というと私が赴任《ふにん》する前ですね」

「村井美和《むらいみわ》といいます。娘の美紗《みさ》は、中学のときからいっしょに来てくれるようになりました」

主人がこの山で亡くなってから、毎年、この日を命日ということにして登ってます。

生還できなかったのだと知って、心が重くなった。

「ご愁傷様《しゅうしょう》です」といって頭を下げた。

美紗という娘の容貌《かお》を見ているうちに、ふとあることに気づいた。少し逡巡し、ためらいがちに訊いてみた。

「失礼ですが、ご主人がお亡くなりになったときは、どんな服装でしたか」

すると彼女は目を細めて北岳バットレスを見上げた。ややあって、こういった。

「ペンドルトンというメーカーの青いウールの登山シャツが、あの人のお気に入りでした。山に登るときは、いつも着ていたのを思い出します」

「青い……ウールの登山シャツ」

「救助隊や遭対協のみなさんが、ずいぶんと捜索してくれたのですけど、けっきょく遺体はいまだに見つからずじまいです。お墓は建てたんですけど、そこに主人がいる気がしなくて。だから、こうして毎年、あの人に会いにきてるんです」

そういいながら村井美和と名乗った彼女は水筒をザックにしまい、娘の美紗といっしょにベンチから立ち上がった。

「じゃあ、これから頂上に向かいますので」

母と娘は夏実に向かって会釈すると、ザックを背負って歩き出した。

「お気をつけて」

夏実は深々と頭を下げ、ふたりの姿が御池のほうに小さくなっていくのを見送った。足許の息づかいに気づいて見下ろすと、メイが不安そうな顔で見上げていた。


警備派出所の待機室の机にノートパソコンを持ち出し、八年前の記録を呼び出してみた。

十月十四日。行方不明者の名は村井邦昭《くにあき》。四十一歳。会社員。住所は東京都あきる野市となっている。

写真は家族から提供されたもののようで、背後の標識から、別の年に北岳山頂で撮影されたものとわかる。

細面の容貌は間違いなかった。ベージュの登山ズボンにチェック柄のシャツ。妻の美和がペンドルトンというメーカーのものだといった、まさにあの青い登山シャツであった。

娘の美紗の顔を見たとき、どこかで出会った顔だと夏実は思った。

そう。親娘《おやこ》だったとしたら、似ていて当然である。

「その人って、まさか……」

後ろから声がし、肩越しに見ると、曾我野がパソコンの液晶画面を覗き込んでいる。

「曾我野さん、お願い。関さんを呼んできてくれる？」

「いいっすよ」彼はうなずき、二階への階段を急ぎ足に昇っていった。

すぐに関真輝雄が下りてきた。

のみならず、パトロールに出ていた深町隊員と杉坂副隊長をのぞく全員が、ドヤドヤと階段を下りてきたので夏実はびっくりする。静奈に横森、曾我野。そして進藤と江草隊長の顔がノートパソコンの前に並ぶ。それぞれが神妙な顔で画面を見ている。

「山頂で見たのはこの人だ。間違いない」と、関がいった。

八年前の遭難ならば、関隊員もまだ赴任していなかった頃だ。突然、派出所のドアがノックされた。

全員が振り返ると、白根御池小屋の管理人、高辻が飛び込むように入ってきた。大きく開いたドアの外、若い男女――小屋のスタッフたちが不安そうな顔を並べ、立っている。

「さっき、うちの立川《たちかわ》くんと宮田《みやた》くんが二俣のバイオトイレの掃除から戻ってきたんですが――」

高辻の話はこうだ。

小屋の若い男性スタッフ二名が、小屋から三十分ほどの距離にある二俣分岐点に設置されたバイオトイレの掃除に行った。

その帰り道、森の中にたたずむ青い登山シャツの男性の姿を目撃したという。

夏実と関が目撃した幽霊らしき人物の噂は、スタッフたちの中にも広まっていたため、ふたりの報告を受け、とりわけ若い女性メンバーがパニックになったのだという。

「いよいよ来ましたか！」

「ちょっと曾我野さん。何を期待してるんですか」

夏実に叱られ、彼は苦笑いを浮かべる。

*

真夜中、目を覚ました。

腕時計のライトを点灯すると、午前二時十三分とデジタル表示されている。

夢を見ていたが、まったく憶えていない。それにしても、どうしてこんな時間に目覚めたのか。

二段ベッドの下の段から、静奈の寝息が聞こえてくる。

夏実はふっと吐息を洩らし、またシーツにもぐりこもうとした。その息が白く天井に向かって立ち昇っているのに気づいた。異様な寒さだった。真冬のように空気が冷たい。

なぜ？　そう思った瞬間、躰が硬直した。

金縛《かなしば》りである。意識ははっきりしているのに躰がまったく動かない。

心の中でひどく焦った。パニックにならないように自制する。といっても、手足どころか顔の筋肉さえ凍りついたようにびくともしない。ただ呼吸はできるし、何とか視線を動かすことはできた。

その目が、異変を捉えた。

警備派出所の二階にある、この狭い女子部屋。小さな窓の手前に人影があった。だらんと両手を垂らしたまま、痩せた男が俯いて立っているのである。

出た――と、思った。

あの人、とうとうここまで来てしまった。

夏実は金縛りに遭ったまま、横目で男を凝視した。

青い登山シャツ。登山ズボン。焦げ茶の登山靴を履いている。細面の顔に前髪が垂れて、目はよく見えない。薄い唇を引き結んでいるようだ。電灯を消して真っ暗なはずなのに、その姿はやけにはっきりと見えていた。

どうしようかと焦った。念仏を唱えることを思いついたが、何しろ南無阿弥陀仏しかいえない。幽霊を相手にオロクさんの六文字を唱えても意味がないような気がした。

（静奈さん――――！）

二段ベッドの下で寝ている彼女に声をかけたかったが、金縛りのせいで口も動かせず、声も出ない。静奈のベッドからは、相変わらず規則正しい寝息が聞こえてくるばかりだ。

ふいに男が右手を持ち上げて、夏実はびっくりした。顔は下を向いているのに、手だけが高々と上がっている。まるで指揮者がこれから演奏を開始するときのポーズのようだ。

その細い指先が、壁に貼られた山岳地図を指差している。頂上の東側、トラバース道の辺り。

夏実はゆっくり、二度、三度と深く呼吸をした。口が動くことに気づいた。

「もしかして、そこでお亡くなりになったんですね」と、彼女はそっといった。

男はなおも北岳の山岳地図を指差していたが、やがてその手をそろりと下ろし、猫背気味に俯いたまま、おもむろにベッドに背を向けた。

「村井邦昭さん。ご家族にお会いしました。奥さんと娘さん、毎年のこの日、北岳に来てくれているそうですね。でも、そろそろお家に戻ってあげて下さい。私たちで見つけてあげますから」

男の後ろ姿は何も応えなかったが、夏実の声を聞いたはずだった。

「あの……でも、ちょっと遠慮して下さいね。ここって、いちおう女子部屋なんですから。それに登山靴を履いたままで入ってくるなんて、お行儀《ぎょうぎ》が悪いですよ」

ふいに闇が濃くなっていった。

男の姿が漆黒の緞帳《どんちょう》に包まれるようにフェードアウトし、見えなくなってゆく。

室温が少しずつ上昇してきた。

＊

北岳山荘から吊尾根に至るトラバース道は、急峻な崖の中腹に丸太を組んで作った桟道《さんどう》がいくつも並ぶ難所である。

村井邦昭が行方不明となった八年前、その日は霙《みぞれ》交じりの雨だったという。おそらくひとりで桟道を渡っているとき、濡れた丸太で足を滑らせてしまったのだろう。

白骨化した遺体は、百メートル以上も下のハイマツの繁みの中に横たわっていた。さすがに八年も経って、衣服もザックもボロボロになっていたが、ペンドルトンの青のチェックの登山シャツは白骨にまとわりつくように残っていた。

深町と関、曾我野と横森のそれぞれのペアが懸垂下降で現場まで下り、遺体と遺品を回収し、納体袋などにすべて入れ、それらを担ぎ上げて戻ってきた。

上で待っていた夏実と静奈も彼らをフォローしながら、吊尾根の途中にある開けた場所まで全員で運び、ヘリの到着を待った。

「夜中に何の寝言をいってるのかって思ったよ」

ふいにいわれて振り向いた。「え？　静奈さん。ゆうべ、あのとき、起きてたんですか」

風に前髪を揺らしながら、彼女はうなずく。「大きな声で誰かに話しかけてるから、さすがに目を覚ましちゃったわ。さいわい――見なかったけどね」

爆音が近づいてきた。赤と白の機体、消防防災ヘリ〈あかふじ〉がまっしぐらにやってくる。

彼らの頭上を抜けると、追い風を避けるために大きくバンクしながら旋回し、真上でホバリングの態勢になった。

すさまじいダウンウォッシュの風の中、曾我野と横森がホイストオペレーターに合図を送りながら、くり出されて降下してくるケーブルを摑む。ストレッチャーに固定された納体袋と荷袋のカラビナをかけると、すぐにそれはヘリに向かって上昇していった。

夏実たちが両手を合わせ、黙祷《もくとう》する。

ヘリは彼らに合図するように、また頭上をゆっくりと旋回してから、東の空に向かって飛び去り、蒼穹《そうきゅう》に吸い込まれるように見えなくなった。

風が止み、山に静寂が戻った。そのとき、ふと背後に視線を感じた。素早く夏実が振り向くと――彼が立っていた。

青いチェック柄のウールの登山シャツ。ひょろりとした痩身。岩場の中途に存在していながら、少しばかり輪郭が揺らいでいた。

見ているうちにその姿が色褪せてゆき、フェードアウトするように消えていく。最後の最後に、姿が見えなくなる寸前、男はかすかに頭を下げた。

夏実もそれに応え、ペコリとお辞儀をする。

「先輩。何してんすか」

曾我野にいわれ、向き直ると、とぼけてみせた。「別に」

「これっきり、もう出てこないんですかね」

つまらなさそうにいうものだから、夏実は肩をすぼめて笑った。

「北岳が好きな人みたいだったから、そのうちにまたひょっこり姿を見せるかもね。でも今度は、あなたたちの部屋のほうに行ってってって、しっかりお願いしておいたから」

「え……」

立ち尽くす曾我野に手を振り、夏実は他の隊員たちといっしょに下山を開始した。

途中で振り向くと、曾我野はまだ同じ場所に立っていた。

「マジっすか、それ？」

狼狽《うろた》えた声がした。

第6話　帰ってきた男

「山……ですか」

すぐ耳許で男性の声がし、染川知道《そめかわともみち》はハッと顔を上げた。

樹脂製の硬いベンチに座ってうなだれ、うとうととして半ば眠りに落ちていた。傍らには六十リットルのザックを立てかけている。

声をかけてきたのは、ベンチの隣に座っているスーツ姿のサラリーマン風の男性だった。年齢は四十代ぐらいか。痩せぎすで、色白の顔に小洒落《こじゃれ》た鼈甲縁の眼鏡をかけている。ノートパソコンが入るような四角いバッグを膝の上に横たえていた。

「あ。はい」

虚ろな声で彼は答えた。男が目を細めた。

「私も若い頃は丹沢《たんざわ》や北アルプスなんかに登ってたんですよ。ここんとこ仕事が忙しくて、ぜんぜんなんですけど。まったく羨ましいなあ」

「はあ」

「どこへ行かれていたんですか。八ヶ岳？」

「ええと、北岳です」

「富士山の次に高い山ですね。いいですねえ。私も来年あたりは何とか休暇を取って、久しぶりに山登りがしたいですよ。躰がすっかりなまっちゃってるから、きついかもしれないけど」

列車の到着を告げるアナウンスが流れ、やがてプラットホームに塩山《えんざん》行きの普通列車が轟然と滑り込んできた。サラリーマン風の男性は立ち上がり、「じゃあ」といって、ドアを開いた列車に乗り込んだ。

発車の音楽が鳴り、普通列車がゆっくりと左から右へと走り出す。

列車は鉄路から立ち昇る八月の陽炎《かげろう》の中、ゆらゆらと揺れながら遠ざかっていく。

それを染川は物憂《ものう》げな表情で見送った。

甲府駅のプラットホームで新宿行きの特急あずさを待っていた。

全身が倦怠感に覆われ、まるで人間の抜け殻のようだった。Tシャツから剥き出しの腕には、無数のカサブタがあり、腰や背中に打撲《だぼく》の重々しい痛みが残っている。

実は遭難していたんです——なんて、さっきの男にいえるはずもなかった。

この数日間のことが、まるで悪い夢のようだった。

北岳へは単独行だった。

四日前に広河原から登って、白根御池小屋に宿泊。翌朝、山頂へと出発した。無事に登頂をなしとげると、今度は池山吊尾根方面に下山を開始した。

ところが吊尾根分岐から八本歯のコルへ向かう途中、足がもつれ、右側の懸崖《けんがい》をすさまじい勢いで滑落した。

気絶から目覚めると、全身打撲と無数の擦り傷。さいわい奇跡的に骨折その他の重篤《じゅうとく》な怪我はしておらず、自力歩行も可能だった。

しかし落ちてきた吊尾根に登り返すわけにもいかず、仕方なくそこから麓を目指して下りることになった。携帯電話は持っていたが、滑落のときに故障したらしく、発信も着信もできない状態だった。

数時間。歩けど歩けど道はなく、灌木帯《かんぼくたい》やガレ場の繰り返し。コンパスも持っていないので、どこをどう歩いているかも判然としない。食料は余分をいっぱい持ってきていたし、水は沢や石清水《いわしみず》を飲んで、喉の渇きを癒やせた。

ヤブ蚊やアブの襲来と戦い、途中途中でビバークしながら山中をさまよっていた。

そうして、三日目の朝、ようやく荒れた昔の樵夫道《そまみち》を発見してたどり、野呂川の変電所近くの林道に忽然と出てきた。

ちょうど通りかかった工事車輛のトラックをヒッチハイクし、いったん広河原に戻り、そこから山梨交通のバスで甲府駅へと向かったのだった。

特急あずさが新宿駅に到着すると、小田急線に乗り換え、祖師ヶ谷大蔵《そしがやおおくら》駅で下車した。

猛暑の中、駅前商店街を汗をしたたらしつつ、ふらふらと歩いていると、道行く人たちが彼の姿を見ては、遠巻きに避けているのに気づいた。

遭難していた三日間、躰は汚れ、傷だらけ。服は着たきり。まるで大きなザックを背負ったホームレスのようなものだ。それでも意識朦朧《もうろう》としたまま、ヨタヨタと酔っ払いの千鳥足《ちどりあし》のように歩き、自宅を目指した。

商店街から住宅地の路地に入り、少し行った先に、何台かの車が密集して停まっているのに気づいた。染川はその車列を通り過ぎ、我が家の庭の前で立ち止まった。

しばし棒立ちになってしまった。

庭をめぐる生け垣の周囲に白黒の鯨幕《くじらまく》。門の両脇には御霊燈と書かれた大きな白い提灯《ちょうちん》がかけられ、染川家と揮毫されているのが見えた。告別式場と書かれた看板の横を、喪服の男女が黙々と歩いて入ってゆく。

「これって……何?」染川はつぶやいた。

まるで引き寄せられるように、またよたよたと歩き出す。受付のテント前を通過し、芝生の植え込みに立ち止まって、無意識にザックを下ろしていた。

喪服の男女の列がしずしずと進んでいる。その後ろにぽつねんと立っていると、声がかかった。

「お友達の方ですか？　こちらへどうぞ」

葬儀社の担当らしい黒ネクタイに黒の腕章をつけた見知らぬ初老の男性が、彼を案内して列の前のほうへと連れて行く。

線香の匂い。リズミカルな木魚の音と読経《どきょう》の声が聞こえている。焼香《しょうこう》が始まっているらしく、列はそこに向かってしずしずと進んでいる。

それに押されるように染川はとうとう最前列にやってきた。

祭壇があり、花に囲まれた白木の棺があり、右手に遺族の姿……父と母、そして妹が喪服を着て、頭を下げている。染川は正面の遺影を見て凍りついた。

自分自身だった。

社員旅行の沖縄の海で撮ったお気に入りの自分の姿が、背景を加工されて遺影となっていた。

「親父。お袋……亜弥《あや》?」

焼香の列の最前に佇立したまま、家族の名をつぶやいた。

涙にくれていた喪服姿の三人がゆっくりと顔を上げ、彼を見つめた。一瞬、沈黙が流れた。

住職の木魚と読経も途絶えた。

母の篠子《しのこ》がふいに白目を剥《む》き、後ろ倒しに卒倒した。

隣にいた父の良平《りょうへい》があわててその躰を抱き留める。

妹の亜弥が立ち上がって、悲鳴のような声を放った。

「お兄ちゃん!?」

*

「これ、適当に切って盛りつけをお願いします」

フライパンの上でいい匂いを漂わせている玉子焼きを、星野夏実がまな板の上にそっと移した。

隣に立っている神崎静奈が、包丁で切り分けながら、長い菜箸《さいばし》でプレートの上に載せていく。すでに塩鮭とウインナー、温野菜、キャベツの千切り、漬け物などが盛りつけてあるため、あとはそれぞれのプレートを隊員たちの待つ食堂に運べば、夕食の準備は完了となる。

久しぶりに女性隊員二名に回ってきた料理当番だった。

小柄な夏実はともかく、長身ですらりとした体型の静奈は、なぜだかエプロン姿が似合わない。しかも包丁の握り方、使い方が危なっかしい。空手で鍛えた男勝りの体力と気力、モデル顔負けのマスクと身体の静奈は、隊員服、地域課警察官の制服、のみならず私服に至るまで、どんな衣類も似合ってしまう。ところがなぜか、料理番のときに着用するエプロンだけはちぐはぐな違和感を覚える。

だいいち静奈は料理が苦手だった。不器用なのである。

「あ、静奈さん。包丁はそうやって上から押しつけるんじゃなく、すっと自然な感じで引きながら切るほうがいいですよ」

「さっき、キャベツのときは押し切りしてたじゃない？」

「あー、生野菜を切るときは繊維《せんい》をつぶさないように押し切りがいいんです。肉とか魚なんか逆です。玉子焼きも引いて切ったほうが自然な感じになりますよ」

いいながら、静奈と入れ替わりに立ち、まな板の上の玉子焼きを素早く切り分けた。そろえた指先でそれを包丁の腹に載せながら、手早く三ピースずつプレートに盛りつけていく。

そのムダのない動きを静奈が見ていた。

「前々から思ってたけど、あなたって料理は得意だし、身だしなみも、掃除も整理整頓もきちんとやれて、しかも小まめだし、ホントに優等生だよね」

「いつでもお嫁に行けるって、よくいわれます。でも、それってぜんぜん実感ないんですけど」

あきれた顔で夏実を見ていた静奈が、ふいに肩を持ち上げて笑った。

トレイにプレートをふたつずつ載せ、ふたりで食堂のテーブルに運ぶ。

「曾我野くん、横森くん。運ぶの手伝って！」

静奈にいわれ、若い新人隊員たちがあわてて厨房にやってきた。

食事中、隊員たちの話題に上ったのは、やはり今日の〝事件〟のことだった。

三日前の八月四日、午前十一時。単独行の登山者が大樺沢左岸を八本歯のコルを目指して登っているとき、バットレスから落ちてきた落石を頭に受けて死亡した。

事故を目撃した別のパーティからの携帯電話による通報で、救助隊が現場に急行。すでにその登山者は心肺停止状態。消防防災ヘリによって運ばれ、搬送先の山梨中央医大病院で死亡が確認された。

落石によって頭と顔がひどく損傷していて、人相は判別がつかなかった。

ザックの中には免許証、保険証などがなく、身許確認ができなかったが、見つかった登山届のコピーから、都内世田谷区祖師谷在住、二十八歳の染川知道という会社員だと推定された。

前夜に本人が宿泊した白根御池小屋の管理人やスタッフも、彼のことをよく記憶しており、遺体の着衣やザックなどから本人に間違いないと判明し、その日のうちに遺族のもとに届けられた。

ところが自宅で執《と》り行われた葬儀の最中に、ひょっこりと本人が帰ってきたというのである。

それまでの三日間、彼は滑落と道迷い遭難をして、池山吊尾根の南側をさまよっていたらしい。ボロボロになって自力下山をしたあげくが、自分自身の葬儀に出会ってしまう。まさに前代未聞の事件であった。

「江草隊長は、あれからずっと沢井課長といっしょに本署に詰めてるし、責任の在処《ありか》が問われるべき問題だ。下手すりゃ、始末書だけじゃすまないかもなあ」

いつものように凄い勢いで夕食をかき込みながらいう進藤諒大だが、まるで他人事のような顔である。

遺体の身許確認の不手際となれば、重大な責任問題となるだろう。

しかしどんな偶然があったとはいえ、あそこまで情況がそろってしまえば不可抗力とするしかないし、だいいち〝遺族〟は抗議をしてくるどころか、南アルプス署の山岳救助隊宛てに感謝の電話をくれたという。

山で死んだはずの長男が生きて戻ってきたということで、喜びも安堵もひとしおだったのだろう。

「問題はふたつある」

湯呑みに茶を注ぎながら、杉坂知幸副隊長がいった。「ひとつは俺たちが発見したオロクさん（遺体）が染川さんでないとすれば、いったい誰なのかということ。もうひとつは、その遺体がなぜ染川さん本人とまったく同じ服装だったのかだ」

「服装ばかりか、髪型から体型、血液型までぜんぶ本人と同じだったというじゃないですか」

関真輝雄が右手に箸、左手に味噌汁の椀を持ったままいう。

「実は……染川さんはふたりいた、とか？」

そうつぶやく曾我野誠を、関がにらんだ。「いきなりオカルトに持っていくなよ」

「そういや、ドッペルゲンガー（生き霊）っていったっけな。エドガー・アラン・ポオも小説にしてた」

深町敬仁が文学的知識を披露する。「主人公が自分とうりふたつの男に何度も遭って錯乱し、そのもうひとりの自分を殺そうとするんだ」

「で、けっきょく殺しちゃうんですか」夏実が好奇心に駆られて訊いた。

「そう。そのため、皮肉なことに自分自身も死んでしまう」

「それって凄く怖いんですけど」と、夏実は肩をすぼめる。

「ぼくの推理だと、むしろSFのジャンルですね」と、曾我野がいった。「パラレルワールドって知ってますか。ほら、世界はひとつだけじゃなく、幾層も重なり合っているって。別の世界にいた染川さんが、たまたまこっちに入り込んできたんじゃないですかね」

「曾我野。もうちょっと現実的に考えようぜ」

進藤諒大がご飯を咀嚼《そしゃく》しながらいう。「ホラーやSFじゃなく、どっちかっていえば、トリック系のミステリのほうだと思うぞ」

「たとえば?」と、夏実。

「保険金目当てに自分の死亡を偽装したというのはどうだ」

「先輩。動機としてはわかりますが、赤の他人の遺体を自分自身に仕立てるってのは、ミステリとしてはかなり無理な設定じゃないっすかね」

曾我野に突っ込まれた進藤が、しかめ面で腕組みをする。

「よし、わかった!」

それまで黙っていた横森一平が突如、野太い大声とともに手を打った。

全員の視線が注目すると、横森はやや緊張した顔で咳払いをし、こういった。

「見つかったオロクさんと帰宅した染川さんは、実はまったくの別人なんです。〝人着〟(人相着衣)〟も血液型も、たんなる偶然の一致です」

断言してから横森が口を硬く閉じた。目を閉じて腕組みをしている。

「それだけ?」と、夏実。

「むろん。それだけです」自信たっぷりに横森がうなずく。「他に何か?」

狭い食堂にいる全員の間にシラケの空気が渦巻いた。

「いや、だけど――」

ためらいがちに静奈がいう。「実のところ、それがいちばん真相に近いんじゃないかしら」

「静奈さんまで偶然説をとるんですか」

彼女は夏実を見てうなずく。「だって、生き霊だとかパラレルワールドよりも、はるかに現実的解釈だと思うんだけど?」

「まあ、とにかくだ」杉坂副隊長が会話に割って入る。「遺体は警察に戻され、今頃、担当医による検視が行われている。DNA鑑定などで、遠からず真相が明らかになると思う。それから、江草隊長は明日、上京して〝本人〟から話をうかがってくる予定だ」

「身許確認が不充分だったと批判されるとしたら、隊長や課長はいやでも矢面に立たされることになる」深町が神妙な顔で眼鏡を押し上げた。「俺たち救助隊が判断ミスの直接の当事者じゃないにしろ、真相が明らかになるまで安穏とはしていられないな」

「われわれも、当日の染川さんの足取りを、もう一度、あらためてみるべきだと思います」

曾我野にいわれ、杉坂がうなずく。

「関隊員は、当日の本人の〝人着〟を絵に描いてくれ。それから、曾我野。横森といっしょに広河原ICまで下りて登山届を回収してきてくれるか」

「わかりました」

関と新人隊員ふたりが声をそろえた。

＊

翌朝、白根御池小屋の管理人、高辻四郎が警備派出所を訪ねてきた。ちょうど待機室で登山靴の紐の交換をしていた夏実が応対した。

「今日の定期パトロールはどなたが？」

「あ。私とメイです。これから出発するところです」

「ちょうどよかった」

そういって高辻は白いビニールのレジ袋を差し出した。

「実はね、例の染川さんがうちから出発したとき、部屋に忘れていたんだ。スタッフの遥香《はるか》ちゃんが部屋の掃除をしていて、たまたま布団の下から見つけたんだけどね」

受け取って中を見た。焦げ茶色の分厚い登山用靴下だった。指先でつまみ出してみる。

「うわ。臭《くさ》……」

思わず顔をしかめた夏実に、高辻が目を細めて苦笑いした。

「メイにトレースしてもらうのはどうかなと思ってね。本人の足取りを追えるかもしれない」

夏実はハッと顔を上げた。「あ。それって、いいかもです」

さっそく杉坂副隊長に許可をもらい、メイのいる犬舎に向かった。

バロン、カムイとともにドッグケージにいたメイを外に出すと、レジ袋からまたつまみ出した靴下を鼻先にぶら下げた。

「ごめんね。この臭《にお》いを覚えてほしいの」

人間にはつらい古い靴下の臭いだが、嗅覚が数千倍から数万倍といわれる犬には、意外に平気なようだ。快不快の基準が違うということなのだろう。

好奇心を剥き出し、しきりと鼻を鳴らしながら、トライカラーのボーダー・コリーは染川の靴下を執拗に嗅いだ。

《覚えた――！》

そういわんばかりに目を輝かせ、メイがひと声、「ワン！」と吼えて尻尾を振った。

人間には感知できない登山者のかすかな臭跡を犬がたどる。

空気中に残された残留臭ならエア・センティングと呼ばれるが、犬が原臭を覚えて地面に残ったものを嗅ぎながら追うことをトレイリングという。

ただし、染川知道が白根御池小屋を出発したのは三日前。いかに高性能の犬の嗅覚とはいえ、かすかに残った臭いをたどりつつサーチするのは難しい。

さいわい、この数日間、ずっと晴れ続きで雨がなかった。少しでも降っていたら状況がかなり悪かっただろう。

御池の警備派出所前から北岳に向かうには、ふたつのルートがある。

ひとつは二俣を経由する大樺沢コース。もうひとつは草すべりを直登して小太郎尾根に到達するコース。

事故当日、染川知道は大樺沢伝いに八本歯のコルを目指し、途中の大岩付近で落石を受けた。ところがスタートしたとたん、メイは低く地鼻を使いながら、いきなり草すべりを登るルートへと入り込んだ。

「うそ。ちょっと――――!」

立ち止まった夏実をメイが振り返る。アザミの花が咲く草叢《くさむら》の中で、長い舌を垂らし、《どうしたの?》と耳を立てている。

「だって染川さんは大樺沢のバットレスの下で亡くなったんだよ。そっちに行くはずがない」

夏実の声をよそに、メイは尻尾を振り、何度か短く吼えた。早くついてくるようにハンドラー《せ》を急かしているのである。

だとすれば、染川は頂上を経て、八本歯のコル経由で下山中にバットレス下で落石を受けて亡くなったのだろうか。

目撃者の証言だと、たしか〝登山中の男性〟ということだったはずだが、見間違いという可能性もあるかもしれない。

しばし逡巡したあげく、メイを追って草すべりコースへと踏み込んだ。

登山者たちがうんざりするような急登のジグザグ道を、ふたりで登っていく。俊足の夏実たちは、朝早くに白根御池小屋を出発した登山者たちをひとり、またひとりと追い抜いていく。

小太郎尾根出合の開けた場所で休息をとっていた中高年四名のパーティから、「早いですねえ」と声がかかる。

「訓練してますから」と、笑みを見せ、ふたりで尾根筋のトレイルを走った。

メイは確実に臭跡を捉え、どんどん岩場を登っていく。

それを夏実が追う。

やがて肩の小屋に到着すると、ちょうど長靴を履いた管理人の小林雅之が出入口から出てきたところだった。

「無線で聞いたよ。何だかこんがらがった事件だなあ」

よく日焼けした顔に皺を刻みながら、小林が笑った。

夏実がザックの中から取り出した染川知道の人相着衣を描いた絵を広げてみせる。

何事も器用な関の作品だ。プロの絵描きなみに巧《うま》い。それをとってしげしげと見ていた小林が、ふといった。

「覚えとるよ。うちでラーメンを食っていった」

「え？」

驚く夏実に彼はいう。「間違いない。最初、山菜うどんを所望されたんだが、ちょうど切らしとってな。ラーメンにしてもらったら、そこのテーブルで美味《うま》い美味いとかき込んどった」

「立ち寄ったのは何時頃ですか」

「午前十時前後だったと思うよ。七時前に御池小屋で朝食をとって出発したが、ここまで来たらもう腹が減ったって笑っとった。若いから仕方ないと俺もいったがね」

本人が落石で亡くなったのは午前十一時。たったの一時間で山頂を経由して、大樺沢の大岩付近まで下りられるはずがなかった。夏実はますます混乱してしまった。

無線機がコールトーンを発した。

――御池警備派出所の杉坂です。星野隊員、とれますか？

ザックのショルダーストラップにつけたホルダーからモトローラ社の小型無線機を抜いた。

「こちら星野です。今、肩の小屋です」

――祖師谷に行っていた江草隊長が、生還した〝もうひとりの染谷さん〟から聞き出したことを派出所に連絡してきた。どうやら本人は山頂から下山中に池山吊尾根で滑落し、尾根の南側を下ってビバークしながら、三日目に野呂川に到達したようだ。

「じゃあ、やっぱり大樺沢はたどっていなかったんですね」

――つまり、そういうことだな。

「メイに臭跡をたどらせたら、小太郎尾根から頂上に向かっているんです」

――そのまま吊尾根まで行ってみてくれ。

「諒解しました」


肩の小屋を出発して、じきに山頂に到達した。

八月の抜けるような夏空の下、三百六十度の見事な景観が広がっている。が、そんな景色を楽しむ余裕もなく、頂上でくつろぐ登山者たちに頭を下げながら、メイとふたりして逆方向の下山ルートをたどった。

メイは相変わらず地鼻を使い、迷いもなくどんどん下っていく。

吊尾根分岐で一瞬、顔を上げて躊躇してから、北岳山荘方面には行かず、左に折れて八本歯のコルを目指した。

大きな岩が複雑に積み重なった岩稜帯を越えた先で、ボーダー・コリーがふと、足を停めた。臭跡を失ったようだ。

夏実はダケカンバの低木をかき分け、垂直に切れ落ちた崖から下を見た。岩崩れのガレ場に痕跡のようなものがある。ハイマツの枝が折れた痕も確認できた。

「やっぱり、ここから滑落したのね」

両手を突いてしゃがみ、崖下を覗きながら夏実はつぶやいた。

高低差は二十メートル以上ある。よく骨折などの重傷を負わなかったと思った。よほど運がよかったのだろう。

夏実はメイを停座させたまま、ゆっくりと立ち上がった。

だったらバットレスの下で亡くなった〝本人〟はいったい誰なのだろう？

ますますわからなくなってきた。

遠く、間ノ岳に連なる稜線に、大きな雲の影が落ちて、ゆっくりと山腹を這っていた。

＊

その日の午後遅くになって、江草恭男隊長が白根御池の警備派出所に戻ってきた。

彼と同年配ぐらいの、背丈のある、ガッシリした体格の男性登山者がいっしょだった。都内の成城《せいじょう》警察署刑事組織犯罪対策課の刑事で、名越《なごし》と名乗った。

警備派出所の前でザックを下ろすなり、江草とともに待機室に入ってきた。

大柄な躰を猫背気味に、パイプ椅子に座る。グローブのように大きな手の指を組んで、テーブルに肘《ひじ》を載せた。

夏実がアイスティーを持ってくると、受け取って一気に半分、飲み干した。炎天下に広河原から三時間近くかけてここまで登ってきて、ずいぶん疲れ、喉も渇いていたようだ。

「登山は十年ぶりですが、さすがに躰がなまってましたなあ」

そういって赤いバンダナで額の汗を拭った。

太い眉を寄せてから、こういった。「さっそく本題に入らせてもらいますが、江草さん、話していただけますか?」

救助隊の隊長がうなずいた。

「バットレス下で落石に当たって亡くなったのは、都内杉並区に住んでいた会社員、岸田《きしだ》寛久《ひろひさ》という人物です。DNA鑑定をするまでもなく、夜叉神峠に駐車していた車の中から見つかった免許証で明らかになりました」

「いったいどういうことですか」

奇異な顔で訊ねた杉坂副隊長に、名越はいった。

「岸田は染川さん本人になりすまそうとしていたんですよ」

彼の話によると、こうだ。

亡くなった岸田は染川と同じ都内のコンピューター関連企業の社員だった。社内では同じ部署でともにシステムエンジニアをやっていたらしい。

ところが岸田は会社の端末からホストコンピューターに侵入して、社外秘の情報を別のＩＴ企業に流しては、かなりの荒稼ぎをしていたようだ。競馬などのギャンブルにはまっていた岸田は、複数の金融関係から三千万円以上の借金を抱えていたらしい。

たまたまそのことを染川が知って不正操作をやめるよう彼に忠告していた。岸田は染川の口から上司に真相を知られることを畏れ、ひそかに彼を殺そうと決意した。

しかしホストコンピューターの記録から、そのことはすでに会社の管理部に知られており、あまりに悪質ということで警察に通報され、岸田本人の身辺調査が始まっていたのだった。

染川の趣味が登山であることを知っていた岸田は、彼がいつも登っている南アルプスの北岳に関する情報を収集し、そこで染川を殺そうと計画を立てた。

五日前に染川が自宅を出発するとき、彼を尾行し、写真を撮って、似たような色とデザインの登山服とザック、靴をスポーツ用品店で購入し、その翌日に北岳に向かった。

あらかじめ染川が草すべりから小太郎尾根をたどって登頂するというコースを聞いていた彼は、もうひとつの大樺沢コースを登り、頂上から下ってくる染川を待ち伏せし、殺害のあと、死体を発見されぬように始末することにした。

そののち、八本歯のコルから北岳山荘に向かい、染川知道の名で宿泊して痕跡を残し、翌日になって登山口にある野呂川広河原インフォメーションセンターに下りて、スタッフに無事下山したことを伝える。

染川の家族は本人が下山しないことで捜索届を出すだろうが、北岳山荘、広河原ＩＣと偽の足跡が残っているため、警察は染川知道が下山したと断定するだろう。まさか死体が山中に隠されているとは思われぬまま、蒸発事件のひとつになって、染川の存在は消える。

ところが岸田は、染川と合流する前に、バットレスから落ちてきた岩に当たって死んでしまった。

着衣や装備が本人とまったく同じだったのは、そういう理由だったのだ。

もともと岸田も同じ茶髪だったし、血液型はたまたまふたりとも同じA型だった。

一方、染川は下山中に滑落し、三日間、山中をさまよってから自力で下山、自宅に戻って自分の葬式を見てしまったということになる。

「今朝早く、岸田のマンションの部屋を家宅捜索し、押収したパソコンから計画の一部始終が明らかになりました。けっきょく、被疑者死亡のまま書類送検ということになると思いますが」

そういって名越は口を閉じ、またアイスティーを飲んだ。

「染川さんに、その話は？」と、杉坂が訊いた。

「名越さんと私で祖師谷のご自宅を訪ねて、お話をしました」

江草隊長が顎髭を撫でながらいった。「明らかにショックを受けておられましたけど、岸田という男を恨むことだけはしたくないといわれてました」

「何だか哀れな話だなあ」

夏実の隣に座っていた進藤諒大がそうつぶやいた。

「自業自得というやつですよ」と、横森が憤然としていう。

「山が……許さなかったんじゃないのかな」

そうつぶやいた夏実を全員が見た。彼女は少し顔を赤らめて、いった。「ここでそんなひどいことがされようとしていたのを、北岳が……山の神様が捨て置かなかったんだと思います」

「山の神様、か」

名越は大きな唇を少し歪めて笑った。「きみは面白いことをいうなあ」

彼はゆっくりと椅子を引いて立ち上がった。

「さて、いちおう事件は解決し、こうして救助隊のみなさんに報告もできたことだし、せっかくここまで来たんだから、明日はこの日本第二位の山の頂上を踏んでから、都会に戻ることにします」

夏実がさっと立ち上がり、いった。

「あ。私、ご案内いたします」

「それはありがたい」

名越は思わぬ柔和《にゅうわ》な笑みを浮かべ、大きな手を差し出し、夏実と握手した。

第7話　父の山

白根御池小屋に隣接する、南アルプス山岳救助隊夏山常駐警備派出所前に、たくさんの薪《まき》が積み上げられている。

その傍で深町敬仁隊員が斧を振るっていた。

十月になったばかりだが、風はまだそう冷たくない。周囲のダケカンバの黄葉は見事だった。今朝は夜明けからよく晴れていたのに、午後になって急に雲が出てきて、晴れ間をすっかり埋め尽くしていた。山間部は夕方から天気が崩れるという予報だった。

深町が両手で持った斧を落とす。

刃先が玉切りの真ん中に当たると、クヌギの木が心地よい音とともに左右に割れる。それをまた薪割り台の上に立てて、スパンと割る。たちまち四ツ割りにすると、無造作に薪の山に放った。

無駄のない一連の動作を、新人隊員の横森一平と曾我野誠が見ている。

もともと薪割りは彼らの仕事だったが、馴れぬ作業の上、ふたりとも器用とはとてもいえない。丸太の筋目《すじめ》を読むだけの経験もないから、いたずらに硬木に斧が弾《はじ》かれ、すっかり手首を痛めてしまっていた。

どれ、貸してみろと、通りかかった先輩隊員の深町が交代して十分も経たないうちに、傍らには薪の山ができていた。それを若いふたりはあっけにとられた顔で見ている。

「どうやったら、そんなにホイホイと割れるんですか」と、曾我野が訊ねた。

「君らは力が入りすぎなんだ。いいか。こうして――」

　斧を振り上げ、無造作に打ち下ろす。パンという気持ちのいい音がして、丸太が左右に飛んだ。

「軽く斧を落とすだけでいい。ただし目を読むんだ。丸太の内部に木目がどう走っているかを想像して、断ち割れるポイントをしっかりと見切る」

　二分割の丸太のひとつを台の上に立て、斧の刃先を落とす。太いクヌギがパカッと割れる。

　魔法を見ているような顔をしている曾我野に斧を返したとき、深町のポケットの中でスマートフォンが振動した。取り出して液晶画面を見ると弟の功治《こうじ》の名だ。去年の春に脱サラをして、八ヶ岳市で農業を始めたばかりだった。

　耳に当てた。

「俺だ。どうしたんだ」

――兄貴。親父が山に行くといって、今朝、ザックを背負って出ていった。

　深町は一瞬、自分の耳を疑った。

「山って……？」

――それも北岳だそうだ。

「何でまた」

――急なことで、こっちも面食らってる。兄貴、悪いけど親父のことを頼んでいいかな。

「わかった」

通話を切った。

「どうしたんすか」と、曾我野が訊いてくる。

横森も自分の斧を持ったまま、彼のほうを見ている。

「個人的なことなんだ」

そういって彼は空を見上げた。鉛色の雲底が、手が届きそうなところまで垂れていた。

何だって山。それも北岳なんだ——と心の中でつぶやいた。

よりにもよってこんな天候のときに。

もともと登山なんてまるで縁のない人間なのに……。

＊

広河原に無線で問い合わせると、インフォメーションセンターにも広河原山荘にも、彼の父——深町慎一郎《しんいちろう》の名での入山届は出されていなかった。

北岳に入ったという弟の言葉は不確実となるが、父はもともと冗談をいったり、ホラを吹いたりごまかすような人間ではなかった。むしろ、愚直なまでに自分に莫迦《ばか》正直なタイプの人間だった。

山の素人《しろうと》であるから、入山届というものを知らなかったのかもしれない。

肩の小屋と北岳山荘に問い合わせても、それらしい登山者は来ていないという返事だった。

時刻は午後三時を回っていた。空はますます昏《くら》く雲に閉ざされ、風は湿り気を帯びて、今にも降ってきそうな様子である。

深町の胸の奥を不安が去来する。

江草恭男隊長が待機室にいたので事情を話し、これから登山コースを回ってきますといった。

老眼鏡を鼻の途中までずらして書類を書いていた江草隊長は顔を上げ、かすかに眉をひそめた。

「じきに荒れてきますが、大丈夫?」

「行きます」

「くれぐれも気をつけて」

深町は席を立った隊長に頭を下げ、ロッカー前で準備を始めた。

ちょうどそこに二階の自室にいたらしい進藤諒大隊員がやってきた。あわただしくザックに荷物を詰めている深町を見て驚いた。

「もしやこれから?」

「親父が山に入ったと弟が連絡してきた」

「深町さんのお父さんって山やるんですか?」

「素人だ」

驚いた進藤がやにわに真顔になっていった。「俺も行きます」

「いいのか」

「カムイの鼻が役に立つかもしれませんし」

支度を調えた進藤は、派出所裏にある犬舎から山岳救助犬カムイを引き出してきた。


ふたりでザックを背負って出発するとき、ちょうど星野夏実とメイ、神崎静奈とバロン――それぞれハンドラーと救助犬たちが登山口方面から登ってきた。広河原からのパトロールを終えて、白根御池小屋前に戻ってきたのだった。

「深町さん、進藤さん。どちらへ？」

怪訝《けげん》な顔で訊ねる夏実に、彼はいった。「これからパトロールだ」

「いいんですか。かなり降るみたいですよ」

心配そうな夏実に、深町は笑ってみせた。

「新調したレインウェアの性能を試してみるよ」

山岳救助隊のレインウェアが、この十月から新しく支給されたばかりだった。それまで長いこと酷使してきて、さすがにどの隊員のものもへたり、性能が著しく衰えていたためだ。

敬礼をしてくる夏実たちに返礼をし、深町は進藤、カムイとともに出発した。

相変わらずおぼつかない手つきで薪割りをしていた曾我野、横森の両隊員が、あわてて向き直り、ふたりに敬礼を送ってくる。

雪渓がすっかり溶けてなくなった大樺沢をたどって登っていると、小雨がぽつぽつと落ち始めた。

まだ本降りでなく、レインウェアを着用するまでもないので、帽子を目深《まぶか》にかぶり、足を速めた。

やがて八本歯のコル手前で梯子の連続となり、進藤は相棒のカムイのリードをオフにし、ハイマツの中に走らせて先に行かせた。人間ふたりは細い丸太で作った梯子を登ってゆく。

ときおり、帽子を脱いで汗を拭いながら急登をたどる。

さまざまな想いが深町の脳裡を去来する。

　　　　　　　　＊

父、慎一郎は長男の敬仁と同じ山梨県警の警察官だった。

若い頃は交番勤務で、八ヶ岳署、韮崎署、南アルプス署と転々とし、三十代半ばで甲府署の刑事課に引っ張られて、階級も警部補まで昇進した。その頃から多忙な日々となった。

母の静《しず》は父と結婚してふたりの子をもうけたが、夫の日夜の不規則な勤務のため、ほとんど女手ひとつで必死になって子育てをした。あちこちでパートタイマーで働きにもでていた。

そして深町が高校三年のとき、病気を患《わずら》ってあっけなく他界してしまった。

母は父の多忙に関して文句ひとついわなかったが、深町は父を恨んだ。ろくに家族との団欒《だんらん》もとれないほど、警察はハードな仕事だとわかっていて、そんな父が母を死に追いやったと思った。

何度となく恨みをぶつけた。

そのことを振り返るたびに、重苦しい気持ちがあって、自分で判然とできずにいた。

都内の国立大学を出てから、彼が地元の警察学校に入ったのは、父の仕事を理解してみたいと思ったからだ。

当初、父は怒った。

せっかくいい大学を出たのだから、同じ警察なら国家公務員すなわちキャリアへの道が開けている。なのに、あえて平の警察官になるとはいったいどういうことだ。

そんな父の叱責を、彼は無視して自分の道を選んだ。

今にして思えば、そういう頑固さはまさに父親の性格そのままだった。

キャリアの道をあえて外し、警察官になったもうひとつの理由は、南アルプス署に山岳救助隊があるという話を聞いたからだ。

もともと山が好きで、高校時代から南アルプスや八ヶ岳、北アルプスまで遠征して、あちこちの山に登っていた。大学に入ってからは、海外の名峰を幾座も踏破し、山への想いはいっそう強くなっていた。

もしも山で仕事ができるなら、これほどの幸せはない。

その念願がかない、今、こうして北岳にいる。

父のことは、すっかり弟の功治に押しつけてしまっていた。警察を定年退職してからは、功治が結婚して建てた八ヶ岳市の家に身を寄せ、日がな一日、ぼうっと縁側に座っては景色に見入っているということだった。

親父は一気に老け込んだよ。

功治と連絡を取り合うたび、そんな寂しい話を聞かされていた。

＊

八本歯のコルから吊尾根、さらに主稜線をたどるルートを登っていると、雨が大粒になってきた。

進藤とふたり、足を停めてザックを下ろし、急いでレインウェアを着込んだ。

新調したばかりのゴアテックスは硬く、まるで鎧《よろい》を着ているようだった。もっともその硬さゆえに、雨から守られている気分にもなる。バタバタと音を立ててウェアに落ちる雨が、たちまち無数の水玉となって生地から落ちていく。

北岳山荘と肩の小屋に無線を入れ、依然としてそれらしき人物が来ていないのを知ると、ふたりはひとまず山頂を目指すことにした。

進藤の相棒、カムイは山岳犬として有名な川上犬だが、老いが忍び寄っている。毛並みに艶《つや》がなくなり、口の周囲には白い毛も混じるようになった。

が、相変わらず足取りは頼もしく、大粒の雨に濡れながら、ときおり胴震いして飛沫《しぶき》を散らし、ふたりの前をどんどん進んでいる。

原臭がないため、臭いをたどってゆくことは無理だが、それでも道迷い遭難で知らず枝道に入った登山者がいれば、その臭跡をキャッチすることはできる。

もっとも雨が地表を流れるほどになると、その臭いの痕跡も消えてしまう。

頂上を過ぎて下りとなり、肩の小屋に着く頃、すっかり周囲が暗くなっていた。

小屋のスタッフたちは客たちの食事タイムが過ぎ、それぞれがくつろいでいた。

管理人の小林雅之は青いジャンパーに長靴姿で受付室から出てくると、しきりに濡れたカムイを撫でて誉めた。

深町は弟の功治から送ってもらった父の画像を、スマートフォンの液晶に表示させ、小林に見せた。

「見かけねえなあ」

そうつぶやきつつ、彼はしげしげと画像を見つめた。

「ところで、お前ら。飯、喰っていかんか」

声をかけられ、深町たちは破顔した。

「おやっさん。助かります。腹、ペコペコでした」と、進藤がいう。

レインウェアを脱ぎ、ダルマストーブの周囲にかけて干してから板の間に上がった。

「夕食の残り物で作ったんですみませんが……」

そういいながら膳を持ってきたのは、小林の息子、和洋《かずひろ》だった。

細面だがガッシリとした体軀は二年間、入隊していた自衛隊で鍛えられたためだ。北岳随一の健脚といわれ、山岳救助でも彼はずいぶんと活躍している。

進藤とふたり、かき込むように食べ始めた。

「俺もそろそろ歳でなあ。来期から小屋を息子に継がせようと思ってるんだ」

ダルマストーブの傍に座って手をかざしながらいう小林の顔が、少し寂しそうに見えた。足許に伏臥《ふくが》するカムイの背中を、ゴツゴツした手で撫でている。

ふと、面影が深町の父のそれと重なる。

父親というのは、何かと寂しそうな顔をするものだ。

長年、勤めてきた警察を辞めてから、父の姿には、まるで魂が抜けたような印象があった。

それまで人生において、ずっと背負ってきた仕事という重荷を下ろしたとき、垣間見える表情は、どこの父親もよく似ている気がする。

男にとって仕事はつらさと厳しさの連続だが、一方で大きな誇りもある。つまり生き甲斐のようなものだ。そこから解放されたとたん、自分を支えてきた柱を抜かれたように、一気に気落ちするのかもしれない。

だから、そんな自分を鼓舞《こぶ》するため、山に登るなんて無茶なことをしたのではないだろうか。

＊

小林親子に見送りされながら、肩の小屋を出発した。

深い闇に冷たい雨が降っている。

深町も進藤もヘッドランプを装着し、その小さな光を頼りに小太郎尾根をたどっていく。

荒々しい岩稜のルートだが、ふたりとも数え切れぬほどここを行き来しているため、馴れた足取りでどんどん進む。

雨の勢いは相変わらずだが、新調したレインウェアのおかげで水の浸入はほぼない。気温が零度近くまで下がっているせいで、深町の前をゆく進藤のザックの周囲から、透湿《とうしつ》された汗が白い湯気となって立ち上がっているのが、ＬＥＤの光の中によく見える。

ゴアテックスという素材は七十年代からアメリカで山用具に使われ始め、日本にもじきに入ってきた。昔は高価で、高校生から山を始めた深町にはとても買える代物ではなかった。そのため、透湿性がないビニール合羽《かっぱ》同然の安い雨具をまとって登山をしたが、汗が抜けずにひどい目に遭ってきた。

高校二年の夏休みだった。

友人とともに八ヶ岳連峰のひとつ、編笠山《あみがさ》に登ったとき、雨風にたたられて、ふたりとも低体温症になった。

頂上までたどり着けず、途中で下山を開始。何とか登山起点の観音平《かんのんだいら》まで下りてきたが、そこで一歩も動けなくなった。

たまたま当時あったグリーンロッジという施設の管理人が、駐車場にへたり込んで雨に濡れているふたりを見つけ、建物の中に運び込んでから、電話で救急車を呼んだ。

おかげで彼らは市内の病院に搬送され、治療を受けることができた。

病院に駆けつけた父の剣幕《けんまく》といったらなかった。

他人様《ひとさま》に迷惑をかけるような趣味ならやめてしまえと、周囲の目をはばからずに怒鳴り散らしていたのをよく覚えている。

もちろん深町は山をやめたりはしなかった。

父の叱咤にあえて逆らうように、ますます山にのめり込み、北アルプスまで足を延ばし、大学では内外の高峰に登り続けた。そして念願かなって山岳救助隊員となった。

たった一度、彼が山に背を向けようと思ったのは、自分の失態から救助隊の先輩を死なせてしまったときだった。

当時まだ現職の警察官だった父にも告げたが、彼は何もいわなかった。

自分の息子が道を見失い、哀れなまでに落ち込む姿に言葉もなかったのだろう。けっきょく、迷った末に深町は山に残り、今もここで、彼を理解してくれた仲間とともに救助をやっている。

他に選択肢などなかった。


小太郎尾根の途中の分岐点で、カムイが足を停め、沛然《はいぜん》と降りしきる雨の中に高鼻を使い始めた。

何かを察したときのアラートのようだ。

リードの金具を外したハンドラーの進藤が見守っていると、カムイは「くぅ」と鳴いて、尻尾を大きく振る。そして周囲の濡れた岩に鼻を押し当てながら、あちこちへと不規則に走り出した。

カムイは、明らかに誰かの臭跡を嗅ぎ当てたようだ。

ふいに尾根線のルートから外れて、真北に向かって斜面を下り始めた。

「まさか」

そうつぶやく進藤と目を合わせた。

カムイが向かったのは北岳のずっと北側にある小太郎山の方角だ。

トレイル上になく、また主稜線から外れた先にある独立した山なので、めったに登山者が向かないが、たまに荷物をデポして空身《からみ》で山頂を踏んで往復してくる者もいる。が、こんな荒れた天気の中であえて小太郎山に向かう登山者が存在するとは思えなかった。

「親父だ……」

深町がつぶやいた。

警察官のくせに方向音痴《おんち》だと、よく母に笑われていた。母や弟といっしょに町を歩いていて、ひとりで公衆トイレに入ると、それきり戻ってこないことがあった。家族のところに戻ろうとして、まるで別方向に向かっていたのだった。

「山になんか来るから、こんなことになるんだ」

そういって深町はふいに唇を噛みしめながら、無理に笑った。

カムイは十数メートル下ったところで顔を上げ、ふたりを振り返った。早く来いと急かしているように見えた。

＊

いつの間にか、雨が止んでいた。

頭上の雲は低く、空気は相変わらず湿気に満ちていた。ヘッドランプのＬＥＤの光に照らされる濡れた岩場は靴底が滑りやすく、ふたりは慎重に歩を進めた。

小太郎山に向かうルートは、ずっとなだらかで、広く開けた場所である。これが昼間で天気に恵まれていたら気持ちのいい歩きになったはずだ。

ふたりはカムイを先行させたまま、黙って歩き続けた。

ときおり振り返るカムイの目が、ＬＥＤの光の中でキラリと碧《あお》く光る。

冷たい空気の中に、犬の呼気が白く流れている。

「カムイとも長いつきあいですけど――」

ふいに進藤がいったので、深町は振り返った。

「実はね。ひとつだけ後悔してます」

歩調を維持したまま彼はいった。「早々に去勢してしまったおかげで、あいつの子供たちを見られなかった」

「そうか」

「単純に犬は去勢したほうが長く生きるというので、迷いもなく行ったんです。でも、犬も人も、寿命というのは、生まれたときにもう決まってるんですよね。ただ、自分でわからないだけ。だから、去勢手術をすることで、無理やりに運命を変えてしまったような気がして」

「だが、自分で子を産んで育てる牝と違って、牡犬にとって子孫を残すという本能はあっても、人間みたいな明確な意思があるわけじゃないんじゃないか」

「そうなんです。だから、飼い主の勝手な擬人化のような気もします。だけど、いずれ遠からずカムイとのお別れが来る。そのときのことを考えると妙に寂しくなるんですよ」

「犬との別れは避けて通れない定めだな」

「もちろん、それを覚悟してカムイを飼っているわけですけど、やっぱり不安や迷いからどうしても逃げられない。ふつうのペットロス以上に、この山でふたりして仕事をしてきた相棒《バディ》だから、それだけ喪失感は大きいでしょうね」

「人間もそうだ。俺の親父もいずれは逝《い》く。最後の最後まで気持ちが通じないまま、別れなければいけないかもしれない。そんなことを思うと、かなり胸が苦しくなるよ」

「深町さんのお父さんも、同じことを思ってたんじゃないですかね」

「親父が？」

ふと、自然に足が停まった。

進藤が振り返り、いった。「男ってのは、何かと格好つけたがる生き物です。警察官だったら、よけいに自尊心もありますし、いきおい頑固にならざるを得ない。でも、歳をとるって、つまり寂しくなることなんですよ。自分の周囲はおろか、血を分けた家族にも心を通わせられない、そんな寂しい人生のまま逝くなんて、ぼくだったらきっと耐えられません。だから、この山にわざわざやってきたんじゃないですか」

「だったら、直接、会いに来ればいいのに」

「それができないから苦労するんです」と、進藤が笑う。

深町はしばし口をつぐんだまま、暗い夜空を凝視していた。

自分が父親になったことがないから実感はない。だが、その寂しさという感情は、何となく理解できるような気がした。

まさに、父はそうだった。

警察官として、親としての威厳を保ち、家族の前で厳《いか》めしい顔をし、ひとりで何かを背負ったような人生をたどっていた。しかしその裏側で、他人に明かせぬ寂しさを抱え続けていたのではないだろうか。

だとしたら、何と孤独な人生だったろうか。

「深町さん。あれ――」

ふいに声をかけられ、向き直った。

ふたりが立つ広い尾根のずっと彼方に、ポツリと小さく、オレンジ色の明かりが見えている。

「あそこは小太郎山の頂上です。誰かがテントを張っていますね」

深町は闇に滲《にじ》むような小さなオレンジの光を見つめた。

口を引き結んでいた。

「行きましょうか。あれが深町さんのお父さんなら、われわれの任務は完了です」

ふたりは急ぎ足になった。

先行するカムイの尻尾が大きく左右に振られている。

＊

小太郎山の頂上に到着し、彼らはまた足を停めた。

いかにも素人仕事らしく、不器用なテントの設営の仕方だった。

ポールがスリーブに完全に通らぬまま、無理やりにペグダウンしているため、テント自体が変形して傾いている。

「こんばんは。山岳救助隊です。ちょっとよろしいでしょうか？」

テントの前で深町が声をかけた。

やがて、もどかしくジッパーが開かれて、頭にヘッドランプをつけたチェックの登山シャツの男が顔を出した。深町たちのヘッドランプの光に眩《まぶ》しげに目を細め、怪訝な顔をしていたが、ふいに目をしばたたいてこういった。

「お前……敬仁か」

深町と進藤はテントを設営し直した。

寝袋やマットなどの荷物をいったん外に出し、濡れた地面に直に置かないようにすべてザックに突っ込んでから、テントのポールを抜いてきちんと入れ、あらためてペグダウンし、それそれのコードを引いた。それから出していた荷物をまたテントの中に入れた。

作業の一部始終を、彼の父は離れたところに立って黙って見つめていた。

ハイマツの前で待っていたカムイに褒美のジャーキーを与えてから、進藤がいった。

「自分はこれから派出所に引き返して、隊長に報告を入れます。深町さんはどうされます？」

「俺か……」

一瞬、途惑ってから、彼はいった。

所在ない様子の父親の姿に、ふと胸が締め付けられそうになった。

「明日、派出所に戻るよ。江草隊長にそういってくれ」

「諒解」

深町の答えをまるで知っていたかのように、進藤が笑った。

指先をそろえて敬礼をし、カムイとともに尾根のルートを引き返し始めた。闇に消えていく彼の後ろ姿とヘッドランプの小さな光をしばし見送ってから、ゆっくりと向き直った。

父の慎一郎は、まだテントの外に立っていた。わざとらしくそっぽを向くように視線を外している。その横顔を見つめ、深町がいった。

「本当はここ、テントを張っちゃいけないんだ。今夜ばかりは緊急避難ということで、ビバークを認めるけど」

横顔を見せていた父が、ぶっきらぼうな口調で息子にいった。

「北岳の山頂じゃ、幕営はできんのか」

驚いた。

しばし言葉もなく、深町は視線を泳がせていた。

歯軋《ぎし》りをしながら、だしぬけに父親の腕を強引に持つと、引っ張るように少し離れた場所まで歩いていった。

岩場に立てられた古い標柱に、ヘッドランプの光を当ててみせる。

〈小太郎山　二七二五m　山梨百名山〉と記されている。

「あんたが北岳の山頂だと思ってたここは、まったく違う山のてっぺんなんだよ」

深町慎一郎は、狐か狸に化かされたような表情で、茫然とそれを見ていた。

「俺はてっきり……」

言葉の途中で彼の父は口をつぐんだ。

「ここは本来、親父が来るような山じゃないんだ。何だってこんな無茶をしたんだよ」

彼の父は眉間に皺を刻んだまま、じっとあらぬほうを見ていた。疲れ切ったような顔がやけに老けて見えた。

その目がふと、息子に向けられた。彼はいった。

「敬仁。今日は母さんの命日だ。お前、覚えているか？」

「え……」

深町は絶句した。

十月二日。そうだった。

毎年、決まって命日のことを思い出すのは、それが過ぎて何日かが経ってからのことだ。

その都度、弟の功治に電話をしては詫びていた。功治はそのたびに、「いいよ。兄貴は多忙なんだから」と笑っていた。

彼の父はテントの中に横たえたザックから、日本酒の罎を取り出して見せた。

「どうだ。ふたりで一杯やらんか」

*

テントの中で、深町は父と飲んだ。

成年になって飲めるようになっても、父とさしで酌《く》み交わした記憶はほとんどない。

いつだって互いに多忙だったし、親子であるにもかかわらず、それぞれが向き合えない奇妙な反目もあった。

それがこんなきっかけのおかげで、狭いテントの中、ふたりして酒をしとどに飲んだ。

今まで黙っていたこと。口にできなかったこと。いろいろな話題が出てきて、泣き笑いの時間となった。

とりわけ亡き母の思い出に関して、父とこれほどまでに記憶を共有していたのかとあらためて知って驚いた。

母という共通認識の存在に関して、まったくといっていいほど言葉を交わさなかった。そこには親と子の一種の遠慮というか、気まずさのようなものがあったのかもしれない。

それがこうして、狭いテントの中で文字通りに膝を交え、酒を飲みながら思い出をたぐるうちに、それまでまったくなかった親と子の不思議な同志的感覚が生じていた。

とめどもない話を父と続けながら、深町はようやく肉親との距離感がリアルに感じられてきたような気がした。

「母さんはどうしていつも、あんなに哀しい目をしていたんだろうなあ」

彼の父はそういって、ふっと嘆息した。

彼の母——深町静は、他人の心に〝色〟を見てしまう特殊な共感覚を持っていた。その秘密をついぞ夫には洩らさなかった。

息子である彼が知ったのは偶然だったが、母にとって夫よりも自分の血を分けた子のほうが、真実を打ち明けやすかったのだろう。その理不尽な能力は、生涯にわたって彼の母を苦しめていた。それを自分の中に秘めたまま、母は逝った。

山岳救助隊の後輩として入ってきた星野夏実が、その母とまったく同じ〝力〟を持っていることを知って、深町はさすがに驚いた。

しかしそれは偶然というよりも必然。つまりこの山が彼に引き合わせてくれたのだと思った。

夏実は北岳に神の存在を感じるという。

深町もそれを感じた。

この山にはたしかに神がいる。そしていろんな奇跡を引き起こす。

だから、きっとこの父親との再会も――。

「敬仁」

「え？」

「明日、北岳の頂上につれていってくれんか」

無精髭をたっぷりと生やした父の顔を見ながら、彼はうなずいた。

「いいよ。明日はきっと晴れる。日本第二位の山からの絶景が眺められるさ」

「お前の母さんはな、本当は山に来たかったんだそうだ。あれほど夢中になっていた息子の夢を、あいつなりにたどりたかったんだろうな」

「母さんが……」

そういって振り向いたとき、父はすでに寝入っていた。

胡座をかいたまま俯き、規則的に鼾《いびき》を洩らしていた。

深町は苦笑して、ダウンの寝袋に父の躰を押し込んだ。そうして自分のヘッドランプも消し、父の傍に寄り添って眠った。

第8話　サバイバーズ・ギルト

夜半になっていきなり風が襲ってきた。まさに風圧であった。

雪交じりの猛風が押し寄せ、テントが平らになりそうなほどに大きく傾《かし》いだ。中にいるふたりの登山者とともに、今にも吹き飛ばされそうだった。

輿水雅人《こしみずまさと》は寝袋に入っていられず、あわてて這い出すと、テントのインナーポールを両手で摑んだ。手袋をはめる余裕もなかったために、氷結したジュラルミン製のポールが素手に張り付きそうだった。かまわず大きくたわんだポールを必死に押し戻す。

まるで強風を受けてはらんだ船の帆《ほ》のように、テントが内側に向かって膨《ふく》らみ、輿水の上半身にのしかかってきた。

生地の内側にびっしりと付着していた霜や氷が、バリバリと音を立てて砕け、そこらじゅうに降り注ぐ。それがたちまち体温で溶けて、輿水はびしょ濡れになった。

しかし右に左に傾ぐテントのポールを摑んだ手を離すことはできなかった。もし、周囲に打ち込んでいるペグが抜けてしまえば、一気に風にさらわれてしまうかもしれない。だから懸命にテントを守ろうとした。

うめき声がした。

振り返ると、隣の寝袋で寝ていた飯田光義《いいだみつよし》が目を開いていた。

テント内の降り注いだ霜と氷の破片が顔じゅうに付着している。口の周囲の髭がすっかり氷結して白くなっている。

「お前、大丈夫か」

「足の痛みが治《おさ》まったみたいだ」

そういって飯田が無理に笑った。顔から剥離した氷の破片がパラパラと落ちる。

輿水は眉間に皺を寄せた。重度の凍傷にかかった足だ。痛みが治まるはずがない。壊疽《えそ》がさらに進行したということではないかと思ったが、さすがに口にできなかった。

「外の様子はどうだ」

「ひどい状況だ。テントが吹き飛ばされそうなんだ」

必死にポールを支えている輿水を寝袋の中から見上げて、飯田は哀しげな顔になった。

「手伝ってやれずに、すまん」

「いいんだ。お前は安静にしていろ」

そういったとたん、ゴウッとすさまじい音がして、テントがいっそう激しくたわんだ。輿水は歯を食いしばりながら、ポールを摑んで逆方向に押し戻そうとした。

テントの出入口が内側に大きく膨らんだ。ジッパーが壊れそうだった。

出入口が開いたら中に風が吹き込み、たちまちテントは吹き飛ばされる。そう思った輿水は、あわててそこに移動し、背中でテントの出入口の膨らみを押さえた。両手でポールを摑み、躰全体を使ってテントを守る。そうしながら、寝袋にくるまって仰向けになっている飯田を見つめた。

青白い顔。

もしかすると、こいつはもう――。

不吉な思いを振り払い、彼は押してくる風に逆らいながらテントを支え続けた。

ゴウゴウという風音がすさまじかった。

明け方になって、突風が嘘のように静かになった。

破れかかったテントの出入口のジッパーを開き、そっと顔を出す。周囲は濃密なガスにとりまかれ、鉛色の雲が手が届きそうなところまで低く垂れ込めていた。そこから絶え間なく雪が流れるように降り続けている。

飯田とふたり、池山吊尾根ルートを踏んで、北岳山頂をめざしていた。

しばらく晴天続きという予報が外れて、二日目の朝、池山御池の避難小屋を出る頃にしんしんと雪が降り始めた。そうして尾根の城峰《しろみね》に到達する頃には、真正面から雪粒がぶつかってくる吹雪となった。

何とかボーコン沢の頭にやってきて、そこでテントを設営し、ビバークした。じきに吹雪は収まるだろうと思っていたが、それから丸二日間、山は荒れ続けた。

ザックカバーが吹き飛ばされ、中に雪が入り、携帯も無線機も水浸しになって使い物にならなかった。

ラジオだけは防水だったため、何とか放送を聴けた。大きな低気圧が本州中央部に停滞しているると気象情報が告げていた。

そんな話は聞いていないと興水は怒ったが、どうしようもない。ただ、こうやって耐えながら、荒天が過ぎ去るのを待つしかなかった。

悪いことに、雪中の強行軍の最中、相棒の飯田の左足が凍傷にかかっていた。靴下を脱がすと人の足ではないような真っ黒な色をしていた。このままだと壊死してしまう。飯田は歩けず、自力下山は不可能。何とか救援を要請するしかなかった。

今なら風が収まっている。このチャンスを逃すと、またいつ何時、荒れてくるかもしれない。

「お前ひとりで下りてくれ」

力ない様子でのろのろと缶詰のコーンビーフを口に入れながら、飯田がいった。「俺はここで救助を待っている。なあ。他に方法がないだろう？」

凍った無精髭を歪めて、飯田が笑った。

興水は哀しげな顔でそれを見ていたが、やがてうなずいた。

「必ず戻ってくる。待っていてくれ」

ふたりして手を握り合うと、興水は急いでザックに荷物を詰め始めた。

*

男が左右の手にはめたフォーカスミットを、神崎静奈がワンツーで打っている。連続した打撃のたびに、派手な音が道場に響く。

突きの打撃の強烈さに相手は思わず引いてしまう。それを追うかたちで静奈がなおも素早く、ワンツー、ワンツーと拳をくり出す。リズミカルな打撃音が続く。

「神崎先輩。もう、勘弁して下さいよ。両手が痺《しび》れてビンビンいってます」

空手衣の若い男が弱音を吐いた。今にも泣きそうな表情だ。

「あ。ごめん。つい、本気になっちゃった」

静奈は額の汗を拭い、背後を振り返った。

壁にかかった時計を見ると午前十一時を回っている。

「吉田《よしだ》くん。ありがとう」

フォーカスミットを持った後輩に礼をいい、きちんと三列に並んだ子供たちに空手の型〈平《へい》安《あん》初段〉を教えている師範《しはん》のところに走っていく。

「神崎、今日はこれで上がります」

「お疲れ様。予定がなければ、午後の稽古《けいこ》でもうひと汗流さんかね？」

初老の師範にいわれ、静奈はうなずいた。「今日は非番なんですが、あいにく午後から地元のローカルテレビで救助犬の取材があって、そっちにかり出されてます」

「お巡《まわ》りさんも、何かとたいへんだね。あまり、無理しないように」

「押忍《オス》」

師範に向かって頭を下げ、正面の神棚にも一礼して、静奈はロッカールームへ急ぐ。

空手衣からスウェットに着替えをし、道場を出ると、火照《ほて》って汗ばんだ顔や躰に五月初旬の涼風が心地よい。

きちんとたたんだ空手衣を入れたデイパックを背負うと、静奈は軽く屈伸運動をし、それからしなやかな足取りで走り出した。

滝沢《たきざわ》川に沿った舗装路を北西に向かう。この道をまっすぐたどれば南アルプス署の女子寮に行き着く。ランニングタイムはおよそ三十分である。

デイパックが左右に揺れるため、ストラップをきつめに締め直し、ランニングを続ける。

中学校を越すと、やがて櫛形《くしがた》総合公園が見えてくる。木《こ》の間越しに見えるだだっ広い芝生広場は、夏場のように人々の姿もなく、閑散としていた。

前方。川沿いの道をやってくる小さな人影に気づき、静奈は走りながら注視した。

ジーンズに黒のトレーナーの少年である。俯きがちに歩く、その痩せた姿に見覚えがあると思いながら近づいた。

「直也《なおや》くん？」

呼びかけて足を停める。少年が驚いた顔で見つめた。

思った通り、輿水直也だった。地元の櫛形東小学校の六年生であり、静奈が通う空手道場の年少組でもある。今日は土曜日で学校は休みのはずだが、塾か習い事の帰りらしく、手提《てさ》げ鞄《かばん》をぶら下げていた。

「最近、稽古に来ないのね」

微笑みながらいうと、直也はかすかに眉根を寄せた。

その目尻に涙の痕《あと》があった。

静奈は身をかがめて顔を寄せ、いった。「何があったの？」


今年の四月、北岳で遭難事故が起こった。

池山吊尾根ルートで頂上を目指した男性二名が、途中で吹雪に遭い、ボーコン沢の頭付近でビバークを余儀《よぎ》なくされた。

天候回復の兆しはいっこうになく、携帯も無線も濡れて使えなくなっていた。しかも、ひとりが左足に凍傷を負って歩けなくなっていたため、もうひとりが来た道を踏み返して下山。夜叉神峠に到達し、ちょうどそこにいた工事車輛のドライバーに助けを求めた。

南アルプス署地域課の山岳救助隊からは、杉坂知幸副隊長と若手の横森一平、曾我野誠両隊員。そして地元の遭難対策協議会から五名の男性が、悪天の中を救助に向かった。

深い積雪をラッセルし、尾根線に出てからは横殴りの吹雪に耐風しながら進み、ようやく現場に到着したとき、テントに残っていた要救助者はすでに心肺停止状態だった。

その後、雪の合間に飛来した消防防災ヘリによって病院に運ばれ、死亡が確認された。亡くなった登山者の名は飯田光義。生還したのは輿水雅人。ともに四十二歳。ふたりは甲府の商社に勤める会社員で、学生時代からの登山仲間だった。

その救助事案のとき、静奈はたまたま非番だったため、出動メンバーに選ばれず、現場を踏んでいない。しかしその遭難についての報告が、なぜか頭から離れなかった。

生還した輿水という要救助者の名は聞いていたが、ここらではよくある姓だし、まさか自分が通う同じ空手道場にいる少年の父親だとは思ってもみなかった。

直也が稽古に姿を見せなくなったのは、その頃からだった。

父親はじきに会社を辞めたという。

毎晩のように、酒を飲みに出かけて、しかも決まって明け方近くに泥酔《でいすい》状態で帰宅し、昼過ぎまで泥のように眠る。

今は母親がパートに出ているため、朝夕の食事はコンビニ弁当から冷凍ものばかり。そんな暮らしがもう一カ月も続いていた。

「父さんと母さん、もうすぐリコンするかもしれないんだ」

そうつぶやいた直也の眦《まなじり》から、ふいに涙がこぼれ落ちた。

懸命に堪《こら》えていたのだろう。

父の苦難ばかりか、それがゆえの家庭崩壊もあった。夫婦喧嘩が絶えないのだという。

いつも笑いに満ちていた朝夕の食卓が、今は重苦しい沈黙に閉ざされ、そのプレッシャーがひとり息子である直也にのしかかっていた。

心の疵《きず》が原因で仕事を辞めた夫を、妻がなじるのは理解できる。

いかなる個人的事情があれ、それがゆえに生活そのものが破壊されるのは、家族にとっては理不尽以外の何ものでもない。

自暴自棄になる人間はおのれの弱さゆえだと静奈は思っているが、とりわけ日頃、偉ぶっている男性にかぎって、ひとたび心の柱が折れると、そのプレッシャーに押しつぶされてしまう。

「いいわ。今日はこれからイベントでずっと忙しいから、明日にでもキミんちに寄ってあげる」

そういった静奈を直也が見つめた。「本当に？」

「こう見えても、私、警察官なんだよ。朝の十時前後にパトロールの途中で立ち寄るね。お家で待っててもらっていい？」

直也は口を引き結び、うなずいた。

拳を握って頬を濡らす涙をしきりにぬぐった。

＊

翌日、朝の巡回パトロールの相方は、同じ山岳救助隊の後輩である関真輝雄巡査だった。

予定コースをひととおり回ったあと、「ちょっと寄りたいところがあるから」と、静奈はパトカーのステアリングを回し、南アルプス署への帰還コースから外れた。

櫛形総合公園の南にある住宅地に乗り入れると、直也から聞いていた道順をたどって彼の家に向かった。

レッドロビンの生け垣の前に、ポツンと立っている直也の姿を見つけて、静奈は驚いた。ずっと待っていたらしい。パトカーを近づけ、停めた。

静奈たちがドアを開いて外に出ると、くしゃくしゃに歪んだ泣き顔で直也がこういった。

「父さんが……」

「お父さんがどうしたの」

「いなくなった。きっともう、うちには戻ってこないよ」

その言葉の意味をくみとった静奈が、すぐ傍に立つ関と目を合わせた。

「お家にはキミだけ？」

「母さんがいる。さっき仕事から帰ってきたから」

「ちょっと中に入れてもらっていいかしら。お話を聞きたいの」

直也がうなずき、玄関ドアに向かった。それを関とふたりで追った。

建築して数年程度のツーバイフォーの新しい家屋だった。三和土《たたき》で靴を脱いで上がると、建材の匂いがまだ残っている。

母親はずっと父の部屋にいると直也はいう。

廊下を過ぎて階段を登り、二階のその部屋の前に立った。軽くノックしてノブを回す。

いかにも男の部屋らしく煙草の匂いが染みついていた。カーペットが敷かれ、本棚と事務机がある。カーテンを開いた窓から春の柔らかな日差しが入っていた。

その日だまりの中、床の真ん中に髪がほつれたジーンズ姿の中年女性が、ぺたんという感じで座り込み、虚ろな表情で惚《ほう》けていた。

「直也くんのお母さんですね。すみません。南アルプス署地域課ですが、ご主人のことで……」

静奈の言葉の途中で彼女は顔を上げ、真っ赤に充血した目を向けてきた。

「私があれこれ、言葉で責めすぎたのが悪いんです。あの人は行ってしまいました」

「興水さんの行き先に心当たりはありますか」と、関が訊いた。

彼女は開けっ放しの納戸《なんど》を指差した。「そこに入れてあった山の道具がなくなってるから、ひとりで山に行ったんだと思います」

静奈と関は黙ってそこに歩み寄った。納戸の中の棚にはガスストーブやランタンなどが残っていたが、メインの山道具と思しきザックや寝袋、テントやマットなどが見当たらなかった。

関が胸に装着した署活《しょかつ》系無線のハンドマイクをとった。

*

五月とはいえ、南アルプス林道はまだ閉鎖中だったため、夜叉神トンネルのシャッターを上げて、日産エクストレイルで乗り入れた。

峠の駐車場で、輿水雅人所有の黒いステップワゴンを発見していた。

あらかじめナンバーを聞いておいたために、すぐにそれとわかった。これで本人の北岳への入山はほぼ確実となった。

しかし遭難事案と断定されたわけではないため、山岳救助隊の出動はなく、遭対協も出ない。あくまでも神崎静奈個人としての入山である。

沢井友文地域課長および山岳救助隊長であり、課長代理でもある江草恭男警部補から地域課の勤務を離れる許可をとり、彼女は相棒の救助犬バロンとふたりで山に向かうしかなかった。

クネクネと曲がる林道を野呂川沿いに広河原まで行き、インフォメーションセンター前に車を停めて、入山の準備をする。

ジャーマン・シェパードのバロンをリアゲートのケージから引き出し、胴体に救助用ハーネスを装着する。五十リットルのザックを背負った。

六月の開山まで、登山者は冬山ルートである池山吊尾根を登るのが通常だが、興水がかなりベテランの登山者であること。四月に遭難した現場がボーコン沢の頭であることから、その場所に直登できる嶺朋《れいほう》ルートを登ってみることにした。

遭難者の救助で何度か通ったことがあるルートだが、相棒の救助犬とふたりきりでたどるのは初めてだった。

野呂川に架かった吊り橋を渡ると、正規の登山口から入らず、下流に少し歩いて遊歩道を伝い、もうひとつの短い吊り橋を渡る。

登山道の取り付きには目立った標識もなく、ゲート近くの四阿《あずまや》の向かいにある樹木の幹に吹き付けられた赤いスプレーが目印となる。

静奈はバロンをリードで自分のハーネスに繋いだまま、樹林帯の急登に踏み込んだ。

池山吊尾根の北側への支尾根である嶺朋尾根をたどるこのルートは、市販の登山地図には載っていないマイナーなコースだ。登山者は少なく、トレイルのコンディションがかなり悪い。大きな倒木を跨《また》いだり、くぐったりをくり返し、苔むした大きな岩を何度も乗り越える。

日差しが弱かったが、気温は十度以上あった。急登をたどり、難所越えをくり返す静奈の額は汗だくである。

たびたび立ち止まり、バンダナで顔や首筋を拭い、ペットボトルの水をバロンに舐めさせる。

腕時計を見る。時刻はすでに午後四時を回っている。

五月初旬の日没は午後六時過ぎ、救助隊員の静奈がいかに健脚であるとはいえ、日暮れまでに森林限界を越え、尾根であるボーコン沢の頭に到達できるだろうか。

仮に明るいうちに尾根に達したとしても、もしも興水がそこにいなければ、夜中にかけて、ヘッドランプの明かりを頼りにあてどない捜索を続けることになるかもしれない。

日を跨ぐ可能性を見越して、ビバーク用にツェルトと寝袋、食料などを持ってきたが、できれば今日のうちに発見したかった。

ペットボトルをザックのホルダーに差し込むと、静奈はまた急登を這うようにたどった。


急に視界が開けたかと思うと、ちょっとしたガレ場に出た。

右側が切れ落ちた崖の縁をなぞるように登山道が危なっかしく続いている。

腕時計のプロトレックを見ると、標高一九〇〇メートルと表示されている。簡易な装置なので、正確ではないとしてもだいたいそんなところだろう。

慎重に難所をクリアし、また樹林帯に入った。

鳥の声ひとつない、静かな森が広がっていた。

脳裡に去来するのは、直也の姿である。

あの公園脇の舗装路に立って、懸命に涙を堪えていた小さな少年の面影が記憶にちらついている。彼の気持ちは痛いほどわかった。家族がバラバラになっていく。まだ小さな子供にとって、それは底知れぬ不安に違いない。

静奈の両親も、彼女が高校のときに離婚した。

大きなトラブルがあった記憶はないのだが、夫婦間のすれ違いだとか、お互いが冷え切っていたなどともっともらしい理由で、たったひとりの娘をさしおいて両親が勝手に別れ、静奈は母親とともに郷里だった甲府に引っ越した。

もし、親たちが離婚を選ばず、あのままズルズルと東京での生活を続けていたら、もっと事態は深刻なことになっていたかもしれない。静奈も静奈で警察官になり、山岳救助だとか空手だといった、今の人生はなかっただろう。

だから、ひとり娘として両親の離婚を悲しく思いつつ、これでよかったのだという諦観《ていかん》というか開き直りもある。

しかし直也の場合、最悪、父の死という悲運に見舞われるとすれば、これほどつらいことはない。

両親が別れたのなら、一方に会いに行くこともできる。が、亡くなってしまえばそれまでだ。しかもあえて自分で山に向かい、雪と寒さの中、自殺同然の死を覚悟しているとしたら――。

静奈は足を停め、肩を上下させて荒く息をついた。

傍らを見下ろし、付き従っているジャーマン・シェパードのバロンの頭をそっと撫でる。

プロトレックが表示する標高は二二〇〇メートル。地表に雪が目立ち始めた。

シラビソの林床のあちこちに雪の溜まりが点在している。いつしか気温もぐんと下がっていた。静奈とバロン。ふたりが吐く息が白く風に流れている。

ザックのサイドポケットに入れたペットボトルの水が凍り始めていた。一度、ザックを下ろして、その中に入れ、アイゼンをいつでも靴底に装着できるように、サイドストラップにまとめてくくりつけておく。

小さな雪田《せつでん》のように雪が吹き溜まった場所にビブラムソールの靴痕を見つけ、静奈はまた足を停めた。

先行者である。単独らしい。大きさからして、男の足跡だった。

ギザギザのソールの刻み痕が少し溶けて丸みを帯びているから、おそらく二時間か三時間前ぐらいに通過したのだろうと推察した。

試しにバロンに嗅がせてみるが、顕著《けんちょ》な反応はない。いくら救助犬とはいえ、原臭を知らぬわけだから、この足跡の主が彼らが捜索している本人か否かの区別はつかない。

雪上の足跡をたどりながら、静奈とバロンはまた急勾配を登った。

標高を上げていくにつれ、雪が目立ってきた。雪田も大きなものがあって、踝《くるぶし》ぐらいまで足が埋まってしまう。しかし、まだアイゼンをつけるほどではない。

標高二三〇〇メートル。忽然と大きく視界が開けた。

前方、やや右手に白い雪渓を傾けた大樺沢と、その向こうに立ちはだかる北岳バットレスの荒々しい岩壁の威容が、ぐんとこちらに迫るように大きく見えた。何度、見ても飽きることがない、引き込まれるような北岳の圧倒的な姿である。

静奈はふうっと白い息を洩らし、北岳から目を逸らし、歩き出す。

風が吹き寄せてきた。

身を切るような寒風が、ダケカンバの枝々をカラカラと揺らしながら吹き抜けている。

やがて巨岩、奇岩が重なり合う岩稜帯にさしかかり、足許はシャクナゲやハイマツなどの低木種となってきた。雪面に残されたビブラムソールの靴痕。それを見て追いながら歩くうちに、その主は輿水雅人だとなぜか確信するようになってきた。

ボーコン沢の頭のビバークのあと、相棒の飯田をテントに残し、吹雪の中、救助を求めに下山した輿水の心の内はどんなだっただろうか。けっきょく、その場に残した相棒を死なせ、自分だけが生き延びてしまったことを知ったときの衝撃と哀しみ。

事故などで生き残った者の後悔と葛藤《かっとう》の話をよく耳にする。

サバイバーズ・ギルト（生存者の罪悪）という言葉が脳裡に浮かぶ。

雪をかぶったハイマツ帯をかき分けるように進み、ダケカンバの低木樹林を抜けたとたん、また視野が開けた。

そこはゴツゴツとした岩場になっていて、〈嶺朋ルート入口　広河原へ3時間　水場なし〉と書かれた看板が立っていた。その看板に北風が当たって、ひょうと虎落笛《もがりぶえ》を鳴らした。

静奈はバロンとともにまた足を停めた。

とたんにキンと張り詰めた寒気が身を包んだ。

頭上の空は黄昏色に染まっている。

時刻はちょうど六時。日没寸前だった。

広河原からのタイムは二時間半。ふつうの登山者なら四時間はかかるルートであった。

大小の石や岩がゴツゴツと広がったボーコン沢の頭は、鈍重な感じのする、だだっ広い峰である。賽《さい》の河原のようにケルンが積まれたその先に、白い雪の上に鮮やかな水色のソロテントが見えた。

静奈はそこに向かって歩き出した。

バロンが軽やかな足取りでついてくる。

＊

ダンロップのテントの横に、輿水雅人は胡座《あぐら》をかいて座っていた。

紫色のダウンジャケット。黒のズボンは防水のアウターパンツのようだ。雪の上に直《じか》に座っているためだろう。背後に足音を聞いて振り返り、静奈とバロンを見て驚いた表情になった。

彼の前に立ち止まった。傍らにバロンが停座する。

予想と違って、意外な優男《やさおとこ》風に思えた。童顔とまでは至らぬが、どこか子供っぽい雰囲気を残した容貌《かお》だった。口の周囲には白髪交じりの無精髭が針のように並んでいる。

片手に缶ビールが握られていた。

もう一本の缶ビールが雪の上に立てられていた。こんな寒空の下、どうしてわざわざテントの外に出てビールなんかを飲んでいるのかと思って、ふと気づいた。雪の上に立てた缶ビールの近く、剥き出しになった地面に小さな焦げ痕があった。煙草ではなかった。

かすかな線香の匂いが漂っている。

それで静奈は理解した。彼はここに命を絶《た》ちにきたのではない。亡きパートナーに別れを告げにやってきたのだ。

「こんにちは。輿水雅人さんですね」

彼はうなずいた。「あなたは？」

「南アルプス山岳救助隊の神崎です。というか――」

ふっと吐息を洩らし、こういった。「私個人でここに来ました」

輿水は口を引き結び、眉をひそめていた。相変わらず片手に缶ビールを持ったままだ。

「実は直也くんと同じ空手の道場に通っています」

「直也の……」

充血した目で静奈を見上げている。

「あいつに頼まれたんですか」

静奈は笑みを浮かべ、小さくかぶりを振った。「頼まれたわけじゃありません。けれども、あの子の寂しそうな姿が忘れられなくて、自分の意思であなたを捜しにきてしまいました。お節介だったかもしれませんけど」

輿水は彼女から目を離し、わざとらしく自分の頭に手をやって後頭部をザラザラと撫でた。

「私はまた人に迷惑をかけてしまったようですね」

「そんなことはありません。こういうのって自分の仕事ですし」

静奈はまた笑い、背負っていたザックをバロンの傍に下ろした。雨蓋《あまぶた》を開くと、オレンジ色のツェルトを取り出す。「今日はさすがに下山は無理なので、隣でビバークさせてもらっていいですか」

「私も手伝いますよ」

あわてて立ち上がろうとした輿水を手で制止した。

「いいんです。馴れてますから」

てきぱきと雪上の数カ所にペグダウンをし、立ち上げたツェルトを支えるかたちで前後にジュラルミンのポールを立てた。それぞれにパラシュートコードを引いてペグを打ち、自在結びで結束すると、ぎゅっと絞った。非の打ち所がないほどきれいな形で完成したシェルターの中に、ザックから取り出したマットや寝袋を放り込んでいく。

ひと通りの作業を終えて向き直った静奈の目の前に、缶ビールが差し出された。

驚く彼女は目をしばたたき、輿水の顔を見つめた。

「親友とここで飲むつもりでした。あいつも学生の頃から私に負けず劣らずの飲兵衛でしてね。よければ、私たちといっしょにおつきあいしていただけませんか?」

静奈はうなずき、缶ビールを受け取った。

輿水に線香をもらい、それを地面に立てて点火し、合掌して瞑目《めいもく》した。

それから缶ビールのプルトップを開け、輿水のそれと重ねてから、吹雪の日にここで息絶えた飯田光義、そしてこの山で亡くなったすべての遭難者に向かって静奈は献杯《けんぱい》した。

そのとき、雲間から目映《まばゆ》いきらめきが放たれた。

静奈たちは目撃した。

ボーコン沢の頭に広がる岩や雪が、驚くほど鮮やかな黄金色に染まり、陰影を深めていた。

静奈と輿水が振り向くと、没しかかった太陽がちょうど北岳の南西の肩にかかり、黄昏の最後の残光が周囲の世界すべてを照らし、輝かせている。

「飯田にも、この光景を見せたかったたな」

輿水の声が寂しげだった。

「大丈夫。きっとここであなたといっしょに見てますよ」

「あいつは、こんな私を許してくれるでしょうか」

少しうわずったその声に、静奈は振り向いた。

彫りの深い横顔。眦に涙が光っていた。

静奈は笑った。「もちろん。だって……あなたのパートナーなんでしょう?」

「そうでした。いや、今も、これから先もずっとそうなんですね」

いいながら、ゴシゴシと拳の手の甲で頬の涙をこすった。その様子があまりにも息子の直也にそっくりなので、静奈は思わず微笑んだ。

真っ黒なシルエットになった北岳の頂稜。その左肩に、今まさに太陽が隠れようとしていた。

隣に停座しているジャーマン・シェパードの被毛が残照の光線を受け、輪郭全体が金色に輝いていた。

バロンは目を細め、口角から大きな舌を垂らして躰を小刻みに揺らしながら、山の端に沈んでいこうとする太陽を見据えている。その大きな眸《ひとみ》に黄金の光が映り込んでいた。

まるで神話に出てくる幻獣のようだった。

思わずその躰に手を伸ばし、引き寄せると、静奈はそっとバロンの顔に自分の頬を重ねた。

北岳にひっそりと静かな夜が訪れた。

第9話　辞表

赤いパトランプをルーフに載せた水色と白のバス――警察の大型輸送車が三台、紅葉に彩られた野呂川右岸に続く林道沿いに、車列を並べて走っていた。

右に左に曲がりくねるワインディングゆえに、車内に整然と乗っている青い出動服の男たちはカーブのたびごとに躰を揺られ、いささか疲れた顔をしていた。

彼らは関東管区《かんとうかんく》の十の県警から選抜された〝管機〟すなわち管区機動隊員たちだ。

一般の機動隊と違って、定期の訓練以外、ふだんは警察官として各県内の各署に勤務しているが、招集命令がかかると部隊編成されて出動となる。

しんがりを走るバスの中、星野夏実と神崎静奈が中程の席に座っていた。

ふたりともいつもの女性警察官の制服ではなく、機動隊員たちと同じ出動服に編み上げの出動靴、白線の入った略帽。まさに機動隊員の恰好だった。もちろん機動隊員ではないため、あくまでも臨時の呼集《こしゅう》ということで彼らに同行していた。

ときおり、ちらちらとこちらを見るむくつけき男たちの視線の中で、ふたりは居心地悪そうに肩をすぼめ、身を寄せ合っていた。

甲府の県警本部を出発した機動隊の車輛は、南アルプス署でふたりをピックアップし、芦安から夜叉神峠へ。いったん広河原まで遡《さかのぼ》って対岸に渡り、県道三七号線を伝って南へ、奈良田《ならだ》方面に下っていた。

早川町《はやかわ》に入ると、川の名も早川となる。

金網がとりつけられた機動隊輸送車の車窓越しに、夏実は外を見ていた。

ここまで川沿いに下ってきても、相変わらず山は深く、険しく谷が切れ込んでいる。鉛色の不吉な雲が垂れ込めていて、峰々をすっぽりと呑み込んでいた。

車輌の列はやがて三七号の旧道に入った。長いトンネルを抜けると、そこに今日の目的地があった。工事用の板囲いがされたところに、プレハブ小屋が点在し、資材置き場が荒々しく目立っている。その前に無数の車が駐車していて、人の姿が大勢、見えた。

そのずっと向こう、山の斜面を大きく削ったところに、コンクリで縁取られた巨大な掘削孔《くっさくこう》があり、〈中央新幹線　南アルプストンネル（山梨工区）〉と看板に読める。

夏実と静奈が派遣されたのは、このリニア新幹線のトンネル工事現場であった。


ふたりが機動隊の警備に呼集された理由はこうだ――。

数日前の警備の際、座り込みをしていたリニア建設工事反対運動の人々を機動隊員たちが強引にゴボウ抜きにしていたとき、若い女性からセクハラと叫ばれ、その動画がインターネットに出回って世間を騒がせてしまった。そのため、県警本部から女性警察官の導入が指示された。どうせなら体力のある山岳救助隊の女性隊員がいいだろうという声があって、ふたりに白羽《しらは》の矢が立ったというわけだ。

当然、夏実たちは反発した。自分たちはそもそも地域課の警察官であって機動隊員ではない。

しかも、デモの警備出動なんてまったくの未経験だった。それでも、「半日、そこに立っているだけでいい」という副署長の言葉もあって、仕方なく引き受けてしまったのだった。

現場は騒然としていた。

人里離れたこんな山奥だというのに、そこに群衆がひしめいていた。

色とりどりの幟が立ちならび、スローガンを書いたプラカードを持って、大声で何かを叫んでいる。先着の機動隊が現場を守るように、厳《いか》めしい顔をそろえて横隊のバリケードを築いていた。

機動隊員は五十名ぐらい。部隊でいえば中隊規模だ。

その多くがなぜか白いマスクで顔の半分を覆っている。対するデモの集団は老若男女、百名以上いると思われた。双方が距離を置いてにらみ合い、すっかり膠着《こうちゃく》状態のようだった。

「驚いた」隣で静奈がつぶやいた。「こんなに大勢が集まってるなんて」

リニア新幹線山梨工区のトンネル工事着工から半年。反対運動があるにもかかわらず、工事が強行されているという話は夏実も耳にしていた。

奇妙なことにマスコミはほとんどその報道をせず、おかげで現場がどういう状況なのか、彼女はまったく知らなかった。

「みんな、他から来た人たちなんでしょうか」

夏実がいうと、隣で静奈が答えた。

「そりゃそうでしょう。ここらに街も村もないわけだし」

「地元は反対しっこないんだ。どうせサヨクの連中だよ。金もらってよそから来たに違いないさ」

通路を挟んだ反対側に座っていた機動隊員が、ふたりの会話に、割り込んできた。「――おかげで俺たちはこんなところまでかり出される始末だ」

「あー、でも、そんなふうに決めつけちゃっていいんですか。登山者みたいな服装の人たちもいるし、お子さん連れの若いお母さんみたいな女性も来られてますよね。やっぱりみなさん、自発的に集まってるように見えるんですけど」

夏実にいわれ、その男は四角い顔に太い眉根を寄せ、わざとらしく口をすぼめた。

「とにかく……俺たち警察官は公僕《こうぼく》なんだ。社会の秩序を守る。それだけのことだ」

何とも不器用に話の矛先《ほこさき》を逸《そ》らされて、夏実は内心、ふっと笑った。同じ機動隊出身の山岳救助隊員、横森のことを思い出したからだ。

バスが停車し、総員下車となった。隊員たちはドヤドヤと車内から外に出ていく。

夏実と静奈は車内の隊員すべてが車から降りるのを待って、最後に続いた。

全員が駆け足で装備をガチャガチャ鳴らしながら、工事現場入口前でバリケードを築いている機動隊の近くへと行き、中隊長の指示で横隊にくわわるように整然と並んだ。

今回、増派された機動隊は五十名だという。併《あわ》せて二個中隊での現場警備となる。

総員が青い出動服に白手袋だが、中にはマスクを装着している隊員たちも少なからずいる。なぜ警察官が顔を隠すのだろうかと夏実は思う。

そういえばデモの人々の中にはビデオカメラやスマートフォンをかまえている者が少なからずいる。顔を撮《うつ》されたくないということなのだろうか。

整然と壁のように機動隊員たちが並んだ。しかしふたりはどうしていいかわからず、その場に立ち尽くしている。

——帰れ！　帰れ！

——リニア新幹線強硬工事反対！　南アルプスの自然を守れ！

シュプレヒコールがさかんに聞こえている。

群衆の中には舗装路に座り込みを始めた者たちがいた。それにならって、他の人々も次々とスクラムを組みながらシットインの態勢になっていった。

——ここは公道です。道路使用許可がないかぎり、この場を占拠することは違法行為となります。すみやかに解散し、退去して下さい。

機動隊側は拡声器を使い、彼らに解散を呼びかけている。

そのたびにデモの集団から罵声《ばせい》が飛ぶ。

壮絶な現場を目の当たりにし、夏実と静奈があっけにとられて立っていると、中隊長の徽章《きしょう》をつけた大柄な男がやってきた。

いかにも機動隊員らしく、猪首《いくび》で胸が厚い。日頃の鍛錬《たんれん》のたまものなのだろう。胸の縫い取りの星の数で警部補とわかる。片手には無線機を持っている。

「君たちは南アルプス署の神崎巡査と星野巡査か」

「はい」

夏実と静奈は横並びに立ち、敬礼をする。返礼してきた隊長がうなずく。

「警備を指揮する大島《おおしま》だ。一時間後に資材を搭載した工事車輌が入ってくる。そのため、これよりデモの一斉排除を行う。君らふたりはわれわれと行動をともにし、女性や子供を敷地の外に出してくれ。もし強引な抵抗があれば、〝公妨〟で検挙してもかまわない」

夏実は驚く。〝公妨〟とは公務執行妨害のことだ。

にわかに騒ぎが大きくなって、視線をやった。

排除が始まったらしい。

機動隊員たちが小隊ごとに隊列を離れ、シットインをしている人々に群がっていく。ひとりの人間にふたりか三人の機動隊員がとりつき、両手や両足を持って抱えながら運んでいく。悲鳴、怒号《どごう》。まさに阿鼻叫喚《あびきょうかん》だった。

大島と名乗った機動隊の中隊長が、そちらに走っていく。

夏実は動けずにいた。

「あなた、大丈夫?」

静奈にいわれ、自分が少し震えていることに気づいた。

それでも眼前の出来事から視線を逸らすことができない。

アスファルトに座り込み、あるいは寝転んでいる者を、大勢の機動隊員たちが囲んでは衣服を引っ張り、羽交い締めにし、手足を摑んで引きずり上げている。必死に抵抗する者に対してはまったく容赦がない。首に腕をかけたり、髪の毛を摑んだり、中には明らかに絞め技を使っている機動隊員もいる。

人々の絶叫と泣き声。衣服が破れる音まで聞こえてくる。幟が引き倒され、プラカードが踏みつけられている。

甲高い子供たちの声がして、夏実は驚いた。

ダンガリーシャツにジーンズ姿の若い女性が、三名の機動隊員に無理やり路上から引き起こされたところだった。子供は十歳前後のふたり、お揃いのトレーナーを着た少年と少女だ。きっと親子だろうと夏実は思った。

連行される女性のところに子供たちが行こうとするが、別の機動隊員二名に止められている。ふたりは必死に手を伸ばして泣き叫んでいる。母親も背後から羽交い締めにされたまま、顔を歪めて泣いている。

見ているうちに、夏実の奥底から怒りと哀しみが噴出してきた。

同時に心が作り出す〝幻色〟が視野全体を赤や黒に染めていた。怒りや憎しみや哀しみといった人々の負の感情が、そんなありもしない〝色〟をもたらしてくるのだ。共感覚者である夏実だけに見える視覚の世界が、彼女自身を締め付けていた。

——夏実？

静奈の声がずいぶんと遠くに聞こえた。

違う。

夏実は思った。こんなことがあって、いいはずがない。

これは私たちがするべきことじゃない。

気がつくと、足が前に出ていた。母親を引きずっている屈強な機動隊の男の傍に立った。自分の略帽を脱いで叫んだ。

「やめて下さい。これって、いくら何でもひどすぎます！」

うわずった涙声だ。かまわずいった。「無抵抗な人たちに、こんなことをしていいんですか！」

女性を引きずっていた機動隊のひとりが、あっけにとられた顔で夏実を凝視している。

「お前。自分がいってること、わかってんのか？」

その機動隊員がいった。

顎が張った四角い顔に太い眉。バスの中で夏実たちの会話に入ってきた男だった。

その隙に女性が男たちの手をふりほどき、拘束から逃れて子供たちのところに走った。三人が抱き合って泣きじゃくっている。

夏実は機動隊の男に目を戻した。

「こんなのって、警察官のやることじゃないと思います」

「莫迦野郎。警察官だから、こうやって公務をやってんじゃねえか！」

その機動隊員が血走った目で怒鳴りつけてきた。

「違います。私たちは——」

いいかけたとき、背後からすさまじい力で肩を摑まれた。

夏実が向き直ったとたん、白手袋の掌で頬を思い切りはたかれた。痛撃とともに仰向けに倒れ込んだ。

「貴様ぁッ！　それでも警察官かぁ！」

頬に手を当て、夏実は身を起こす。平手を食らった場所が熱く、激しく痛んだ。

大島と名乗ったあの中隊長だった。

大柄な体軀をいからせ、鬼のように憤怒《ふんぬ》に突き上げられた形相《ぎょうそう》。膝立ちになったまま、何も応えぬ夏実に、さらに今度はパンチで制裁《せいさい》を加えようとした。女相手に容赦もない。

風を切って鉄拳が飛んできた。夏実は肩をすくめ、思わず目を閉じた。

しかし、それを受けたのは静奈だ。横合いから素早く飛び込んできた。

ガツンと骨が音を立てて、彼女が反転しながら夏実の上に倒れ込んだ。ふたりはもつれ合うように倒れた。

「静奈さん！」

夏実が悲鳴交じりの声を洩らす。

のしかかるかたちで倒れていた静奈が顔を上げた。その口角《こうかく》が切れて、血が滴《したた》っていた。左の頬に青痣《あおあざ》があって、見る見るそこが腫れてゆく。しかし静奈は怒りを抑えていた。

――貴様らは警察の恥さらしだッ！

また怒声がして、静奈が二発目の拳を顔に受けた。

もんどり打って路上に倒れ込んだところに、中隊長の巨大な編み上げの出動靴が容赦なく降ってきた。背中を踏まれた静奈が、歯を食いしばり、苦悶《くもん》に耐えている。

＊

南アルプス市内にある白根総合病院の駐車場に、白とオレンジのスズキ・ハスラーを停めた。

車を降りた夏実は、後部ドアを開け、シートに横たえていた花束を取る。

待合室のカウンターの横を通り、建てられたばかりの新しい病棟に向かう通路を歩いた。突き当たりのエレベーターで六階まで上る。

いくつか並ぶ四人部屋の病室のひとつ、入口にかかった名札の中に〈神崎静奈〉と読めた。

窓際の病床に身を起こしたまま、パジャマの静奈が読書をしていた。トレードマークのきれいなポニーテイルをほどいて、黒髪を後ろに流している。

入ってきた夏実の姿に気づき、《実践《じっせん》、空手道》と書かれた本を彼女は閉じた。

傷ましい姿だった。

頭に白い包帯が巻かれ、口の周りと左目の周囲には見事に青痣ができていた。それを見て、夏実はこみ上げてきた感情を抑えるのに苦労した。

無理に笑ってみせながら、声をかけた。

「お元気そうで良かったです」

静奈が笑みを返してきた。

「元気だけが取り柄《え》だからね」

そういって空手の本を枕許に置いた。「あなたのほうは大丈夫?」

夏実は窓辺にあった花瓶を洗面所でゆすぎ、水を入れた。ハンカチで手を拭きながらいった。

「あ、私。ビンタを一発、食らっただけですから。でも、静奈さんは私をかばったためにフルボッコでしたよね。おかげで、せっかくの美人が台無しです」

花束のビニール包装を解いて、ピンク百合と赤いバラをミックスした花々を花瓶に立てた。

それを窓辺にそっと置いた。

「顔の傷ならいいのよ。足腰が無傷だから、二、三日したら山に戻れると思う」

静奈はそういって左手を見せた。小指に巻かれた包帯に副木《ふくぼく》が目立っている。「でも、こんな手じゃ、救助活動はとうぶん無理そうね。それに、空手も」

中隊長に殴り倒されたとき、夏実ともつれながら路上に右手から落ちて、指の骨を折ってしまったのだった。

彼女は病床の傍らにあるパイプ椅子を指差した。「立ってないで座ったら?」

「ありがとうございます」

ペコリとお辞儀をして、夏実は腰を下ろした。

「もともと無理難題な現場だったのよ。とくにあなたにとって」

夏実はうなずく。「私、きっと警察官に向いてないんです」

「あなたの気持ちはよくわかるよ。女性警察官だといっても、夏実の場合は特別。いつだって他人の感情を深読みしすぎるから。だからといってこの職業に不向きだとは思わない。私たちみたいに山で遭難救助をして、大切な命を預かる仕事をしているとよくわかる。人の気持ちをいっぱい理解してあげることも、警察官の大切な仕事じゃないのかな」

そうだった。

当初、夏実はてっきりデモの中にいる女性と話し合いをして説得するような任務だとばかり思っていた。副署長からは「ただ立っているだけでいい」などといわれ、送り出されたのである。

それが現地に着くなり、いきなりデモの排除をいっしょにやれと強要され、面食らった。また、あんな壮絶な場面を目の当たりにして、ショックに打ちひしがれていた。

むろん機動隊が悪いとはいわない。彼らは彼らの職務を遂行しているだけのことだ。でも、やはり現場で見るのと話を聞くのとは、まったく違う。

警察っていったい何なのだろうと思った。

ふだん夏実の周囲にいる警察官――とりわけ地域課の職員たちは、警らやパトロールで地元を巡回し、市民と触れ合うことが仕事である。いわゆる〝お巡りさん〟と、親しみを込めて呼ばれる警察官ばかりだった。

一方、山岳救助隊においても厳しい遭難現場で、ときとして思慮に欠けた登山者を叱咤することもあるが、要救助者の苦痛や恐怖を和《やわ》らげるためには最善の努力を惜しまない。とりわけ人の命を救うことに責務と誇りを感じてきた。

そんな警察人生を歩んできた夏実が、突如、送り込まれた異常な現場だった。

「査問《さもん》委員会が開かれるという話を聞きました。私が機動隊の人を阻止した動画がネットで出回っているんだそうです。県警の上層部がそのことを問題視してるみたいです」

夏実はそういった。「私だけじゃなく、きっと静奈さんも、ハコ長や課長とともに呼び出されます。そうなったら、無事にはすまないと思います」

ふいにこみ上げてきた嗚咽《おえつ》を、何とか堪えた。

所属長注意や訓告ですめばまだしも、もしかすると戒告《かいこく》や停職、最悪の場合、免職。もしかすると、山岳救助隊そのものの存続が危ぶまれる事態になるかもしれない。

そんな最悪の結果を想像しては、夏実は昏《くら》く、落ち込んでいた。

「莫迦ね。そうならないために、今、ハコ長たちが県警本部に出向いてるんでしょ。だいいち、あんな現場に私たちを無理やり送り込んだのは副署長なんだから。明らかにあっちの判断ミス。あなたが悔やんだり落ち込む必要はないよ」

しばし目を伏せていた夏実が、ゆっくりと顔を上げた。

「静奈さんって、ホント、私のお姉さんみたいですね」

「何よ、急に」口をすぼめた静奈の頬が少し赤らんでいる。

「いつも一本、筋が通ってますし」

「武術家の端くれだからね、これでも」

「そういえばあのとき、どうして反撃しなかったんですか。一方的にこっぴどくやられてましたけど、静奈さんだったら、ああいうのって、きっとひと捻《ひね》りですよね」

「空手に先手なし――入門のときにまず師範から教わった言葉だよ。それに、あそこであのデカブツをたたきのめしてたら、もっと問題になってたわ」

それを聞いて夏実は肩をすぼめた。

「そうですよね」

静奈もかすかに笑みを返してきた。それから、ふっと窓辺の花瓶に目をやった。

横顔が何だか寂しげだった。

「夏実。きれいなお花をありがとう」

「どういたしまして」

そういってから、小さく頭を下げた。

*

北岳の中腹、白根御池小屋に隣接する山岳救助隊警備派出所。その近くに、夏実がお気に入りの場所がある。

山小屋の名になった御池の畔《ほとり》に大きな岩があって、その上にちょこんと小さな観音像が建てられている。小屋の管理人である高辻に聞くと遭難碑なのだそうだ。

その観音像の隣に夏実は救助犬メイとともに座って、草すべりの急斜面を下りてくる登山者たちの芥子粒《けしつぶ》のような姿を眺めていた。

穏やかな午後だった。

そろそろ九月も終わる。北岳は紅葉シーズンの真っ盛りだ。

草すべりを下り終えた登山者が、ひとり、またひとりとアザミの繁みを抜け、御池に到着していた。ストックを握っている者。クマ鈴をさかんに鳴らしている者。単独行やパーティ。それぞれがホッとした様子で汗を拭いつつ、下りてきたばかりの北岳を振り返る。そして御池小屋のほうへ歩いて行く。

夏実はそっと吐息を投げ、ふと気づいた。

さっきから無意識に何度、溜息をついているのだろう。

あのときの光景が忘れられない。

機動隊に制圧されるデモの群衆の阿鼻叫喚。それが繰り返し脳裡に再現される。寝ても夢に出てくる。それはまさしく心的外傷であった。三・一一の被災地で被《こうむ》ったPTSDからようやく立ち直ったというのに——。

ふっと隣にいるメイを見た。

トライカラーのボーダー・コリーは、長い舌を垂らして小刻みに躰を揺らしながら、目を合わせてきた。鳶色に澄み切った大きな眸を見ているうちに、夏実はその中に自分の心が写し取られているような気がして、ちょっとびっくりした。

「メイ。私たち、ここにいられるのは、これかぎりかもしれないよ」

《それって、どういうこと?》

まるで、そんな返事をしたかのように、メイが首をかしげて見つめてきた。

「ゆうべね。署長宛てに辞表を書いて、今朝になって杉坂副隊長に渡したの。これ以上、私がここにいたら、みんなにどんな迷惑をかけることになるかわからない。静奈さんも何らかの懲戒処分になるかもしれないし、最悪、救助隊も解散ってことになったら……」

ふいにまた涙があふれそうになって、夏実はメイから視線を離し、目をしばたたいた。

たまたま見上げた先に、北岳のバットレスの勇姿が朝日を受けて輝いていた。

夏実の想いを受けながら、山は相変わらず沈黙で応えるばかりだ。


ふと見下ろすと、御池の向こうを深町敬仁隊員が歩いていた。イーゼルや画材セットを小脇に抱えているから、きっとここでスケッチをするつもりなのだろう。深町の趣味は絵を描くこと。それも決まって北岳のスケッチだ。

視線を感じたのか、彼が振り向き、小さく手を振ってきた。

夏実が振り返すと深町は足早に池を回り込み、彼女が座っている岩の上に登ってきた。隣に座り込み、傍らに画材を置いた。

深町が傍にいると空気が変化するような気がする。癒《い》やされるのである。それもごく自然に。

「星野は相変わらずメイといっしょにここなんだな」

頬を染め、俯いた。「相変わらず、ここです」

「辞表の話、杉坂さんから聞いたよ」

心配そうに隣から見つめてきた。夏実は目を逸らし、俯く。

「俺も辞表を書いたことがある」

「知ってます、それ」

「思いとどまったのは、君のおかげだ」

「え」

深町を見つめた。顔が火照《ほて》っているのを自覚する。

「心に大きな疵《きず》を抱えた君が、ここで立ち直ってくれた。のみならず、山岳救助隊員としてたくましい成長ぶりを見せてくれた。そのことが大きな励みになった」

夏実はまた俯いた。

「でも、今度ばかりは、私、ダメっぽいです。警察官としてあんなことしちゃったから。それがネットで出回ってるし、けっこう、あれこれといわれたり、書かれたりしてるみたいです」

「いかにも星野らしくていいじゃないか」

深町はふっと笑い、草すべりを下りてくるカラフルな服装の登山者たちを眺めた。

「それって、どういうことですか」

「もしも君が、ためらいもなく彼らといっしょにデモの人たちを排除してたら、俺は星野のことを軽蔑したかもしれない」

「え……」

「俺たちはたしかに警察官だ。しかし警察官である以上に、ずっとこの山に生きて、ここで人の命を助けてきた。もしも要救助者がオロクさん（遺体）となって見つかったら、俺たちは涙する。たとえ怪我をしてでも生還し、家族のところに戻ってくれたら、嬉しく思う。そんな生き方を、ここでずっと繰り返してきたんだ。だったら本当に大切なものは何か、わかるよな」

夏実は深町の言葉を意外に思ったが、同時に理解もしていた。

「わかる、と思います」

「目の前で理不尽な暴力にさらされる人間、とりわけ女性や子供のような弱者がそんな目に遭っているのを見過ごしたり、あるいは積極的にその暴力に加勢するようなことを、俺たちはやるべきじゃない。それに君は、いや、あの神崎隊員も、絶対にそんなことをする人間じゃない」

「深町さんも？」

彼はうなずいた。

「同じ場所で同じ事態を目にしたら、君と同じ行動を取っていただろう。山で遭難者を見捨てることができないように、やっぱり捨て置くことはできないさ。その結果、免職になったり、あるいは全体責任を押しつけられることになったとしても、俺はきっと後悔しない」

深町はゆっくり顔を上げ、北岳を見上げた。

「それに、だ」

眼鏡の奥にある目を細め、バットレスを眺めながらいった。「なくてもいい便利さのために、この南アルプスが傷つけられ、かけがえのない自然が破壊される。俺はそれが許せない。人間は欲と傲慢《ごうまん》さを捨てて、そろそろ謙虚さを学ぶべきなんだ」

驚いた。深町の口から、そんな言葉が出てくるとは思わなかった。

彼は夏実を見て、いった。

「あそこに集まっていた人々は、互いの立場を越えて、ただ山を守りたかったのだと思う。無益な自然破壊をやめさせたくて、その気持ちがああした行動になったんだろう。そういった意味では、俺たち自身も警察官でありながら、心情的には彼らに近いんだろうな」

夏実も同じ思いだった。自分が彼らの立場だったら、やはりあそこに立って「山を守ろう！」と叫んでいたかもしれない。

「なあ、星野。この北岳にいると、いやってほど思い知らされるんだよ。自然の大きさに比べて、俺たち人間はあまりにもちっぽけじゃないか」

ふと夏実の脳裡に、三・一一の被災地で見せつけられた光景が浮かんできた。

自然の猛威によって、徹底的に破壊しつくされた町や村。そして人々の死。その廃墟のまっただ中になすすべもなく立ち尽くし、魂の抜け殻のようになっていった自分。

神なんかいない。

夏実はそのとき、そう思った。

もしもあれが行きすぎた人間の文明に対する自然の復讐《ふくしゅう》だとしたら、どうして海辺で穏やかに暮らしてきた罪なき人々が、あれほどの被害に遭わねばならなかったのか。

一方、欲と傲慢にことかいて地球という美しい星をないがしろにしている一部の人間たちは、恐ろしい地震と津波で何かを失うこともなく、それどころか、あの未曾有《みぞう》の天災を忘れたかのように、鉄とコンクリートによる自然破壊をいっそう加速させている。

だけど、神はいた。そう、まるきり別の場所に——。

夏実も深町とともに、高くそびえる北岳の頂稜を見上げた。

まるで廃人のようになって、あの被災地から戻ってきた夏実が立ち直ることができたのは、この山のおかげだった。

北岳と、ここで生きていく人々が、その後の自分のあり方を教えてくれた。かけがえのない命の大切さを知り、職務に誇りを持ち、いつしか少しずつ心の疵が癒やされていった。

この山にずっといたい。

あらためて心の底からそう思った。

仲間や犬たちとともに、ここで働き、生きていきたい。

そうだ。

だから私も後悔はしない。

自分もまた警察官である以上に、この山に生きる人間なのだから。

ふいに夏実は、自分の肩から、いや心と躰から、鉛のような重みが消えていることに気づいた。

代わりに温かな涙がこみ上げてきた。

それを堪えようとしたが、果たせそうになかった。ひとたび涙を流したら、きっと堰《せき》を切ったみたいに泣いてしまうだろう。

「深町さん。あの……」

「うん？」

目が合った。けれども夏実は視線を逸らさなかった。

「すみません。私、少し泣きますね」

「いいさ」

彼の返事を聞き、思い切っていってみた。

「えっと……ちょっとだけ、肩をお借りしてよろしいですか」

深町は驚いた顔をしたが、ふいに笑い、だまってうなずいた。

夏実はゆっくりと身をかしげた。深町の隊員服の肩にそっと頬を預け、目を閉じた。

反対側に座るメイが、寂しげな声を洩らすのが聞こえた。

＊

九月末とはいえ、気温が二十五度までに上がっていた。

広河原から白根御池まで、ふつうのコースタイムで二時間半から三時間。山岳救助隊の隊長を務める江草恭男は部下たちに負けず劣らずの健脚ゆえ、一時間程度でたどり着いてしまう。

それでも、ずいぶんと汗をかいた。

首にかけたタオルで額の汗を拭いながら、砕石《さいせき》を敷いた小径《こみち》を抜けて森を出た。

白根御池小屋の発電機の音が低く聞こえていた。

登山者たちの姿はなく、小屋の玄関前にあるテーブルのひとつに、管理人の高辻四郎と妻の葉子《ようこ》が座り、向かい合うように救助隊副隊長の杉坂知幸の姿があった。

江草の姿を見つけると、葉子が手を振った。彼もすぐに振り返し、急ぎ足に歩み寄る。

杉坂が立ち上がって頭を下げた。

「県警本部からお戻りですね。お疲れ様でした」

「星野さんと神崎さんの処遇が決定しました。問題なしということで無罪放免《ほうめん》です」

全員が驚きの顔を向けてきた。

「それは良かったですね。でも、どういうことですか?」と、高辻。

「世論のおかげですよ。インターネット上であれだけさらされたことで、風向きが変わったんです。ネットの評判の大半は、むしろ星野さんたちに同情的だったんです。〝警察の良心を見た〟とか、〝気骨がある女性警察官〟なんて書かれたりもしたおかげでしょう。けっきょく、査問委員会は開かれることもなく、上層部はふたりの処分を取り下げたということです」

あのとき、静奈を殴り倒した大島警部補のほうが問題視されているという。

どんな状況であれ、同じ警察官に対する暴力行使は見過ごせない。ましてや女性警察官に怪我をさせたのだから。あの現場での夏実たちの行動は警察官という立場としてはたしかに問題だったかもしれないが、それ以上に大島への批判が多かったという。

「そうでしたか」

高辻が破顔《はがん》すると、江草は杉坂副隊長にいった。

「先ほど白根総合病院に寄って、神崎さんにはすでに伝えてあります。あとは星野さんだ」

「彼女なら、ちょうどあそこにいますが、今はちょっと待ったほうが……」

そういいながら高辻が指差す先を見ると、御池の向こうの大きな岩の上に人影がふたつ見えた。

星野夏実と深町敬仁だった。傍にボーダー・コリーのメイの姿もあった。

夏実は深町の肩に頭をもたれている。

まるで仲むつまじく寄り添う恋人たちのようで、見つめる江草の目許がゆるみ、笑みが浮かぶ。

「お茶でもいかが?」

ふいに葉子にいわれた。

ガラスのティーポットを見て彼はうなずいた。

「アップルミントですな。いいですね。いただきましょう」

江草が杉坂に並び、テーブルに向かって座った。自前のマグカップをザックから引っ張り出す。葉子がポットから注ぐハーブティーの香ばしい匂いが立ちこめる。

「あ。隊長。実はこれを星野から預かっておるんですが――」

杉坂が胸のポケットから白い封書を取り出した。

表には〈辞職願〉と書かれてあった。受け取った江草が眉をひそめ、開封した。

山梨県警察本部南アルプス警察署長宛てと記されている。

私儀
一身上の都合により、十月一日付をもって辞職致したくお願い申し上げます。

平成二九年九月二八日
山梨県警察本部　南アルプス警察署

巡査　星野夏実

きれいに綴《つづ》られた文字をじっと見つめた。

「本来ならば沢井課長に渡すべきですが、いかがしましょうか」

杉坂にいわれ、江草はふうっと息を洩らした。

「さすがにもう、いらんでしょう。これは私が処分しておきます」

辞表を封書に戻すと、そっとポケットに押し込んだ。それからマグカップのハーブティーをすすり、目を細めながら振り向いた。

御池の岩の上に、ふたつの小さな姿が寄り添っている。

それを見つめ、江草はまた笑みを浮かべた。

第10話　向かい風ふたたび

増富《ますとみ》ラジウムラインと呼ばれる県道二十三号線をたどっていた。

スズキ・ハスラーの車窓をめいっぱいに下ろしているため、吹き込んでくる風が心地よい。周囲の木立はすっかり紅葉に彩られ、赤や黄金《こがね》の斑模様となっていた。

ホテルや旅館がたて込んだ温泉郷を越えると、県道は本谷川《ほんたにがわ》の渓流に沿って、錦繡《きんしゅう》に染まった森の中を右に左にくねるようになる。

標高が上がるにつれ、気温がだんだんと下がっていく。おそらく十度を切っているだろう。ジーンズに薄手のセーターの夏実は、常日頃から山で鍛えられているから寒さはまったく感じない。

やがて白樺林の木の間越しに、屹《そそ》り立つ岩がゴツゴツと無数に張り付いたような独特の形状の山が見え隠れするようになった。

「メイ。あれが瑞牆《みずがき》山だよ」

ステアリングに手をかけたまま、夏実がいう。

しかし助手席にいるトライカラーのボーダー・コリーは知らん顔でそっぽを向いている。

メイの首周りに巻いたエリザベスカラー。犬が自分で傷を舐《な》めるのを防ぐための用具だが、これが彼女のプライドをいたく傷つけているのである。

三日前、北岳での救助活動中に、メイは左前肢に怪我をした。岩角で第二関節の近くをざっくりと切ってしまったのだ。

出血がひどくて、すぐに止血帯で処置したが、大樺沢の事故現場から白根御池の警備派出所までは、ほとんどメイを抱いたまま戻ってきた。

傷は思ったよりも深く、専門の獣医による診察が必要だった。

下山後、南アルプス市内の動物病院で治療をしてもらった。外傷は深いが、さいわい化膿《かのう》もなく、消毒と縫合処置だけですんだ。しかし山での救助活動への復帰はしばらく無理だった。メイを残して御池の警備派出所にもどるわけにはいかない。

入隊以来、毎年、年次休暇をほとんど消化していなかった。

三日間のまとまった休みを取れないかと沢井地域課長に相談し、警務課に申請すると、すぐに許可が下りた。警察官だから夜勤明けの非番など、一日休暇はあるが、まとまった休みが取れるのは本当に久しぶりだ。

甲府の自宅に戻り、ひと晩泊まった翌日、夏実とメイは瑞牆山に向かった。

麓の別荘地に彼女の古い友人がいた。

県道に沿って続くカラマツ林の路肩に〈閑人山房《かんじんさんぼう》〉の看板を見つけ、小径《こみち》に車を入れた。

突き当たりに重厚なレッドシダーのログハウスが見えた。赤いボディのフィアット・パンダがその前に停まっていて、針のようなカラマツの枯葉がルーフや車体にまぶすように無数に落ちていた。そこに並べてハスラーを停車させる。

かれこれ一年ぶりになるだろうか。

エンジンを切ると、ログハウスのドアが開いた。ジーンズにエプロン姿の女性が、メイによく似たボーダー・コリーとともに外に出てきた。

木造りの三段の階段の上に立って、大きく手を振っている。

ハスラーから降りた夏実も、めいっぱい手を振った。

「弥生《やよい》さん！　お久しぶりですッ」

高岡《たかおか》弥生の変わらぬ笑顔を見ているうちに、なぜかふと、目頭が熱くなった。

「くうっ」とメイの声がして、振り返る。ハスラーの助手席から、エリザベスカラーを装着したまま、不満げに二度ばかり吼えてきた。

夏実は肩をすぼめて笑い、ドアを開けてやった。

＊

築二十五年になるログハウスの別荘の居間で、低いテーブルに向かい合ってコーヒーを飲んだ。

弥生の淹《い》れてくれるエスプレッソは、相変わらず濃厚で美味《おい》しい。

「最近、白髪が目立つから、仕方なく染めたのよ」

笑いながらセミロングの髪を摑んでみせる彼女は、今年で三十九歳になる。

弥生は私設の災害救助犬チームであるNPO法人JRD（ジャパン・レスキュー・ドッグス）の理事長を務めている。初代理事長だった亡き夫、高岡光樹《みつき》の遺志を継いで、地震や土石流など内外の被災地で活躍をしてきた。

この歳で白髪が増えたというのは、やはり苦労が絶えなかったからだろう。

弥生の足許に伏せているエマは、もっと老けて見えた。長生きで知られるボーダー・コリーとはいえ、十三歳といえばやはり高齢犬である。毛艶《けづや》も悪く、眸《ひとみ》は白内障で濁っている。

寄り添っているメイは、エマが生んだ三頭の仔犬の兄妹の中の一頭だった。他の二頭ともエマと同じ白黒の毛色だが、ゆいいつメイだけが茶色が交じったトライカラーだった。そして親犬と同じように救助犬としての訓練を受け、実地に活躍している。

エマは災害救助犬。メイは山岳救助犬。

ともに多くの被災者、遭難者をその巧みな嗅覚を駆使して救助してきた。

そんなエマも、今年になって救助活動から引退した。今は余生ともいうべき時間を、ハンドラーであり飼い主である弥生とともにこうして過ごしている。

「ご主人がお亡くなりになって、もう六年になるんですね」

ログ壁に飾られた夫婦の写真を見ながら、夏実がいった。

JRDの訓練施設がある多摩川の土手道で撮影されたものだった。背の高い高岡が、少し小柄な弥生の肩に手を回し、ふたりで白い歯を見せて笑っている。

「もうすぐ七回忌《き》。早いものね」

壁の写真に写っているふたりは、少年と少女のように若々しく、笑顔がはちきれんばかりだ。

弥生はもともとＪＲＤでハンドラーとして訓練を受け、中国の四川大地震などの被災地で救助活動をしてきた。やがて理事長の高岡と結婚し、たったの二年で夫を病気で失うことになった。

病名は膵臓癌《すいぞうがん》。発覚したときはすでにあちこちに転移し、余命半年と宣言された。彼はこの瑞牆山の麓のログハウスで、ちょうど今時期、秋が深まる日の夜に、静かに、眠るように息を引き取ったという。そのことを思うと、夏実はまた涙ぐみそうになる。

そのせいか、毎年、秋の紅葉を見るたびに高岡のことを思い出す。

東日本大震災のとき、夏実とメイは高岡とともに被災地の南相馬に向かった。そこで見た光景は、今も脳裡に焼き付いたまま、ありありと思い出される。

夏実は子供の頃から人々の感情や事象などに〝色〟を感じてしまう特殊な共感覚者であり、そこから受けるフィードバックが心に大きく作用する。あの三・一一の被災現場。大量の瓦礫《がれき》が積み上がった海岸の廃墟を前にし、立ち尽くしたときの心の疵はあまりに深かった。

そんな彼女を立ち直らせてくれたのが目の前にいる弥生であり、たまたま夏実が赴任することになった北岳という山だった。

「あの人は生き急いでいたのね」

弥生の声に我に返った。

彼女はまだ壁の写真を見ていた。いや、写真を通して過去を見ているのだと、夏実は気づいた。

「あなた、いつかいってたでしょ。犬たちが人の四倍から七倍も早く歳をとるのは、それだけ一瞬一瞬を濃く生きているからだって。だから、いつも犬たちはニコニコ笑ってるんだって」

「ええ」夏実はうなずいた。

「きっとあの人もそうだったのよ。毎日毎日、犬たちの訓練に明け暮れ、救助活動で被災地を飛び回り、それはもう忙しくて、いつも夜は三時間ぐらいしか寝ていなかった。そんな調子で病気にならないほうが不思議だと思ったわ」

「責任感の強い人でしたから」

「そうね。だから、何もかもひとりで背負い込んでしまったのよ」

写真から目を離し、弥生はふっと目を細めて笑った。「私と結婚したのも、きっとそう」

「え?」

「夏実ちゃんが福島の津波の現場で心の疵を受けたように、私も四川省の地震の被災地で仲間を失って心を病んだ。そんな私をあの人は懸命になって立ち直らせようとしてくれたわ」

「でも、高岡さんは心の底から弥生さんを愛しておられたと思います」

「もちろん。私もそうだった。だからこそ、あの人が亡くなったあとも、犬たちと生きることを選んだのよね。でも、そんな私の生き方を、あの人は許してくれているのかしら」

夏実は何も返せずにいた。

弥生の横顔。眦《まなじり》にかすかに光るものを見てしまったからだ。

それを人差し指の背でそっと拭い、彼女はまた微笑んだ。

「ごめんなさい。せっかくメイといっしょに遊びにきてくれたのに、しんみりした話になっちゃって」

「こちらこそ。いいだしっぺは私ですし」

「ところでメイの怪我は大丈夫なの？」

エリザベスカラーを首周りにつけたメイを見た。

車の中と違って、今はご機嫌な顔で尻尾を振っている。弥生とエマに再会できたためだ。それを見て、夏実はくすっと笑う。

「傷は深かったんですけど、骨や腱に異常はなかったので、傷の抜糸《ばっし》が終わったらすっかり元通りになると思います」

「よかったわ」

フローリングの上でエマと並ぶメイを弥生が見つめた。

二頭の犬が同時に顔を上げ、そろって玄関のほうを見た。

おやと夏実が思ったとき、表に車のエンジン音を聞いた。タイヤが小石を踏みつけるような音も。

ドアの開閉音のあと、ログハウスの扉がノックされた。

弥生が立ち上がり、歩いて行く。夏実も続いた。

彼女が扉を開くと、表に立っていたのは三十がらみの男性の警察官だった。制服の左胸の階級章を見ると巡査部長だとわかる。彼の後ろにトヨタ・パッソを改造したパトカーが停まっていて、山梨県警察　ＰＯＬＩＣＥという文字がボディに読めた。

弥生が少し緊張しているのがわかった。〝色〟が感じられたからだ。

「ＪＲＤの高岡さんですね。須玉署地域課の東原《ひがしはら》といいます。お願いしたいことがありまして」

「何でしょう」

東原と名乗った警察官は帽子を取り、いった。

「今朝、瑞牆山に登っていた地元小学校四年の児童たちの中で、ひとり下山していない男の子がいるということで、学校から署に捜索要請が出されました。現在、地元消防団と遭対協とで捜索隊を編成しているところです。こちらにＪＲＤの代表の方が滞在されていると聞いて、救助犬とともに捜索にご参加願えないかと……」

「もしかして、小林《こばやし》という人の指示かしら」

東原は驚いた顔をした。「小林課長をご存じでしたか」

「課長さんになっていたのね。昔、同じようにそこに立って、私たちに捜索依頼をしてきたわ」

弥生はそういってから、小さく吐息を洩らした。「でも、ごめんなさい。私はＪＲＤの理事長をしているけど、理事会の承認なしに捜索活動はできないの。正式に本部宛てに要請していただかないと、自発的に救助に参加できない」

夏実が弥生の隣に並んだ。「私、大丈夫です」

弥生が、そして前に立つ東原が驚いた顔をした。「あなたは？」

夏実は頭を下げる。

「南アルプス署地域課山岳救助隊の星野夏実巡査です。それから相棒の救助犬のメイ……」

振り返って夏実は愕然となった。

エリザベスカラーをまとい、左前肢に包帯を巻いたメイが、情けない表情で夏実を見つめている。

「無理ですね。やっぱり」

そうつぶやくと、弥生が腕を摑んだ。「エマをつれてって」

「え……」

メイの隣に伏臥《ふくが》しているボーダー・コリーを見た。

十三歳。メイの母犬。

「でも？」

「まだまだ大丈夫よ。ＪＲＤに所属する災害救助犬としてはすでに正式にリタイアしてるから、エマだけなら理事会の承認なしで動ける。それにこの山を知り尽くしてるわ。瑞牆山はこの子の庭みたいなものだから。きっと男の子を見つけてくれるでしょう」

弥生の顔を見て、また目を戻す。

エマが立ち上がっていた。期待に満ちた目で長い舌を垂らしている。

その様子は、隣にいるメイそっくりだった。

＊

弥生の別荘から車で数分のところにある瑞牆山荘前に、警察と地元消防団、遭対協などの捜索隊が集合していた。十台以上の車輛がならび、大勢が入山の準備を始めている。

その近くにハスラーを停め、夏実はリアゲートドアを上げ、ソフトクレートに入れていたエマを外に出した。

メイの母犬は路面に下り立つと、ブルッと躰をふるわせた。

すぐにお座りの姿勢になり、夏実を見上げてコマンドを待つ。弥生の私物である蛍光オレンジのハーネスが似合っている。

空気が冷たかった。周囲の広葉樹はすっかり紅葉や黄葉に彩られていて、秋の深まりを感じさせる。さすがに標高が高いため、気温は十度を切っている。

時刻は午後三時十五分。夕暮れどきになればさらに冷え込むだろう。

夏実の登山ウェアや帽子、ザックなどは、すべて弥生からの借り物だ。たまたまふたりは体型がほぼ同じだったから、まったく違和感なく身にまとっている。足許だけは自前のナイキＡＣＧシューズだ。

登山地図は国土地理院発行の二万五千分の一。弥生から借りたそれには、赤や青のボールペンでいろいろな情報があちこちに書き込まれている。

夏実は瑞牆山に登ったことがない。だから、この地図が頼りだった。

スマートフォンを取り出し、アンテナの状況を確かめる。事前に弥生から聞いたところによると、瑞牆山全体はほぼ携帯の圏内だが、一部、桃《もも》太郎《たろう》岩付近だけが圏外エリアになっているという。その場所を丸で囲っておいた。

「ご苦労様です」

東原巡査部長が足早にやってきた。敬礼を交わす。

Ａ４サイズの紙片を渡される。捜索対象の少年に関する写真と、年齢や服装などが箇条書きで印刷されている。

「これから入山前のブリーフィングを行いますので、ご参加下さい」

夏実はうなずき、彼についていく。

大勢が集合していた。向かい合って立つ仕切りの警察官は、痩せぎすで眼鏡をかけた中年男性。階級章は警部補だ。夏実の上司である沢井地域課長に少し似ている。

——須玉警察署地域課長代理の伏見《ふしみ》です。本日はご苦労様です。

そういってから、手許の紙片を見た。

——えー、要救助者は宮下祐樹《みやしたゆうき》くん、十歳。増富北小学校四年。同学年の児童、総勢二十一名、引率教師三名で今朝から瑞牆山へ登り、午後になって下山。この瑞牆山荘前で点呼《てんこ》を取ったところ、宮下くんの所在不明が明らかとなった。服装は赤のダウンジャケット、ジーパン。靴は白のコンバースで、水色のキャップをかぶっている。身長は……。

伏見警部補の説明を聞きながら、夏実は思った。

すでに要救助者の資料は各員に渡されているのだから、こうした挨拶や説明は極力、手短にすませて、さっさと実働するべきではないだろうか。それでなくてもすでに時間が遅いのだから。それに児童が行方不明になった情況に関する他の情報が、まったく明らかになっていないことも気になった。

——では、みなさん。これより各班に分かれて捜索に入ってもらいます。くれぐれも二次遭難等の事故に気をつけて下さい。

ようやく伏見の話が終わり、集まっていた男たちがそれぞれの班に分かれ、路面に山岳地図を広げての打ち合わせに入った。

「星野巡査は、私とご同行願います」東原巡査部長がそういった。

「えーと、その前にいくつか知っておきたいんですけど、宮下くんのご両親は？」

ふいに訊かれて東原が面食らった顔になった。

「おふたりとも甲府市内の銀行にお勤めです。こっちに駆けつけているところだと思います」

「引率されていた先生たちはどちらにいらっしゃいますか？」

彼はすぐに指差した。「あちらです」

少し離れたところに三名の男女が立っていた。

「右にいらっしゃるのが、宮下くんの担任教師の道村和夫《みちむらかずお》先生です」

東原に呼ばれて、丸顔で髭の濃い四十前後の教師がやってきた。登山ズボンにセーター姿だ。

「四年一組担任の道村です」

「宮下くんって、どんな子でしたか？」

「どんな……って」

「おとなしいか、それとも大胆な子供か。落ち着いているか、おっちょこちょいなところがあるか。そんな性格の差異で、遭難の仕方がまるで違うんです。それをあらかじめ把握して捜索をしないと、無駄足を踏む可能性があります」

「どっちかっていうとおとなしくて、あまり目立たない子ですね。成績も真ん中辺りで、とにかく平凡というか、平均的というか」

夏実はうなずいた。

「下山中、宮下くんが誰といっしょにいて、ルートのどの辺りでいないことに気づいたとかは摑んでらっしゃいますか?」

夏実にいわれ、少し困惑した顔になった。「それは他の児童たちに訊いてみないと、何とも」

「先生は行動中の生徒たちの情況を把握なさっておられなかったんですか」

「ええ。まあ……何しろいっぱいいたことですし。たしか列の真ん中辺りを歩いていた記憶はあります」

「子供たちはもう?」

「それぞれの自宅に帰ってます」

「これから先生がたで手分けされて、みなさんのご自宅に電話を入れて下さい。児童ひとりひとりに当たってみて、いなくなった当時の宮下くんに関する情報を収集していただけますか」

「四年生の児童全員にですか?」

「というより、下山のときに宮下くんと同行していた児童が誰かわかればいいんです。あるいはずっとひとりだったのかとか。そうした情報収集が大事なんです。もしも宮下くんの動向を憶えている子が見つかったら、山でのことをできるかぎり詳しく訊いて下さい」

「わかりました」

夏実の携帯番号をメモすると、道村は他の教師のところに走った。

「ところで、今回の指揮権は本当に須玉署なんですか」

夏実にいわれ、東原巡査部長は少し顔を赤くした。

「すみません。瑞牆山での遭難事案は本来、八ヶ岳署か韮崎署の管轄なんです。今回は急を要するということで、署員をかき集めて出払ってきたものですから、けっきょく遭対協や消防団のみなさんに頼りっぱなしです」

段取りが悪くて不馴れな感じがしたのは、そのためだったのだ。

「でも、さすがに星野巡査は馴れてらっしゃる」

「仕事ですから」

そういってそっと吐息を洩らす。

そうだよね。メイ。

心の中でつぶやき、ふと気づいた。

左の足許に停座している母犬エマが、長い舌を垂らして口角《こうかく》を吊り上げている。

＊

夏実とエマは、遭対協や消防団らのメンバーのあとに続き、道をたどっていた。

すぐ後ろには東原巡査部長が従っている。馴れぬ山行のために、明らかにバテ気味だった。満面に汗を浮かべ、たびたび立ち止まってはペットボトルをあおっている。

登り始めて五十分。カラマツ林に囲まれた富士見平小屋《ふじみだいら》という山小屋を過ぎ、いったん登山道は本格的な下り道となる。

天鳥川《あまとり》という沢を渡り、また登りに転じるが、捜索隊はここで最初の休憩をとった。めいめいがベンチや地べたに座り、登山地図を広げている。

夏実も二万五千分の一の地図を出し、自分たちの位置を確認する。

馴れた北岳ではなく、それも初めて足を踏み入れる瑞牆山である。周囲の地形を見回しながら、地図の等高線と照らし合わせ、この山を把握しようと試みる。

エマの嗅覚が効果を発揮するのは、要救助者が身につけていたものを嗅がせて、その臭跡をたどらせることだ。しかし、今の情況ではそれは不可能だった。行方不明となった宮下祐樹の両親も、甲府からこちらに向かっている途中だというし、エマには臭源なしの状態で捜索モードになってもらわないとならない。

ということは、登山道から外れた場所を逐一《ちくいち》、チェックしながら犬に嗅がせ、ルートを外れている者がいればあとをたどる。そんな効率の悪い捜索を強いられることになる。

天鳥川の徒渉点《としょう》から、捜索隊は三つに分かれた。メインの登山道をそのままたどるグループ、道を外れて北へ向かうグループと南へ向かうグループ。それぞれが別々のコースから最終的には山頂を目指すことになる。

そろそろ夕暮れが迫っている。全員がヘッドランプなどの照明具を持っているだろうが、夜間の捜索は二次遭難の可能性もあるために事実上、不可能だった。

全員がまた出発した。金色に染まったカラマツ林のあちこちから、少年の名を呼ぶ男たちの声が聞こえる。クマ鈴の音もさかんに鳴っていた。

「星野巡査は宮下くんがいなくなったときの情況にこだわってらっしゃいましたね」

岩場にかけられた梯子を伝いながら、東原がいった。

「PLS（ポイント・ラスト・シーン）といいます」

彼の前を登り、突端に到着すると振り返った。ツメがせわしなく岩を捉える音がして、エマが別の傾斜地を走って登ってきた。その足取りはしっかりしていて頼もしい。

「――つまり最終目撃地点。それが原野捜索の基本になります」

「なるほど」

「そこを起点にして要救助者がどの方向に向かったか。どれだけの距離を歩いたかなどを推測して、可能性の少ない想定を消去法でどんどんオミットしながら、いちばん可能性の高い場所から捜索していくんです。そのために〝要救〟に関する情報をなるべく集め、捜索にフィードバックさせていきます」

そういってから、樹間を見つめた。「あとは、時間との勝負ということですね」

獣道らしい、動物の踏み跡があった。登山道を斜めに横切るように、木立の間に続いている。

夏実はそれを見つけると、エマを前に行かせた。

ボーダー・コリーはしばし鼻を押しつけるように嗅いでいたが、やがて飽きたように欠伸《あくび》をした。

「ここにもいない」

つぶやいて、また歩き出した。

東原の署活系無線に何度か情報が入ってくる。が、本人や痕跡を発見したという報《しら》せはまだない。宮下祐樹の両親はついさっき現場に到着したらしい。今は瑞牆山荘の中にいて、不安に苛《さいな》まれながら、息子の帰りを待っているだろう。

頂上方面を見ると、樹林の向こうに巨塔のような大きな岩が突き立っているのが見えた。

ヤスリ岩と呼ばれる瑞牆山を代表する奇岩だった。まるで何かのモニュメントのように、暮れかかった空を突き上げている。ゴウゴウと音を立てて風が吹き、雲が流れている。

ズボンのポケットの中で、スマートフォンが振動した。すぐに夏実が取り出した。

「もしもし?」

――増富北小学校の道村です。

「あ。お疲れ様です」

――実は宮下祐樹くんといっしょにいた児童が見つかりまして。斉藤健太《さいとうけんた》くんという子なんですが、途中までずっといっしょだったそうです。

「斉藤くんのおうちの電話を教えていただけますか」

――しかし、それは個人情報として……。

「今は何よりも宮下くんの救助が最優先です。お願いします」

道村教師は渋々といった様子で先方の電話番号を伝えてきた。

*

大きな岩が積み重なったトンネル――そこまでいっしょだったと、斉藤健太という少年は電話の向こうで証言してくれた。

「オシッコがしたい」と何度かつぶやいていたそうだ。

そのあと、宮下祐樹に関する情報がぱったりと途絶えている。ということは、そこがPLSだと夏実は確証した。

現場はあの大きなヤスリ岩などの岩塔群がそびえる直下だ。

登山道がカーブしているところで、岩が積み重なり、子供ですら這ってくぐらないと抜けられない小さなトンネルになっていた。ルートを示す赤い矢印がそこに描かれてある。

岩のトンネルの手前で、ちょうど遭対協の男たち三人が休憩中だった。

「ここらで要救助者の痕跡はありましたか？」

ペットボトルをあおっている彼らに夏実は訊いたが、首を振られるばかりだ。

弥生から借りてきた腰のポーチから、タルカムパウダーを取り出し、少し落とす。風向きが変わっていた。東寄りの風になっている。エマがマズルをめぐらせ、高鼻になりながら空気を嗅ぐエア・センティングを始めている。

「この反応は？」と、東原巡査部長が訊いた。

「何かを嗅ぎつけたみたいです」

しゃがみ込んでエマの背中にそっと手を当てた。「行っていいよ」

エマは草叢《くさむら》に鼻先を突っ込み、匂いを嗅ぎながら、右に左にジグザグに進む。やがて枯葉が落ちた場所で足を停めた。モミの木の根許だった。そこが少し濡れている。地面から染み出した湿気ではなさそうだ。

エマはさかんにそれを嗅いだ。

「なるほど。ここでオシッコしたんだね」と、夏実がつぶやいた。

小用を終えて登山道に戻ったが、すでに他の子たちや教師たちは下りてしまっていた。ひとり取り残されたと思ってパニックに陥ったのだろう。ここからの下りで道を見誤ったのだ。

「エマ。サーチ！」

夏実のコマンドでボーダー・コリーが身を低く、地鼻を使いながら走り出した。

それを夏実が追いかける。東原も続く。

ふいにエマが藪《やぶ》に飛び込んだ。それに続いて追いかけた。

それから約十五分が経過して、彼らはその場所にたどり着いた。

花崗岩の巨石がいくつも転がるゴーロ帯だった。そこに赤いダウンジャケットに水色のキャップをかぶった少年が座っていた。体育座りのような恰好で膝を抱えて、俯いている。

すでに夕暮れ時になって周囲はすっかり色を失い、闇が濃くなりつつあったが、その姿ははっきりと見えた。

エマが吼えた。少年がハッと顔を上げる。

夏実が彼の前にしゃがみ込んだ。涙に濡れた顔を見て微笑む。

「宮下祐樹くんだよね」

ペコリとうなずいた。

「もう、大丈夫だよ。下でご両親が待ってるから、いっしょに下りよう」

夏実の言葉を聞いて、少年が唇を震わせた。大粒の涙がポロリとこぼれ落ちたかと思うと、わっと声を上げて泣き始めた。

＊

「けっきょく、その子が行方不明になったと判明したとき、引率の教師たちが他の児童たちをさっさと家に帰してしまったから、捜索がはかどらなかったのね」

耐熱ガラスの向こうで炎を揺らす薪ストーブの前。カーペットの上に伏臥したエマの耳の後ろを撫でながら、高岡弥生がそういった。

「帰宅させるのはいいんだけど、そのときの様子を詳しく訊いておいてほしかったと思います」

隣り合って座る夏実の横には、エリザベスカラーをまとったメイが伏せていた。

捜索につれていけなかったことを何度も詫びたが、なかなかメイの不機嫌は直らなかった。母犬のエマに鼻を舐められてようやく落ち着いたようだ。

「近頃は、学校で児童が風邪をひいたり、お腹が痛くなると、すぐに自宅に電話を入れて親に迎えに来てもらうそうよ。何かあったときの責任逃れのような気もしないでもないよね」

「そのうちに保健の先生もいらなくなっちゃいますよね」

そういって夏実が肩を持ち上げ、笑った。

「ところで――」

弥生が立ち上がり、壁際のラックから赤ワインを一本とってきた。「そろそろ始める?」

「え。そんな高そうなお酒、いいんですか?」

「だって、今夜はいっしょに飲もうと思って、ずっと待ってたのよ」

「あー、凄くお待たせしたりしてすみませんでした」

夏実はペコリと頭を下げる。

それから顔を上げ、ニッコリと笑った。

第11話 相棒《バディ》

「あれ。進藤くんの車じゃない？」

南アルプス市に入って間もなく、〈櫛形大橋東詰〉交差点で赤信号に引っかかり、日産エクストレイルを停めた神崎静奈が、ふいにそういった。助手席に座っていた夏実も、ほぼ同時に気づいた。

甲府市郊外のショッピングモールにある映画館で、封切りされたばかりの映画をふたりで観た帰り道だった。

Ｋ９チームリーダーである進藤諒大の自家用車は、かなり年季の入ったトヨタ・ランドクルーザーだ。何かと山に乗り入れてはあちこちぶつけているのに、ろくに修理にも出していないから、遠目に見てもすぐにそれとわかる。

十字路の交差点に面した場所に〈小笠原《おがさわら》どうぶつ病院〉という青い看板がかかった建物があり、その駐車スペースだった。

ふたりが見ていると、ちょうど出入口から黒のジャンパーをはおり、青い野球帽をかぶった進藤が姿を現した。両手で救助犬カムイを横抱きに抱いていた。

その顔にやけに昏い色を感じた夏実は、思わずギュッと唇を噛んだ。

進藤はカムイとともに車内に入り、ドアを閉め、発車させた。

すぐ近くで信号待ちをしている静奈の車に気づきもせず、ランクルは右に曲がって延びる県道をたどり、遠ざかってゆく。

ふいに軽くクラクションを鳴らされた。いつの間にか信号が青に変わっていた。後ろに停車していたタクシーの運転手が苛立《いらだ》ったようだ。

静奈がエクストレイルを出しながらいった。

「動物病院って、カムイに何かあったのかな」

「あんなしょげ返った顔を見ちゃったら、こちらから訊くのもはばかられますよね」と、夏実。

「そういえば昨夜の新年会でも、座の中で進藤くんひとりだけが黄昏《たそが》れてた感じがしたよね」

「いつも飲めば莫迦みたいに騒いでいた人が、ゆうべにかぎって口数も少なかったし」

そういってから、夏実は少し考えた。「あとで、それとなしにメール、入れてみますね」

「そうね。直《じか》に訊ねるよりはいいかもしれない」

三つ目の信号を過ぎたところで静奈は車を右折させ、南アルプス警察署女子寮がある櫛形総合公園方面へと向かった。

*

二月の弱い日差しの下、駐車場に乗り入れたランクルを停めて、サイドブレーキを引いた。

進藤諒大はしばしそのまま、惚《ほう》けたように座席に座って前方を見つめていた。

フロントガラスの粉雪を拭っていたワイパーがまだ往復していることに気づき、スイッチを切った。ゆっくりと視線を移して助手席を見る。

カムイが横たえたふたつの前肢に顎を載せていた。

上目遣《うわめづか》いに彼を見ているので、白目が目立っている。だからよけいにつらそうな顔に思えた。

運転席のヘッドレストに頭を預けて、目を閉じた。

――たいへん残念なことですが……カムイくんのお腹の痼《しこ》りは悪性腫瘍《しゅよう》です。

獣医師の声が、何度も脳裡にリフレインする。

異変に気づいたのは十日前だった。

朝、アパートの部屋で着替えをしてカムイを散歩に連れ出そうとしたが、ソファの上から下りようとしない。名前を呼ぶたびに尻尾をパタパタと振るのだが、自分で立ち上がろうともしない。表情がどこか虚ろで、目に生気がなかった。

食欲もないようで、餌皿を近づけても鼻でクンクン嗅ぐものの、食べる気配もない。

そういえばひと月近く前から、小さな異変はあった。

散歩中に急に足を止め、動かなくなったり、夜中に妙な声を洩らしたりした。ふだん以上に水をよく飲むようになった。まさかそれが病気の兆候だとは思いもしなかった。

かかりつけの獣医師のところに連れて行った。

そこで下腹部に大きな痼りがあると告げられ、進藤は驚いた。触診《しょくしん》だけでははっきりといえないが、良性の脂肪腫という可能性もある。が、もしこれが悪性腫瘍であれば、かなり進行が早く、いわゆる「末期」であると。

そして今日になってレントゲンや血液検査の結果を告げられた。

末期癌《がん》。それも余命二カ月あるかどうか。

高齢犬であるため、手術で癌を除去することはできず、抗癌剤や放射線治療も見込めないほど病が進行していた。

あとは緩和《かんわ》治療しかない。つまり好きなものを食べさせる。いっしょにいてやる。できるかぎり痛みを与えない。それだけのことしかしてやれない。

事実とはいえ、あまりに残酷な獣医師からの宣告だった。

どうしてもっと早くにカムイの病気に気づかなかったのか。後悔の念ばかりが頭にある。

しかし時間を戻すことができない以上、何を考え、悔やんでも無意味だとわかっていた。

カムイはあと半年で十四歳になる。

中型犬としては、さすがに高齢期だ。そろそろ山岳救助犬の引退も考えねばと思っていた矢先のことだった。

眉根を寄せ、眉間に皺を刻んだままの進藤が、また助手席に視線を投げる。

視線を感じたからだ。

カムイがさっきのように上目遣いのまま、じっと彼を見つめている。

長く溜息をついたが、そんな落胆をカムイに見せるとよけいにつらさを与えてしまうのではないかと思い、無理に笑って見せた。

「カムイ。朝ごはんも抜いているし、腹が減ったろ。部屋に入ろうか」

後部座席に手を伸ばし、レジ袋を摑むと、ランクルのドアを開けて車外に出た。助手席側に回ってドアを開く。

カムイはよろりと立ち上がり、少し胴震いしてから自分から外に下りてきた。


進藤が暮らしているのは、市内にある五階建ての集合住宅だ。

三年前まで南アルプス署の独身寮に入っていたが、新人警察官が増えて、いつまでも古株として居座っているわけにもいかず、半ば追い出されるようなかたちとなった。物件を探し、ペット可のこのマンションをようやく見つけた。

エレベーターを降りて通路を歩き、突き当たりにあるドアを解錠する。進藤が中に入ると、カムイがついてきた。いつもは元気よく振られる巻尾《まきお》がすっかり下がっている。

部屋に入るとカムイは真っ先にお気に入りの長椅子に直行するのだが、なぜか窓際に行って、フローリングの日だまりの中で丸くなった。

進藤はレジ袋から信州牛のステーキ肉のパックを取り出し、レンジフードの換気扇をオンにしてフライパンでこんがりと焼いた。それをまな板の上で小さく切り分けてから、白い陶器の皿に並べ、窓際のカムイのところに持っていった。

肉の焼けた匂いで、カムイは一瞬、尻尾を振った。パタパタとフローリングを打ち付ける音。鼻先に皿を置くと、カムイはマズルをそこに押しつけるようにして執拗に嗅いだ。舌先で何度か肉を舐《な》めた。しかし身を起こして食べようとしない。

「どうした。とっておきのご馳走《ちそう》だぞ」

そういった進藤を上目遣いに見上げ、カムイは少し悲しげな顔をした。

進藤は向かいにある長椅子に腰を下ろし、カムイの仕種《しぐさ》をじっと見つめた。それきり肉に口をつけようともしない。ふんと小さく鼻息を鳴らし、皿のすぐ傍に前肢を並べて、そこに顎を載せた。そしてまたじっと進藤を見つめてくる。

彼はそっと長椅子の上に素足を載せ、膝を抱え、カムイを見返した。

カチカチと時計が時を刻む音が続いていた。静かな部屋の中で、犬とハンドラーが互いを見つめ合っている。

ふと進藤は壁際の棚に立てられた写真を見た。

北岳の山頂でカムイを抱き上げた姿。真っ黒に日焼けした顔に白い歯を見せて、屈託のない自分の笑顔。目を細め、大きな舌を垂らしたカムイの満足そうな笑み。

「ふたりで山に行こうか」

ポツリと進藤がいった。

カムイがまた、パタッと一度だけ尻尾を振った。

＊

夜叉神峠に向かうワインディングロードは、路面のところどころがガチガチに氷結していた。まだ夜明け前だし、道は暗い。慎重に徐行しながら運転する。すれ違う車はまったくいない。今は厳冬期である。

助手席のカムイは窓に鼻先を押し当てるようにして、暗い車外をじっと見つめていた。犬の呼気でサイドウインドウが曇っている。

夜叉神峠の駐車場にランクルを停める。

冬山登山らしい県外ナンバーの車輌が、あちこちに五台ほど駐車中だった。その中に見覚えのある青いトヨタ・ハイラックス・サーフを見つけて、進藤はつぶやいた。

「颯《そう》ちゃん、来てるのか」

松戸《まつど》颯一郎《そういちろう》は北岳山荘のスタッフだった。もちろん今の時季、小屋は閉鎖中なので、仕事ではなく趣味で冬山登山にやってきているのだろう。

助手席のカムイを下ろし、山の支度をした。

雲ひとつない漆黒の空に無数の星が瞬いている。気温はマイナス五度。

腕時計を見ると、午前六時ちょうど。

身を切るような寒さに震え、白い息を吐きながら、ストックとピッケル、アイゼンを縛り付けた六十リットルのザックを背負う。意外に荷は軽い。水は基本的に雪を溶かして使うため、行動中の飲み水を一リットルほどナルゲンに入れ、ザックに収納しているだけだ。

カムイは元気に尻尾を振っていた。顔の表情も明るい。

ゆうべはだいぶドッグフードを食べてくれたし、力もついたのだろう。

調子が悪そうだったら、いつでも引き返すつもりでいた。しかし山の空気の中にいるカムイの表情は、マンションの部屋でぐったりしているときとは明らかに違う。

思い切ってここに来てよかった。

ひとつだけ、心にわだかまりがあった。

それは夏実からのメールに、嘘の返事を書いてしまったことだ。

しかし、カムイが末期癌であることを、今は誰にも告げたくなかった。自分ひとりで、この心の重みと対峙《たいじ》していたかったのだ。

「行こうか」

カムイに声をかけ、ヘッドランプを点し、ゆっくりと闇を分けるように歩き出した。

＊

十年前の出会いが心によみがえっていた。

そのとき、カムイはすでに三歳、成犬となっていた。

都内に住んでいた高校時代の友人が仕事の都合で海外移住することになり、犬の飼い主を探していた。警察官になって以来、警察犬のハンドラーになりたかった進藤は、その犬を譲り受けることにした。

当初、その友人はてっきり北海道犬（アイヌ犬）だとばかり思っていたらしい。

埼玉県にあったブリーダーが倒産、多頭飼い崩壊をし、ボランティアグループによってインターネットを通じて里親募集がかけられていた。「北海道犬の仔犬」というふれ込みだったので、アイヌ語で神を意味するカムイという名にしたらしい。

ところがあとになって進藤がよくよく調べると、たしかに柴犬に似た和犬独特のスタイルなのだが、まず北海道犬に特有の黒い舌斑《ぜっはん》がない。顔つきもどことなくオオカミのようで、額が広く、北海道犬や柴犬よりは被毛が長く、少し赤毛が交じっている。

さらに調べているうち、信州の地犬である川上犬に容姿が似ていることを発見した。そこで川上村にある保存会にカムイを連れて行くと、間違いなく純血の川上犬だといわれて驚いた。

どこをどう流れて、そのブリーダーのところにいたのかは定かではないが、まぎれもなく長野県の天然記念物に指定された固有種の犬であった。

進藤は山梨県内で救助犬や警察犬を育成する民間施設に出向し、そこでカムイとともに訓練を受けてきた。

やがて南アルプス署地域課に異動となり、できたばかりの山岳救助隊に入隊することとなった。江草恭男隊長は遭難救助に際し、山岳に強い犬の導入を切望していて、それがようやく県警本部に認可されたばかりだった。

そういうわけで、カムイは南アルプス山岳救助隊に所属する山岳救助犬の第一号となり、のちに神崎静奈がシェパードのバロンをつれて入隊するまで、ひとりと一頭で北岳周辺での救助活動に奔走《ほんそう》していた。

川上犬はもともとヤマイヌあるいはニホンオオカミが猟師によって飼い馴らされたといわれるほど、勇猛で、足腰が強く、高冷地での活動に向く。まさに山岳を舞台に活躍するにはうってつけの犬種だった。

日本よりも先立って、台湾に連れて行かれた川上犬が山岳救助犬として活躍していたことがあるという話を聞いて、進藤はそれならカムイもやれると自信を持った。

当初はバロンとともに、雪崩に埋没した遭難者の捜索が主な任務だった。やがて災害救助犬として原野捜索などの訓練を専門に受けたボーダー・コリーのメイとともに星野夏実が入隊し、犬の鼻を使った道迷い遭難の捜索に活躍するようになると、それに影響されたかのように、先輩犬の二頭もそれぞれ多様な遭難に対応して救助犬としての能力を発揮することとなった。

北岳はカムイにとって、まさに庭のような場所となった。

川上犬の血が、よほどこの山に向いていたのだろう。寒さに耐え、強靭な駆動力は衰えることもなく、シーズンごとに多くの人々を救助してきた。

それが十歳を過ぎる頃から被毛に白いものが交じり始め、少しずつ衰えの兆候が現れていった。毎日、小分けにして与えていたエサも、消化のいい老犬用のメニューに切り替え、長時間の救助活動はなるべくひかえるようにしていた。

去年の十一月、山小屋の閉鎖とともに夏山常駐の警備派出所も冬季閉鎖となり、山を下りて、進藤は通常の地域課員としての勤務に就いた。

カムイは進藤のマンションの部屋で日がな一日、寝てばかりいた。まさに老犬の生活だった。

犬の一生は短い。飼い主を追い越し、年老いて、人よりも先に逝く。

飼い主であり、ハンドラーとなったからには、そのときの覚悟は出来ている——つもりだった。

まさか、こんな深刻な、不治の病にかかっているとは思いもよらなかった。

進藤は足を止めた。カムイも傍らに停座した。

遠く、木立の向こうに小さな避難小屋が見えていた。

夜明け前からずっと、ふたりで池山吊尾根をたどって北岳を目指していた。

背後を見ると、東の山巓《さんてん》の上に出たばかりの太陽があった。弱々しい冬の日差しだが、それでも背中に当たって暖かい。

頭につけていたヘッドランプを外した。

風が森を抜け、枝々がわずかにしなったはずみに粉雪が落ち、白い紗幕《しゃまく》となって目の前を流れていた。

ちょうど葉叢《はむら》の間から朝の光が差し込んで、それが雪煙に当たり、定規で描いたような幾重もの放物線の明暗を作り出していた。

自然が作り出した、つかの間のドラマに、進藤は見とれた。

足許にいるカムイも、じっとそれを見ていた。

＊

午前九時。南アルプス署に出勤した夏実が更衣室で制服に着替え、地域課フロアに入った。

まだ警らの時間前なので、ほとんどの課員がいたが、ゆいいつ進藤のデスクだけ、本人の姿がなかった。

「進藤さんは？」

「二日間の有給消化だ」

書類に目を通していた沢井課長が顔も上げず、事務的に答えた。

事務机が隣り合っている静奈の傍に行って彼女はそっと小声で訊いた。「本人からこちらに、何か連絡ありました？」

「今日と明日、カムイと北岳に入ってるって」

静奈の言葉に驚いた。二日前に動物病院で彼を見かけたあと、夏実は進藤にメールを送った。その返事で、カムイは軽い腸炎にかかっていたとのことだった。

「カムイが元気になったたってことじゃない？」

「本当にそうでしょうか……」

夏実はふと、いやな予感に憑かれた。

あのとき、動物病院から出てくる進藤の姿に重なって見えた〝幻色〟。あれはけっしていいものではなかった。打ちひしがれたような彼の様子と相まって、夏実には何か最悪の事態が進行しているかのように思えた。

「明後日になれば、真っ黒に雪焼けした顔でニヤニヤしながら署に出勤してくるよ」

「そうですね、きっと……」

夏実は萎《しお》れたままうなずき、自分のデスクの椅子を引いて座った。

そのとき、ポケットの中でスマートフォンが振動した。取り出して液晶画面を見ると電話ではなく、メッセージ。松戸颯一郎の名が表示されている。

北岳にいくつかある山小屋のひとつ、北岳山荘の若いスタッフだ。山岳救助隊とのつきあいは古く、お互いに持ちつ持たれつの関係だった。

あの能天気な髭面が脳裡によみがえってきて、沈み込んでいた気持ちが少しだけほぐされた。

アイコンをタップすると、朝日が当たってオレンジに輝く北岳頂稜のモルゲンロートの画像が表示された。池山吊尾根のボーコン沢の頭から見たバットレスだと、すぐにわかった。

メッセージにはこう記されていた。

『夏実さん。昨日からソロで北岳に入ってます。冬山、最高っすね！』

フロアから急いで出て、二階への階段の踊り場で画面をタップし、通話モードにした。

「星野です。メッセージありがとう」

——松戸です。どうも～。

屈託のない、いつもの明るい声。

「まだ北岳にいるの？」

——今朝、早くに登頂して、今は御池小屋前でゆっくりコーヒー飲んでます。

「ルートは？」

——池山吊尾根をたどって登頂。肩の小屋の冬季小屋に泊まって、早朝に草すべりを下りてきました。これから御池小屋と派出所の雪仕舞《ゆきじま》いのチェックをしてから、広河原に下りる予定です。

「草すべりの雪崩は大丈夫だった？」

――何しろ、この寒さでギンギンに冷えて雪が締まってたから、グリセード（急斜面を靴のままで滑り降りること）で一気に降下しました。ぜんぜん問題なかったっすね。

「実は進藤さんとカムイが今朝から北岳に入ってるの」

――一日違いだな。パトロールですか？

「それが……休暇中なの」

――進藤さんらしくないなあ。せっかく休暇を取ったんだったら、別の山にでも行けばいいのに。

夏実は一瞬、逡巡してから、事情を話そうと決心した。

＊

北岳の冬山登山の定番ルートである池山吊尾根は、ふつうは避難小屋かテントで一泊してから、翌日になって頂上に向かう。単純に歩きだけでも十時間以上はかかる。積雪の状況次第ではさらに長くなる。

山岳救助に関わって長い進藤は、常人よりも遥かに足腰と心肺機能が鍛《きた》えられているため、無雪期なら四時間程度、積雪の多い時期でも六時間とかからずに踏破してしまう。

朝の六時きっかりに歩き始めて、今は午前十一時を回ったところだった。池山吊尾根を渡りきり、最大の難所である八本歯のナイフリッジを越えて、主稜線手前の鞍部《コル》に、カムイとふたりで立っていた。

尾根の途中、ボーコン沢の頭の辺りから間近に迫るように見えていた北岳頂稜東面の、標高差六百メートルのバットレス。荒々しい壁面に真綿のようなガスがまとわりついていた。

ここからはふたたび登りとなり、吊尾根分岐を右に折れると、間もなく山頂に到達する。

さすがに日帰りは無理なので、今夜は肩の小屋か北岳山荘の冬季小屋で宿泊することになるだろう。

そう思いながら大樺沢をまた見下ろす。

雪の合間に赤く滲《にじ》むように何かが見えた——気がした。

一瞬の錯覚なのか、目を凝らすが、谷底に広がる雪原ばかりである。八本歯のコルから大樺沢に下りるコースを目でたどると、登山者らしき足跡がたしかにあった。

ふいに無線のコールトーンが聞こえた。

遭対協無線専用チャンネルのトーンだから、すぐに相手がわかった。

進藤はザックのショルダーストラップに装着したホルダーからインコム社のトランシーバーを取り出す。

「こちら進藤です」

――松戸です。ご無沙汰してまーす。どうぞ。

「夜叉神峠で車を見たから、北岳にいるのは知ってたよ。今、どこだい?」

――えー、白根御池小屋前でちょっと停滞中です。

「停滞中?」

――小屋の雪仕舞いをあれこれチェックしてたら、えらく時間がかかっちゃいました。昼飯、喰ったら広河原に下りる予定です。ところでそちら、カムイもいっしょだと思うけど、元気ですか?

「もちろん」

松戸の物言いが心に引っかかった。

トランシーバーを口許にかまえたまま、進藤は傍らに停座する相棒を見下ろす。

カムイは目を細めていた。谷から吹き上げてくる山風が薄茶と赤の交じった胸の被毛を分けている。

「ひょっとして星野から何か聞いたのか」

――ええ、まあ……。

交信に少し雑音が入った。松戸の声が途切れた。

進藤の顔から笑みが消えた。もう一度、足許に座っているカムイを見下ろした。

「実はな……」

いいかけて、彼は口をつぐんだ。プレストークボタンを離す。

――夏実さん、いってました。もしかしたら、カムイは何か深刻な病気じゃないのかって。

ふうっと吐息を洩らす。白い呼気が風に流れた。

そうだった。あいつはいつだって勘が鋭い。病院から出てくるところを見られたようだが、きっとそのときに勘づいていたのかもしれない。

「星野には嘘をついてしまった。カムイは悪性腫瘍を持ってる。それもかなり末期だ」

――マジっすか。

松戸の声がひどく狼狽《うろた》えていた。

「余命二カ月だそうだ」

――そんなんで山に連れてきて大丈夫なんですか。

「少なくともマンションの部屋にいるよりは生き生きとしているよ。今のところ、しっかりした足取りで歩いてくれてる。カムイは何よりも山が好きなんだ。だから連れてきた」

――そのこと、夏実さんにいっても？

「本当は俺のほうからいうべきだった。謝ってたといってくれ」

――諒解しました。

ふと、八本歯から大樺沢コースを下りる急斜面に残された足跡に、また目をやった。

「ところでそっちのたどったルートは？」

――池山吊尾根から登頂して、ゆうべは肩の小屋に宿泊。今朝、早いうちに草すべりを下りてきました。さすがに雪崩が怖かったんで、ほとんどグリセードとシリセードでした。

ということは、眼前のルートを大樺沢に下りている足跡は、松戸のものではないということだ。

そう思ったときだった。

ふいに地響きのような音が聞こえて、彼は見た。

バットレス第四尾根付近に大きな雪煙が立ち上がっていた。

急峻な岩壁から剥離した大量の雪が滑り落ち、他を巻き込みながら、すさまじい勢いで大樺沢に向かって流れ落ちている。

その先にまた、小さな赤い何かが見えたような気がしたが、たちどころに白い奔流《ほんりゅう》が押し寄せ、雪煙の中に見えなくなった。

大規模な雪崩だった。

巻き上がった雪煙は、まるで白い巨大な生き物のように、不定形に形を変化させながらどんどん広がり、空に向かって拡散している。

――進藤さん？

気がついてプレストークボタンを拇指で押した。

「今し方、バットレス下で雪崩だ。音が聞こえなかったか？」

――いいえ、こちらでは何とも。

進藤は眉根を寄せた。

「雪崩の前に、大樺沢の途中に赤い人影みたいなものが見えた気がした」

――まさか、それって登山者？

「可能性がある。これからカムイと現場に行って確かめてみる」

――午後になって気温が上がってます。大樺沢はそれこそ雪崩の巣です。ひとりで行くのはかなりヤバイっすよ。

「だが放置するわけにはいかない。三十分もあれば現場まで下りられるさ」

――俺も、そっちに行きます。

「君は御池で待機していてくれ。この状況では、下から谷を登るほうが危険だ。それに俺の気のせいだったということもあるかもしれないし、あとでこちらから連絡する。一刻を争うかもしれないので、署への連絡はそっちに頼んでいいかな」

――わかりました。

「交信、以上」

トランシーバーをホルダーにしまった。

もう一度、大樺沢の俯瞰《ふかん》を見下ろす。雪煙はまだもうもうと巻き上がっていて、ガスのように急斜面を伝ってこちらまで這い昇ってきつつあった。

「カムイ。現場まで行くぞ」

相棒に声をかけ、進藤は急斜面を滑るように駆け下りる。川上犬が豊かな尾を振りながら、それに続いた。


八本歯のコルからの下りは、細い丸太を組んで作った梯子の連続である。

しかし積雪期は、ところどころ、それが雪に埋もれていて、靴先で掘り起こして丸太を探りながら下りねばならない。そのためよけいに時間もかかる。

カムイも雪深い中を勝手にルートを作って下りることはできないため、進藤が歩くあとをゆっくりとついてくるしかない。

一刻も早く前に進みたい。しかしこの積雪ではどうにもならない。

下っていくうちに、やはり先行者らしい踏み跡があちこちで見つかって、不安がますます高まっていた。靴底《ソール》の痕も真新しい。

チラと見えた赤い影。やはりあれは登山者だったのでは？　そんな疑念がだんだんと確信に変わっていった。

梯子場を過ぎると、雪深い急斜面が二俣まで続く。

左はバットレス、右は池山吊尾根。それぞれの岩壁からまた雪崩が落ちてくる可能性があるが、進藤はカムイとともに急いで下り続けた。靴底からアイゼンを外すと、二本のストックを駆使してスキーのようにグリセードを続ける。靴底がスキー代わりだ。雪煙を派手に上げながら、白い斜面を滑り降りる。

大小の雪の塊が堆積物《たいせきぶつ》となって積み上がっていた。

それを前にして、進藤は茫然となる。左手のバットレスを見ると、まだ雪煙の残滓《ざんし》が岩の巨壁に絡みつくようにわだかまっている。視線を戻して小さな山脈のようなデブリを見た。

「カムイ、捜せるか?」

そういって相棒を見下ろす。

一瞬、目を疑った。

雪の上に伏臥したまま、カムイはしきりに長い舌で前肢と口の周りを舐めていた。その部分の被毛が赤茶けている。血だった。それが雪にも落ちたらしく、赤く染まっている。

カムイが吐血していたのだ。

進藤は棒立ちになった。

急斜面を急いで下りてきたため、ダメージを被ったのだろうか。血を吐いたということは上部消化器官のどれかから出血した疑いがある。極力、気を遣《つか》ったつもりだったが、やはり病気のカムイには負担だったに違いない。

しかしカムイは立ち上がると胴震いした。

いつもの凛《りん》とした表情でハンドラーの進藤を見上げた。巻尾がピンと立っている。

鳶色の目が澄み切っている。

《捜そうぜ、相棒》

そういっているような気がした。

山岳救助犬としての仕事をわきまえ、それを遂行することに、カムイは誇りを持っている。

ふいに目頭が熱くなった。

「カムイ、ＧＯ！」

進藤はコマンドを送った。

カムイが走り出す。


山岳救助犬であるカムイは、もともと雪崩遭難の不明者捜索に特化した訓練を受けてきた。そのため、雪に埋没した要救助者のわずかなエア・セント――臭気探求に関してはまさしく独擅場といってもいい。

大小のブロック状になった雪が積み上がったデブリの周囲を走り回り、ときおり前肢で雪を激しく掻いては、猛烈な勢いで鼻先を突っ込んだ。ここがダメなら別の場所と、胴体まで埋没しそうな柔らかな雪を掻き分けながら、あちらこちらを捜索する。

あれきりカムイに吐血の再発はなく、むしろ水を得た魚のように元気に走り回った。

ハンドラーである進藤諒大も、必死に雪崩の埋没者を捜索した。アバランチトランシーバーが電波をキャッチしないため、プローブ（ゾンデ棒）を組み立て、雪面に突き立てては引き抜く。

数分後、カムイが高らかに吼えた。

バークアラート！

近くに転がしていたザックをひっつかむと、進藤が走った。

場所はデブリの末端であった。膝下まで埋没するような柔らかな雪を掻き分け、カムイのところに行った。相棒は興奮を露《あら》わにしたまま、雪を前肢で激しく掻いている。

雪崩に巻き込まれたらしいダケカンバの木片が混じった雪。進藤はそこにプローブを突き立て、先端で要救助者の存在を感知するや、スノーショベルを使って雪を掘り始めた。

ふいに雪の穴の底に赤い何かが見えた。

八本歯のコルから大樺沢を見下ろしたとき、純白の雪原に滲むように見えていた小さな赤い点を思い出した。やはりあれは気のせいや目の錯覚ではなかったのだ。

ショベルを置いた進藤は、夢中で両手を使い、雪を掻いた。

衣服だった。マウンテンパーカーあるいはハードシェルジャケットの類いだ。ジッパーを見つけて、頭がある場所を推定し、そこを集中して掘った。

やがて雪の中からピタリと閉じられた指が現れた。青いグローブをはめている。その手を摑んでどけると、下から蒼白な顔が出てきた。

三十代後半、男性。口の周囲に無精髭が生えている。目を閉じたまま、完全に意識がない。

埋没したとき、顔の前を両手で覆っていたらしい。

雪崩に巻き込まれた場合、少しでも呼吸が出来るように顔の前に空間を作っておく。わずかな隙間と空気があれば、生存率はそれだけ高まる。おそらくそのことを知っていたのだろう。

赤いウェアを摑んで、何とか上体を引き起こした。ザックのストラップを外し、背後から両脇を抱えるようにして、雪の中から引きずり出した。

低体温症にならぬよう、すぐに寝袋でその躰を包み込む。

腕時計を見た。

埋没からおよそ六十分が経過していた。

雪崩の生存率は十五分後で九十三パーセント、四十五分が経過すると、一気に二十六パーセントになる。それが一時間も経っているのだ。

ダメかもしれない。しかし、やってみる価値はある。

進藤は男の上に跨《また》がるようにして、両手を重ねて胸にあてがい、勢いよく弾みをつけて心肺蘇生を開始した。

＊

「大樺沢、進藤さんから入電！〝要救〟が息を吹き返しました。意識明瞭！」

南アルプス署地域課フロアの無線にとりついていた夏実が、肩越しに振り返って叫んだ。

それぞれの机に向かっていた周囲の警察官、とりわけ山岳救助隊のメンバーたちが歓声を上げ、拍手をした。沢井課長と机を並べるハコ長こと江草恭男隊長も、ホッとした顔でうなずく。

「怪我の具合は？」と沢井課長。

「左足首と右肘の骨折、および、右太股裂傷だそうです」

夏美は進藤からの情報を伝えた。

標高が高いとはいえ、谷からの無線で雑音が混じり、聞き取りづらい進藤の声だった。しかし雪崩に埋もれていた要救助者を救えたという喜びの感情がはっきりと伝わってきた。

――〝要救〟は富川秀和さん、四十一歳。静岡県富士宮市からソロで入山だそうです。自力歩行は無理なので、ヘリでの救助を要請します。

「進藤さん。さっき市川三郷から〈はやて〉がフライト。到着予定は十五分後だそうです。どうぞ！」

――諒解。現場に待機のまま、待ってます。

ひどい雑音に混じって、進藤の声がはっきりと聞こえた。

夏実は眦の涙を指先でそっと拭ってから、こういった。

「進藤さん。カムイは……カムイは大丈夫ですか？」

ややあって、はっきりと声が聞こえた。

――大丈夫。とても元気です。

よかったと夏実は胸をなで下ろす。マイクのボタンを押しながらいった。

「無事に下りてきて下さいね。みんな、心配してますから」

――今日はもう遅いので、御池の冬季小屋で宿泊します。明日も天気が良さそうだし、カムイといっしょに頂上を踏んだら、のんびりと景色を楽しみながら下りるつもりです。どうぞ。

夏実は笑ってうなずいた。

「じゃあ、カムイによろしく！」

――諒解。交信終わり。

架台にそっとマイクを戻し、夏実はまた振り向く。

地域課フロアのあちこちで山岳救助隊員を含む課員たちは、早くもそれぞれ自分たちの仕事に戻っている。書類仕事を続けている者。パソコンのマウスを操作している者。電話を取って応対している者。

夏実も書類書きの途中だったことを思い出した。

無線機の席を離れ、自分の事務机に戻ると書類の横に横たえていたボールペンを取った。それをクルクル指の間で回しながら、報告書の作成を再開しようとして、ふと進藤とカムイの姿を脳裡に浮かべた。

なぜだか、心が晴れないのである。

胸の奥に小さな不安のようなものが居座り続けている。

「どうしたの、ぼうっとしちゃって」

静奈の声がして我に返った。

思わず目が合い、夏実は少し肩をすくめた。

「ごめんなさい。何でもないんです」

そういってまた書類に目を戻した。

けれども、進藤たちのことがなかなか意識を離れなかった。

＊

山梨県警航空隊に所属する県警ヘリ〈はやて〉が尾根を越して飛来した。

エンジンの爆音とブレードスラップ音がだんだん大きくなる。やがて頭上に到達すると高度を下げ、ホイストケーブルが下ろされた。要救助者は重傷だが、手足の負傷なのでストレッチャーではなくスリングで吊り下げることにしたらしい。

副操縦士の的場功がヘルメットをかぶったまま、するすると地上まで降下してきた。

「お疲れ様です！」

いつもの屈託のない笑顔に、進藤は敬礼で応える。

救助された富川という男性は、まだ顔色が冴えなかったが、少し笑顔を見せて進藤にいった。

「このたびはお世話になりました……」

「元気になって、また北岳に来て下さい」

富川は蒼白な顔でうなずく。

的場は要救助者と正面から抱き合う形で互いの躰にスリングをかけ、安全を確認し、ヘリに合図を送った。フルオープンされたキャビンドアから整備士の飯室滋が顔を出し、手を振っている。

ホイストケーブルの巻き上げが始まり、ふたりはあっという間に上昇していく。飯室のサポートで機内収容が完了。ドアがクローズされる。

ヘリはグイッと機首をめぐらせ、帰投に入る。

操縦席の窓越しに、ヘルメットにサングラス姿の納富慎介機長がいつものサムアップを見せた。

進藤も手を振って応える。

県警ヘリ〈はやて〉は蒼穹《そうきゅう》を滑るように飛行し、大樺沢上空から東の峰に向かって小さくなっていく。機影が見えなくなり、爆音が聞こえなくなると、辺りはしんとした静けさに包まれた。

トランシーバーをホルダーから抜いた。

「こちら大樺沢。進藤です。松戸くん、取れますか」

――御池小屋前、松戸です。こっちからも〈はやて〉が見えました。〝要救〟の収容が終わったみたいですね。

「ご本人も案外と元気だったし、大丈夫だと思うよ。さてと……ひと仕事、終えたことだし、時間は早いけど、御池で一杯《や》飲るかな」

――あ、進藤さん。じゃ、俺、ここで待ってます。

「おいおい。今日じゅうに下りるんじゃないのか」

――予備日、ちゃんと取ってますって。実は高辻さんがジャック・ダニエルをこっそり隠してる場所、知ってんです。テネシーウイスキーの雪割りで、今夜は酒盛りしましょう！

「お前も好きだなあ」

交信を終えてトランシーバーをホルダーに戻す。

カムイが長い舌を出し、目を細めて彼を見上げていた。腰をかがめ、耳の後ろを撫でてやった。そのとき、山が鳴った。

カムイが耳を立てて振り返る。背中の毛が緊張に立ち上がっている。

進藤も、見た。

バットレスの中腹付近に雪煙がわだかまっていた。それが見る見る大きく膨らんでいる。

「まさか――」

進藤が茫然とつぶやいた。

岩壁に張り付いていた雪の崩落が始まった。雪煙がさらに巨大化していく。

カーテンが端から落ちていくように、雪崩が一気に下り始めた。

「走るぞ、カムイ！」

脱出ルートは雪崩が落ちてくる方向に対して九十度。

否応《いやおう》なしに下りてきた大樺沢を逆に登る形で進藤は走った。カムイが併走する。右手を見ると、真っ白な雪の津波が押し寄せてくる。

ダメだ。逃げ切れない。

そう思ったとたん、まともに雪の巨壁が真横から襲来した。猛烈な風に巻き上げられた。

カムイの悲鳴がどこかから聞こえた。しかし視界は白一色で何も見えない。

雪の奔流の中で進藤はきりもみ状態となった。

「カムイ――！」

相棒の名を呼んだが、とたんに口いっぱいに雪が入ってきた。それを吐き出しながらも、猛烈な雪の流れの中で翻弄《ほんろう》され続けた。

＊

グラスをふたつ、テネシーウイスキーの罎とともに発電機小屋の奥の収納庫から持ち出してきた。スチール製の階段を登って、小屋の裏口になるドアを開く。

白根御池小屋の二階の一角が隔壁で仕切られ、〈ダケカンバ〉と書かれた四号室だけが冬季避難小屋として自由に使えるようになっている。

室内といっても暖房もなく、室温は零度以下。吐く息が白い。しかし寒さに躰が馴れた松戸は、合板の床の上にウレタンマットを敷いただけで、そこに腰を下ろした。

ジャック・ダニエルと書かれたラベルを見ているうちに、封を切りたくなったが、進藤が来るまで待とうと自分にいい聞かせる。

うとうとと舟を漕《こ》いでいるうちに、いつしか寝入っていた。

犬の声がした。

けたたましく、何度も吼えている。

ハッと目を覚まし、腕時計を見る。

進藤と無線で交信して十五分が経過していた。

やけに早い到着だな。そう思いつつ、立ち上がった。

扉を開くと、外階段を駆け下りる。白根御池小屋の前に犬がいた。全身に雪をまぶしたように被毛が真っ白になっている。

カムイがそこにいた。が、ハンドラーである進藤の姿がない。

周囲を見渡した。

雪をかぶったダケカンバの林。どこにも人の姿はない。カムイだけが切なげな声でしきりに吼え続けている。その様子が尋常ではない。

雪の上に伏せて前肢に顎を載せ、ハッハッと荒く息をついている。

松戸はカムイに歩み寄ると、躰の雪を払おうとした。雪ばかりか、体毛すべてがびっしょりと濡れているのに気づいた。そして口蓋の回りが赤黒く汚れていた。

「お前……？」

口から顎下にかけて、乾いた血がこびりついている。

怪我をしたのではない。吐血だと松戸は気づいた。

また、カムイが吼えた。口から泡混じりの血が流れている。

「まさか、進藤さんが――」

カムイが走り出した。

二俣方面に向かって二十メートルばかり走り、振り返って、また吼えた。

ついてこいといっている。

松戸の目が大きく見開かれた。

「進藤さん！」


カムイの様子を見てわかった。

あれからまた雪崩が起こったに違いない。進藤はそれに巻き込まれたのだ。カムイだけが自力で雪の中から脱出し、危急を報《しら》せにここまで走ってきたのだろう。

小屋から持ち出したザックを背負い、登山靴の紐を結び直す。

南アルプス署に無線で通達したが、先刻、要救助者を搬送したばかりの県警ヘリ〈はやて〉は、現在、八ヶ岳で発生した滑落事故の救助中だった。消防防災ヘリ〈あかふじ〉は、甲斐市のヘリポートで定期点検中。県警航空隊は取り急ぎ、他県の県警ヘリへの応援要請をかけているという。

ともかく足で現場に向かうしかない。

気ばかりが焦っていた。腕時計をまた見る。

カムイが来てから数分。大樺沢の現場から犬の足で十五分、松戸がそこにたどり着くまでさらに三十分。雪崩による埋没から五十分が経過することになる。

進藤のことだから、埋もれたときに顔の前に空間を作っているはず――だとすれば、生存率は高まる。

カムイが悲痛な声を放った。

雪の上に、鮮血が落ちていた。激しい吐血。内臓が破れているのかもしれない。

「お前、もう無理すんな。俺が捜してやる」

松戸がいったが、カムイはかまわず踵を返し、走り出した。

ときおりよろけながら、雪に覆われた森を走り抜ける。真っ白な雪の上に、カムイの血が点々と落ちているのを見て、松戸の顔が歪《ゆが》む。

二俣までの登山路を一気に駆け抜け、大樺沢に到達する。そこから十分ばかり駆け登ると、右手のバットレスから落ちてきた雪崩のデブリが前方に見えた。カムイが走っていき、その姿がどんどん小さくなっていく。

松戸は走る。自分は健脚だと思っていたが、やはり犬の足にはかなわない。

遥か彼方からカムイが呼ぶ声がする。甲高い哀切《あいせつ》を帯びたような声。

ゼイゼイと喘ぎながら、雪の斜面を登った。

また雪崩が起こるかもしれない。そんな意識が心の片隅にあったが、あえて押しやった。

カムイの声が大きく聞こえた。駆けつけると、ブロック状の雪の塊が積み上がった場所で、カムイはしきりに前肢で雪を掘っていた。

「よくやった、カムイ！　大丈夫だ。お前の相棒は俺が見つけ出す！」

かすれた声でいって、松戸はザックを下ろした。

カムイが場所を示してくれたおかげで、プロービングですぐに埋没者の位置は特定できた。その場所をスノーショベルで掘り始めた。

一メートル近く雪を掘ると、進藤の私物である水色のハードシェルが出てきた。続いて腕。ザック。躰が横向きになっている。胎内の子供のように躰を丸めている。両手で顔を覆っているのがわかった。埋没後に少しでも空気を確保するための手段だった。

「進藤さん！」

松戸は声をかけた。グローブで頬をはたくが目を開かない。

雪の中から上体を引き起こし、横たえた。ザックのストラップを外してから、仰向けにする。

ザックから寝袋を引っ張り出して広げ、進藤の躰を包み込む。

血の気を失い、真っ白な進藤の顔。死人のように目を閉じた顔。紫色の唇。顔に付着した雪を拭ってやる。鼻腔にも口にも雪が詰まっている。

グローブを外し、指先で口の中の雪を掻き出した。

舌が真っ青になっているのを見て、思わず顔を歪めてしまう。

無線で連絡しようと思ったが、やはり心肺蘇生が先だ。そう思って進藤の上に跨がると、両手を胸郭の真ん中にあてがって重ね、渾身の力を込めて押した。弾みをつけるように体重をかけ、肋骨が折れてもかまわないとばかりに、何度もくり返した。

カムイが吼えている。

その悲痛な声が耳朶《じだ》を打つ。

「進藤さん。しっかり！　帰ってきてくれ！」

必死に叫びながら進藤の胸を押し込んだ。

能面のように表情のなかった顔が歪み、激しく咳き込み、雪の塊を吐き出した。

「進藤さん！」と、彼の名を叫んだ。

瞼《まぶた》が小刻みに痙攣《けいれん》し、やがて開かれた真っ黒なガラス玉のように見えた瞳に、ふいに生気の光が点った。視線を泳がせていた進藤の目が、ゆっくりと松戸に向けられた。

「颯ちゃん……」

しゃがれた声。まるで別人のそれのようだ。

ふいにまた咳《しわぶ》いて、口の中に残った雪を吐き出した。少し血が混じっていた。苦しそうに躰を曲げているので、松戸は背中をさすってやる。

「御池小屋までカムイが呼びにきてくれたんです。おかげで間に合いました」

充血した目を開いて、進藤がいった。

「カムイは？」

松戸は見た。

すぐ近く、雪の上にカムイが横たわっていた。

口からまた血を吐いていた。雪が真っ赤に染まっている。その傍でカムイはピクリとも動かなかった。虚ろに開かれた目が光を失っている。

「そんな！　さっきまで、一生懸命に吼えてたのに……」

松戸の声がうわずっていた。

進藤がよろりと身を起こした。

雪の上を這って歩き、震える手でカムイの躰に触れ、抱き寄せた。

歯を食いしばって、雪まみれのカムイの顔に頬を押しつけた。

全身を痙攣させるように激しく震え、カムイを抱きしめたまま、進藤は嗚咽した。ギュッと閉じられた目から涙があふれ、頬を伝った。

「無理しやがって。まったくお前って奴は……」

頭を優しく撫でながら声をかけた。しかしカムイの虚ろな目に光が戻ることはなかった。

風が吹いてきた。粉雪が彼らに降り注いだ。

見上げると、爆音をともなってヘリの青い機体が降下してくる。

県警ヘリ〈はやて〉だった。八ヶ岳の遭難現場から押っ取り刀で駆けつけてきたのだ。

メインローターが生み出す強烈なダウンウォッシュで、辺りの雪が巻き上げられる。そんな中、進藤はカムイを抱きしめたまま、その冷たく濡れた被毛に顔を押しつけていた。

ランディングしたヘリのキャビンドアが開かれ、隊員たちが飛び降りてきた。

星野夏実と神崎静奈。関真輝雄。副隊長の杉坂知幸。そして江草恭男隊長。〈はやて〉の副操縦士、的場と整備士の飯室。

最後に操縦席のドアを開き、納富機長が雪の上に降りた。

全員が進藤と松戸の傍に駆け寄るが、ふたりの様子を見て声ひとつなく、棒立ちになった。

松戸は顔を上げ、涙に濡れた顔で彼らを振り返った。

江草隊長が口を引き結んでいた。

「カムイが……報せてくれたんです。だから、進藤さんを救えた」

嗚咽に声を震わせながら、松戸が報告した。「でも、カムイは――」

じっとカムイの亡骸《なきがら》を見ていた江草が、右手を挙げ、指先をそろえ、頭の横に掲《かか》げた。

殉職した同僚に対する敬礼だった。

続いて杉坂と関が、静奈が黙って敬礼をした。

〈はやて〉の三人がひとりずつそれに倣《なら》った。

全員が山岳救助犬カムイに対して敬礼していた。かけがえのない仲間の死を悼《いた》んでいた。

夏実も敬礼していたが、どうしても嗚咽が止まらないようだ。ふいに口を片手で覆いながら、躰を曲げた。あわてて静奈が彼女を抱き留める。

しがみつく夏実の大きな瞳から、大粒の涙がポロリとこぼれた。

男たちはいつまでも黙したまま、敬礼の姿勢を保っていた。

松戸が茫然と雪に膝を突いていた。

進藤は力強くカムイを抱きしめ、歯を食いしばっていた。

＊

五日後――。

夜明け前。進藤諒大は夜叉神峠にランクルを停め、ひとり車外で山支度《やまじたく》をした。

トンネルを抜けて、観音経渓《かんのんきょう》谷展望台を過ぎ、鷲ノ住《わしのす》山登山口から野呂川を渡って義盛《よしもり》新道を登り始めた。

気温は相変わらず低かったが、風もなく、枝葉の間から無数に光る星が見えていた。

ヘッドランプの光をたよりに、先行者の踏み跡をたどりながら、池山吊尾根を詰めてゆく。

避難小屋を過ぎ、城峰を越した。ボーコン沢の頭にたどり着くと、ザックを下ろした。

すっかり夜が明けていた。

コッヘルに雪を詰めて火にかけ、時間をかけてコーヒーを淹《い》れた。抜けるような青空を背景に、間近に迫る北岳バットレスの大岩壁を見ながら、湯気を吹き吹き、ゆっくりと飲んだ。

それからまたひとり黙々と歩き出した。

途中、夜のうちから入っていたらしいパーティをふたつ、追い越していた。三つ目のパーティは八本歯の手前で追い越した。大学生らしい若者三人だった。

「健脚ですね」

ひとりにいわれ、進藤は少し照れたように答えた。

「ふだん仕事でこの山に来ているものですから」

山岳救助隊だとはいわなかった。この山行はあくまでも自分個人としてやってきたのだから。

八本歯のコルに下ると、急峻な登り返しとなる。分岐点を経て主稜線を踏み、昼過ぎに北岳山頂に到達した。

真っ白な雪に覆われた頂上に、他の登山者の姿はなかった。

澄み切った空の下。弱々しい冬の太陽に照らされて、富士山、鳳凰三山、甲斐駒ヶ岳、仙丈ヶ岳——周囲の山々が稜線を横たえている。

進藤はザックを下ろすと、雨蓋を開き、小さな骨壺《こつつぼ》を取り出した。

しばし、じっとそれを見つめていた。

「お別れだ、カムイ」

そうつぶやくと、骨壺の蓋をとって灰を風に流した。

それは白い紗幕のように広がりながら、大樺沢の上空に向かって流れて行った。

カムイが大好きだった北岳。

とうとうお前はその一部となったのだな。

儀式を終えた進藤は、岩の上に横たえられた枕木のベンチに腰を下ろした。雲海の彼方に三角の頭を突き出す富士の蒼《あお》いシルエットを見ながら、しばしそのままでいた。不思議に涙は出なかった。

涸《か》れるほど泣いてしまったせいだろうかと思ったが、意外に心は穏やかだった。

いつまでも相棒同士でいたかった。添《そ》い遂《と》げてもいいと思っていた。

しかし犬は人よりも早く逝く。

飼い主が抱えている何かを肩代わりするように、ひと足先に命の灯火《ともしび》を消す。

だとしたら、カムイ。お前はきっとあのとき、雪崩で死ぬはずだった俺の身代わりになってくれたに違いない。とことん飼い主思いの犬だったよな。

進藤は立ち上がり、ザックを背負った。

来た道を引き返そうとして、ふと振り返った。

どこまでも広がる虚空に、風が吹き寄せていた。

「じゃあな、相棒」

そうつぶやくと、彼はいつもの早足で岩場を下り始めた。

*

南アルプス署の駐車場に車をつけると、正面入口近くに人だかりがあって驚いた。

進藤がランクルを降りると、警察官の制服姿の夏実や静奈、杉坂副隊長の姿もあった。

「お帰りなさい、進藤さん!」

元気よく夏実が声をかけてきた。

進藤は手を挙げて応えてから、近くに停められた白いステップワゴンと、その前に立っている男女に気づいた。松葉杖を突いた青いトレーナー姿の男性と、スーツとスカートの女性。ともに進藤を見つめている。

松葉杖の男性が深々と頭を下げ、そして顔を上げた。

進藤は気づいた。あのとき、大樺沢で雪崩に埋没したところを救助した登山者だった。

たしか富川秀和という名だった。

「その節《せつ》はありがとうございました。おかげで命を救っていただきました」

ややハスキーな声で富川がいってから、そっと眉根を寄せた。「でも、大切な救助犬を失われたそうですね」

「自分の不注意でもあったし、運命だったと思っています」

「あの……」

彼は少し迷ったように視線を泳がせ、また進藤を見た。「僭越《せんえつ》だとは思うんですが、実は私たち、しばらく前から犬を飼う予定でした。信州の川上村の保存会で仔犬を予約していたんです。三年ばかり待って、ようやく私たちのところにそれが来ることになりました。でも……」

また口を閉じて、富川は恥ずかしげに笑った。「うちで飼われるよりも、もっとふさわしいところに行くべきじゃないか。そう思って、家族で話し合ったんです」

「美香《みか》」と、富川の妻らしき女性が声をかけた。

驚いた進藤が見ると、ふたりの後ろに駐車していたステップワゴンのスライドドアが開き、ツインテールの髪を垂らし、デニムのミニスカートにニーソックス姿の十歳ぐらいの少女が降りてきた。薄茶色の仔犬を胸に抱いている。

思わず進藤はその犬の顔に目を吸い寄せられた。

生後、三カ月ぐらいだろうか。少女の腕の中で不安げに身を縮こまらせている。

三角に尖った耳はまだ小さかったが、吊り上がった目、マズルの形ははっきりと川上犬の特徴を表していた。少女は仔犬を抱いたまま、ゆっくりと歩いてきた。

涙があふれそうになり、進藤はあらぬほうを向いて目をしばたたいた。

もう一度、向き直った。

「大事に……育てさせていただきます」

そういって、少女が差し出してきた仔犬を受け取った。

胸に抱き留めた川上犬の子は少し震えていたが、潤んだような瞳で進藤を見上げてきた。

その体温の暖かさに、たしかな命の重みを感じた。

かすかに音を立てて風が吹き寄せた。進藤はハッと空に目をやった。

どこまでも晴れ渡った冬の空。

カムイがどこかで笑っているような気がした。

単行本特別収録

夏のおわりに

その釣り人の姿を初めて見かけたのは梅雨入り前、山の春の名残《なごり》が涼しい風の中にかすかに感じられる六月初頭のことだった。

南アルプス連峰の真上にかかった太陽の下、きらびやかに光輝を放つ野呂川の渓に、ひとりのフライフィッシャーが孤影悄然《こえいしょうぜん》と立っていた。右手に握った細くしなやかなロッドを前後に振るたびに、山吹《やまぶき》色のラインで前に後ろに空中で細長いループを描いていた。

その姿があまりにも周囲の風景にマッチしているように思えて、星野夏実は吊り橋の真ん中で立ち尽くしていた。

傍らにメイがいた。

白黒にくわえて茶毛が交じったトライカラーのボーダー・コリー。山岳救助犬のトレードマークとして知られるようになったオレンジ色のハーネスを胴体に装着していた。

ふたりは南アルプス警察署地域課所属の山岳救助隊の同僚らとともに、警備派出所がある北岳中腹の白根御池からパトロールに出発し、登山道をたどって、この広河原に下りてきたところだった。

釣り人は同じ場所で三度ばかりロッドを振り、少し上流の淵に毛鉤《けばり》を飛ばしていたが、魚の反応がないためか、少しだけ浅瀬を遡《さかのぼ》った。それから次のポイントを見定めて、慎重に毛鉤を送り込んだ。水面にかすかな飛沫《しぶき》が散り、すぐにラインが上流に打ち返された。

フライフィッシングには、少しだけなじみがあった。

警察学校時代、同期生の若い男がふたり、これにはまっていた。彼らに誘われて管理釣り場に連れて行ってもらったことがある。ふたりはさすがに馴れたもので、ニジマスをさかんに釣り上げていたが、不馴れな夏実は竿を振るたびに糸が絡み、複雑怪奇なライントラブルとの格闘に明け暮れるばかりで、ろくな釣果がなかった。

以来、釣りとはまったく疎遠《そえん》となっていた。

眼下の渓に立ち込む釣り人の姿に見とれていた夏実は、ふいに足許に停座するメイが長い舌を垂らしてこちらを見上げているのに気づき、微笑んだ。

先行していた他の三名の救助隊員の男たちは、もう対岸に渡っている。そのあとを追うように、ふたたび吊り橋を渡り出したとき、視界の隅に動きを捉えて、また立ち止まった。

橋の少し上流にいた釣り人が、両手を高く上げていた。

細くて華奢《きゃしゃ》に見えるロッドが三日月のようにカーブを描いて大きくしなり、その先端から一直線に伸びたフライラインが、淵の中心に向かって吸い込まれていた。

見ているうちに、そこに白い飛沫が上がって、魚体が跳ねた。

「あっ……」無意識に声を出していた。

釣り人は右手だけで握ったロッドを頭上高くにかざしたまま、左手で慎重にフインをたぐりながら魚を寄せ、ベストの背中に吊していたネットで素早くすくい上げた。薄茶色の斑模様が美しい大きな渓流魚だった。三十センチ近くありそうに見えた。

「メイ。凄いね」

愛犬にかけた声が聞こえたのか、釣り人が肩越しに振り返った。

薄緑色のベースボールキャップの下。彫りの深い顔だが、目鼻立ちがくっきりしたハンサムな男性だった。吊り橋の上に立っている夏実たちを見ると、釣り人は白い歯を見せて笑った。

そしてネットの中に取り込んだその魚を高くかざして見せた。

岩魚《いわな》だった。

山女魚《やまめ》とともに知られる鱒科の渓魚だ。

ちょっとだけドキリとした。頬が赤らむのを感じた。

それとともに、違和感も覚えた。

渓魚を、それもきっと尺モノに近い大きさの岩魚を釣り上げた釣り師なのに、なぜかその笑みの中に冷たく、寂しげな〝色〟が見えた。それを奇異に思った夏実は、屈託のない笑みの裏側に隠された、その感情の秘密を無意識に探ろうとしていた。

――星野。何やってんだ。早く渡ってこい！

対岸から声がした。山岳救助隊の副隊長、杉坂知幸だ。

その傍には関真輝雄隊員と深町敬仁隊員。

渓流に立つ釣り人に向かって小さくお辞儀をしてから、夏実はメイとともに対岸を目指して歩き出した。吊り橋を渡りきるまで、一度も振り向かなかった。奇妙なわだかまりが、ずっと胸の奥に残っていた。

＊

ふたたび彼と遭遇したのは十日後のことだ。

その日の午後、白根御池小屋からの下山中にあやまって滑落した中年女性がいた。現場は広河原に近い谷だった。落ちた本人から携帯電話での通報があって、夏実たち救助隊員四名が派出所から出動した。今回は要救助者の遭難現場が特定できたため、救助犬メイの出番はなかった。

その現場に到着すると、谷底に座り込む女性の姿が見下ろせた。すぐに夏実たちが下りてゆく。

打撲と外傷、左足首を骨折していたが、意識ははっきりしていた。表情も明るく、会話の受け答えもよどみがない。ただちに副木《ふくぼく》をあてるなどの処置をしたが、さすがに自力で歩ける状態ではなく、隊員が背負って広河原まで搬送した。

連絡を受けた消防防災ヘリ〈あかふじ〉が、野呂川の畔にあるヘリポートにすでに到着していた。夏実たちが到着すると、キャビンドアが開かれ、担架が下ろされた。要救助者の女性が素早く機内に搬入されると、〈あかふじ〉は離陸し、甲府市内の病院に向かって飛んでいく。

白と赤の機体が空に吸い込まれていく。

夏実はホッとして視線を下げた。

背中や腰に、要救助者の重みがまだ残っていた。

遭難現場からヘリポートまで一時間と少し。救助隊員たちはその間、交代しながら女性を背負って下りた。夏実はアンカーとして最後の十五分を担当、レスキューパックで女性を背中に担ぎ、ここまでやってきたのだった。

大きく伸びをしてから、首、そして右手と左手をゆっくりと回し、肩の筋肉を弛緩《しかん》させつつ、何気なく野呂川の渓に目をやると、そこに小さな人影があった。

たしかに先日、この川で見かけた釣り人だ。

あのときと同じ色のキャップをかぶり、フィッシングベストをはおっていた。ウェーダーを穿《は》いて川に立ち込んだまま、ヘリが怪我人を運んで飛び去っていく、一連のシークェンスをそこから見ていたらしい。釣り人は自分の釣りを忘れ、その場で棒立ちになったように、こちらを眺めていた。

視線が合った。

夏実はまたドキリとしたが、いつかのように頭を下げただけだった。

救助隊員らが警備派出所に戻るために登山道に向かって歩き出すと、あわててあとを追った。

一度だけ、肩越しに渓を見た。

釣り人はまだ竿を持ったまま、その場に立っていた。

＊

盛夏になると、白根御池小屋のどの部屋も登山客であふれかえり、一階の談話室にまで布団が並べられる。警備派出所の近く、小さな御池の畔にある幕営指定地にも、色とりどりのテントがびっしりと並ぶ。

そんなシーズンの最中、あちこちから救助要請がひっきりなしに飛び込んでくる。

滑落や道迷い、腹痛や高山病などの疾病、かなり深刻な遭難事案もあるが、中には「疲れたから迎えにきてくれ」とか「自分の足で下山する自信がないから、ヘリを呼んでほしい」などという非常識な登山者からの通報も飛び込んでくる。

山岳救助隊はどんな状況でも現場に足を運ばねばならない。

だから夏実たちは朝から晩まで北岳の各トレイルを駆け巡り、文字通りの東奔西走《とうほんせいそう》だった。毎日のようにヘトヘトになり、夕食後は各員がそれぞれの部屋で泥のように眠った。

南アルプス山岳救助隊に配属になって以来、このハイシーズンの想像を絶する過酷さを何度、経験してきたことだろうか。

それが八月も二十日を過ぎる頃になると、だんだんと登山者の姿が少なくなり、九月の間近、ことにウィークデイともなれば出動回数が激減する。

救助隊員たちは空き時間に自主訓練をし、また山岳パトロールに出ることもあるが、たいていはのんびりとくつろいでいる。

その日、夏実とメイのコンビだけで、久しぶりに広河原までの下山路をパトロールをした。行き会う登山者たちと挨拶を交わし、壊れた梯子や傷んだ鎖、崩落地はないかなど、トレイルのコンディションをチェックする。

メイは基本的に夏実の左後ろをぴったりとついてくる。

登山者とすれ違うたびに、ふたりは道端に避けて、相手の通過完了まで動かない。救助犬とはいえ、世の中には本能的に犬を嫌ったり、怖れたりする人もいる。それでなくとも森林限界を越える高山に犬を入れることの賛否があるため、可能なかぎりトラブルを避ける義務がある。

午後だったためか、登ってくる人は数名程度。

南アルプス山岳救助隊が、日本で初めて救助犬を導入したということがテレビなどで有名になっているため、中には声をかけてくるハイカーもいるが、夏実は安易にメイに手を触れさせないように注意しながら、彼らとすれ違っていく。

登山道入口にある広河原山荘に到着すると、いつものように水場で携帯用トレイに水を入れ、メイにたっぷりと飲ませてやる。ザックを下ろして、山荘の外テーブルに立てかける。

それから犬連れだけの空身で、幕営指定地のほうへと歩いて行った。

テントはふた張りほど。いずれも留守のようで、入口のジッパーがぴったりと閉じられていて、物音や人の気配はなかった。

その脇を抜けて、夏実はメイとともに河原に下りた。

汀《みぎわ》の大きな岩の上に座ると、水面をかすめてくる川風が汗ばんだ躰に心地よかった。メイも傍らに伏せていて、目を細めて舌を垂らしている。

そのメイがふと振り返った。

何かを見つけたのか、好奇心に満ちた目で見つめ、ひと声だけ吼えた。

夏実が目をやると、かすかな水音を立てて浅瀬を歩き、釣り人がやってくるところだった。薄緑色のベースボールキャップにフライベスト。

あの男性だった。すぐ下流で釣っていたらしいが、大きな岩の陰になっていたためか、まったく気づかなかった。

これほど近くで見たのは初めてだ。年齢は三十前後。痩せていて、意外なほどに背が高かった。一八〇センチ以上の身長がありそうだ。夏実は無意識に立ち上がり、しばし棒立ちになっていたが、ふいに我に返ると、黙ってペコリと頭を下げた。

彼はゆっくりとした歩調で歩み寄ると、岸辺に上がり、大きな岩のひとつにフライロッドを立てかけた。そして屈託のない笑顔を浮かべて、白い歯を見せた。

「コーヒー、飲みませんか」

「え……?」

だしぬけにいわれて答えに窮《きゅう》した。

どうしようかと逡巡したあげく、またうなずいた。

オフシーズンで地域課の勤務に就いているときはともかく、山での警備にかぎっては、事故がないかぎり多少はアバウトでもいい。そういったのは先輩隊員のひとり、深町敬仁だ。

男性はベストの後ろに背負っていた小さなデイパックを下ろした。

雨蓋を開けてガスストーブやコッヘルを取り出し、水際の砂地に置いた。ウェーダーを穿いたまま、近くの岩に腰掛けると、プラティパスの水筒に入れていた水を火にかけ、小さな携帯用ミルでコーヒー豆を挽《ひ》き始めた。

たちまち、いい香りが漂ってくる。

一連の動作を夏実は見つめていた。

「あの……えっと、それってかなり本格的なんですけど、ずいぶんと馴れてらっしゃるんですね」

「こいつがないと、釣りにきた気がしなくて」

彼は照れ笑いを見せ、ペーパードリップにためた豆の粉に湯を垂らし始めた。

抽出《ちゅうしゅつ》を終えたコーヒーを、ふたつのマグカップに分けて注いでから、夏実に差し出した。

「いただきます」

両手で包むようにして、少しすすった。そして、ハッと顔を上げて振り返る。

「美味しいです」

「ありがとう。こういうエスプレッソぐらいの深煎《ふかい》りがぼくは好きなんです」

「私、同じです。いつもハコ長に飲ませてもらってます」

「ハコ長?」

「あ。ごめんなさい。私たちの隊長で、警備派出所長。だからハコ長」

彼はうなずき、笑った。「やっぱり山岳救助隊の人だったんですね。そのワンちゃんも?」

「私は南アルプス署地域課山岳救助隊の星野夏実。こっちは相棒《バディ》のメイです」

傍らに伏せたままのボーダー・コリーを紹介した。

「ぼくは湯村悟《ゆむらさとる》といいます」

彼はそう名乗った。「——あのとき、遭難された女の人を背負ってヘリコプターまで運んでましたよね。あのまま、山から下りてこられたんでしょう? 失礼ですが、小柄な女性《ひと》なのに凄いなって思いました」

夏実は顔を赤らめ、口を引き結んだ。

やっぱり一部始終を見られていたのだ。

「仕事ですから」

そんな、ありきたりな言葉を返すしかなかった。

自分が手にしているマグカップに目をやった。

半円形にデザインされた樹脂製の把手《とって》がついていて持ちやすい。チタン製らしい本体の外側には、《YUKIKO》と彫られてあった。ルーターを使った手彫りらしく、不均一な文字だが、それがかえって味みたいになっていた。

そういえば、この人は、どうしてマグカップをふたつも持っていたのだろうか。

夏実の視線に気づいたらしい。湯村と名乗った釣り人はこういった。

「それ、妻のカップだったんです」

「奥様は？」

「去年の八月、この川で事故に遭って亡くなりました」

「あ……」

思い出した。夏場、彼女がたまたま山を下りていた最中に起こった事故だった。

野呂川で釣りをしていた若い夫婦連れが、突然の落石事故に遭い、ヘリで病院に搬送されたものの、妻のほうが亡くなった。

隊に復帰したときに事故の詳細を同僚から聞いていた。

「あのとき、あなたがた救助隊に助けていただきました。でも、由希子《ゆきこ》だけは……」

コーヒーを片手に持ったまま、目の前の流れを見つめ、湯村はこう続けた。「いつもふたりぶんのカップをデイパックに入れてたからかな。どうも、その習慣から抜けきれなくて――」

慰めの言葉も見つからず、夏実はマグカップに刻まれた名をじっと見つめていた。

「あれから一年も経つのに、毎日、釣りばっかですよ」

そういって湯村は笑った。「――都会にいるとダメなんです。あいつのいないマンションの部屋に帰るたびに、ひどい鬱《うつ》が出るんです。だから、勤め先もやめました。多少の蓄《たくわ》えはありましたし、あちこちの渓で釣り歩いてるんですが、気がつくと、この野呂川に来てます。だからって、あいつに会えるはずもないのに」

そうつぶやく彼の横顔を、夏実は見つめた。

「北岳で遭難された方のご遺族で、毎年のようにここに登りにこられる方もいらっしゃいます」

そういったあとで、夏実はハッと気づいた。

湯村が伝えたかったのは、そういったことではなかった。

自分の寂しさ、孤独を誰にも理解されない。のみならず、身の置き場がない。そのために、他に行くべき場所もなく、妻を失ったこの渓に立ってしまう。

その深い寂しさが胸に突き刺さるようだった。

初めて彼の姿を目にしたとき、たまたま大きな岩魚を釣り上げた。

ネットをかざして見せた瞬間の、あの寂しげな笑みの中には、そんな意味が込められていたのではなかったか。

夏実は幼い頃から、奇妙な知覚能力を持っている。人の感情や残留思念に独特の〝色〟が見えてしまう。そんな彼女の力が、湯村の中に孤独と寂寥《せきりょう》を見出していたのだろう。だから、強く心を惹き寄せられたのかもしれなかった。

飲み干したマグカップを傍らに置いたときだった。

「星野さん……夏実さんって呼んでいいですか」

ふいに訊かれて彼女は振り返った。「はい」

「失礼ですが、あなたは、どうして山岳救助隊員になろうと思ったんですか」

湯村はじっと川面を見つめたままだった。その寂しげな横顔に見入った。

彫りの深い顔に悲愴《ひそう》という名の〝色〟が揺らいで見えた。

夏実もあらためて前を向いた。傍らのメイの耳の後ろを撫でながら、同じ川面に目をやった。

「三・一一の被災地に、このメイという救助犬といっしょに、民間救助チームに混じって派遣されていました。そこで信じられないほど大勢の死を見た。死ななくても良かったはずの人たちが、そこでは当たり前のように亡くなっていました。だから、私はこの世界に神なんていないと、心の底から思いました」

そこまでいってから、夏実は口をつぐんだ。

目頭がふいに熱くなった。目をしばたたき、あらぬ方に目をやって涙を隠した。

「――この山に来たのは自分の意思じゃないんです。上からの異動命令に従っただけです。東北の被災地でも、山岳遭難の現場でも、死は同じでした。情け容赦なく、自然は大勢の命を無残に奪ってしまう。だけど、それでも……人を救う、無事に生還させる。そんな仕事を続けているうちに、やっとわかったんです。生きるっていうことの意味。それを……この山が教えてくれた」

たまらずあふれ、頬を伝って流れた涙。それをあわてて掌《てのひら》でぬぐった。

そんな夏実の様子を、メイが透き通った瞳で見上げている。彼女は微笑み、メイの背中にそっと手を置いた。

「きっと夏実さんは強い女性なんですね。自分であえて過去に立ち向かい、克服されたんだから」

「克服なんてしてません。そうじゃなくて、馴れたっていうか、開き直ったんです」

なおも掌で頬をごしごしやりながら、無理に笑って見せた。

「この仕事をしてるかぎり、誰かの死は当たり前にあります。だから、逃げずにつきあっていかなきゃ。あなたの奥さんのこと、同僚からお話はうかがってます。本当にお気の毒に思います。それだけしかいえませんけど……」

湯村はコーヒーをまたひとくち飲み、今度は遠い空を見上げた。「ぼくも、あなたのように妻の死に馴れるのかな。開き直って、次の生活ができるのかな」

「きっとできます。だから、あなたは釣りをしてらっしゃるんでしょう?」

彼は少し驚いたように夏実を見つめ、ふっとまた笑みを浮かべた。

「そうですね……きっと、そうなんだ。だから、釣りをしてる」

「コーヒー、ごちそうさまでした」

夏実は立ち上がり、いつものようにペコリとお辞儀をした。

「また、会えるといいですね、夏実さん」

「会えます、きっと」

踵を返し、メイとともに歩き出した。

河原から堤防の上にある幕営地に上がって、そこに置いていたザックを背負った。そして野呂川を見下ろした。釣り人の孤影は、岸辺にまだあった。

同じ場所に座ったまま、さっきと変わらぬ様子でじっと川を見つめている。

そのひょろりと痩せた後ろ姿から、なかなか目が離せなかった。

＊

――広河原ＩＣの霜田《しもだ》から警備派出所。至急、至急！

待機室と呼ばれる大きなテーブルのある部屋で、救助隊員たちがミーティングをしているとき、ちょうど緊急無線が飛び込んできた。

男性の声。発信は野呂川広河原インフォメーションセンターのスタッフ、霜田繁美《しげみ》だ。受けたのは杉坂知幸副隊長。大柄な体軀に似合わず、素早い動きで立ち上がり、マイクをたぐるように取った。

「こちら御池の警備派出所。杉坂です。事故ですか?」

——野呂川上流、三好沢《みよし》との出合付近で、川に浮いている人を見たという登山者からの通報がありました。

「〝人着〟は?」

——男性、年齢不詳、身長は一八〇センチ前後の長身、痩せていて、着衣はフィッシングベストにウェーダー、岸近くの浅瀬に薄緑色のベースボールキャップが漂っていたとのことです。おそらく渓流釣りですね。

杉坂のすぐ後ろにいた夏実が硬直していた。

あの人だと思った。

痩せ細った背の高い釣り人。同じ着衣。

無意識に唇を嚙み、拳を握っていた。最後に会ってから、三日と経っていなかった。

「神崎さん。市川三郷の県警航空隊に連絡。〈はやて〉をこちらに回して下さい」

江草恭男隊長がテーブルの上にあわただしく山岳地図を広げながらいった。

三好沢は広河原の上流、約二キロの場所だった。おそらく目撃した登山者は林道から渓を見下ろし、川に浮かぶ遺体を発見したのに違いない。

「杉坂さん、関くんの二名で行ってもらいます」

「あの――」

とっさに夏実は声を放っていた。「私も、いいですか?」

振り返る隊長に、こういい足した。

「もしかしたら、その釣り人、知ってる人かもしれないので」

江草はじっと夏実の目を見つめた。

「出動は星野さんを含めた三名。〝現着〟次第、身許確認、検案をお願いします」

そういって、地図に目を戻す。「――三好沢出合付近は狭いゴルジュになっているので、ヘリのランディングができないと思います。空中からのホイスト降下とピックアップになりますが、くれぐれも二次遭難のないように。それから残りの隊員は、御池小屋のスタッフに応援要請、〈はやて〉のランディングに備えて幕営地のテント撤去指導をお願いします」

隊長をのぞく六名の救助隊員は、すぐにそれぞれの装備をとりに走った。

*

なぜ?

何度となく、心の中でその言葉を繰り返していた。

疑問はふたつの意味合いを持っていた。

仮に水難事故だとしたら、どうして彼が死なねばならなかったのか。渓で妻を失い、その傷心を癒やすために釣りをしていた。それがもしも同じ渓で死んだのであれば、これほどの運命の皮肉はない。

もうひとつは——これは、考えたくもなかったが、自殺という可能性もある。

彼は自分が鬱症状だといった。

毎日、妻のいなくなった自宅マンションに帰るのがつらい。だから会社を辞めて、釣りに没頭するようになり、それでいて、なぜか妻を死なせた同じ渓に来てしまう。そんな亡き妻のあとを追って自らを死に追いやったとしたら。

胸の奥がキリキリと痛むようだった。

同じ汀に並んで座り、マグカップのコーヒーを飲みながら語り合ったつかの間のときを、夏実は思い出していた。

寂しげな横顔。哀しい瞳が、脳裡に焼き付いていた。

穏やかな口調の声が耳に残って離れようとしなかった。

県警ヘリ〈はやて〉は、白根御池の畔のランディングポイントで夏実たちをピックアップし、すぐに現場に向かった。

最大飛行速度は時速二四三キロ。

空中を滑るように高度を下げていき、あっという間に野呂川の上空に到達する。

追い風をさけて、いったん北側に回り込んでから、ゆっくりと現場上空にアプローチする。

百メートルの高度でも、メインローターの起こしたダウンウォッシュが、狭い渓の水面をざわめかせ、白い波紋をいくつも生じさせる。

河畔《かはん》林が不吉な感じで大きく揺らいでいた。

要救助者の姿は上から確認できた。

狭隘《きょうあい》な谷間の流れの中に、俯せになって半ば沈んだかたちで浮いていた。痩せぎすの躰。ベージュ色のフィッシングベストとウェーダーがはっきりと夏実に見えていた。

ヘリからのホイストケーブルが到達できる八十メートルぎりぎりの高度までゆっくりとヘリが降下していくと、納富機長はその場所でホバリングさせた。

的場副操縦士がキャビンのドアをスライドさせる。風が荒々しく機内に吹き込んでくる。

「カラビナ装着よし。ホイストフック確保。降下地点確認よし。降下します」

トップの関真輝雄隊員が大声でいった。

機外に装着された電動ウインチの回転とともに、ゆっくりと現場に下りてゆく。納富機長の操縦が巧みなので、機体が空中で安定し、下りてゆくホイストケーブルもほとんど揺れていない。

やがて岸辺に到達した関がハーネスからフックを外して合図するとケーブルがするすると上がってくる。

次に夏実。ハーネスにフックをセットし、ホイスト担当の飯室整備士に手で合図を送る。ケーブルが延ばされ、夏実は空中で少し水平に回転しながらも、どんどん地表に近づいてゆく。

初めての訓練では、気絶するほど怖かったホイスト降下も、今はどうってこともない。

浅瀬に足がつくと、フックを外して上空に合図を送る。ホイストケーブルが巻きとられてゆく。

最後に杉坂副隊長が降下してくる。

杉坂副隊長がデジカメで現場写真を何枚か撮影した。

そのあと、三人で力を合わせ、俯せに浮いている遺体をそのまま岸に引っ張り上げる。

関隊員がすぐに検案にかかる。三人がかりで躰を仰向けにするとき、夏実は緊張する。

顔にベッタリと張り付いていた濡れた髪を関がどける。

五十代の男性。口の周辺に濃い髭を生やしている。

別人だった。

夏実が出会った、あの湯村という男性ではなかった。

医師の資格を持つ関が死亡診断を出すことによって、心肺停止状態の要救助者は初めて遺体とされる。彼の検案が始まると、夏実はベースボールキャップを捜した。

それはすぐ近くの淵の際に浮かび、水流に巻かれてクルクルと回っていた。拾い上げてみると、夏実が知っていたあの釣り人のものとは、かなりデザインが違っていた。

内心、ホッとしたが、気を取り直して任務に没頭する。

私心にとらわれている余裕はない。

「星野。他に遺留品がないか捜してみてくれ」

杉坂にいわれ、「はい」と返事をする。現場の周辺をくまなくさぐった。五十メートルばかり下流の浅瀬に、遭難者のものらしいグラファイト製の釣り竿が沈んでいた。エサ釣り用の竿だった。事故の最中にテグス糸が切れてしまったらしく、竿先に少し残っているだけだった。

遭難者のベストのポケットから見つかった財布の中の免許証で、身許も判明した。東京都江東区から来ていた男性で、名前は幸田《こうだ》慶次《けいじ》。年齢は五十八歳。死因は溺死《できし》と推測された。顔や腕などに擦り傷、打撲痕があったため、遡行中に転倒したか、岩場から滑り落ちたものと見られる。

それらの報告を、杉坂副隊長が無線を使って南アルプス署地域課に伝える。

遺体はこのあと、署に搬送され、霊安室にある検死台に送られて、そこで検視官や鑑識担当による本格的な検案が行われる。もし異常が見つかれば指定病院での行政解剖ということになるが、見たところ、典型的な水難事故による死亡だろうと関はいう。

上空の〈はやて〉が下ろしてきた、細長いポリカーボネイト製のバーティカル・ストレッチャーの上に納体袋に包まれた遺体を横たえると、遺留品の釣り竿とキャップもそこに載せた。

三カ所のバンドでしっかりと固定する。

関隊員の合図でキャビンから機外に身を乗り出していた的場副操縦士がサムアップを返し、ウインチの回転とともにストレッチャーがヘリに向かって上昇していった。

航空法で遺体は機内収容ができないため、機外に吊るしたままの搬送となる。

〈はやて〉はキャビンドアを閉じ、ゆるやかに右にバンクしながら旋回し、甲府方面に向かって去っていく。

機影が小さくなっていくのを、夏実は眩しげに目を細めながら、いつまでも見上げていた。

ふっと視線を下げた。

狭隘な谷間を流れる野呂川の美しい渓相に目をやった。

ヘリの爆音に領されていた世界が静かになると、淙々《そうそう》たる瀬音が耳に心地よかった。亡くなってしまった釣り人は気の毒だったが、湯村の無事を知って安心した。

しかし、きっと彼は今もどこかで、重たい過去を引きずりながら渓に立っているのだろう。

そのことを、あらためて思った。

そして川面にきらめく日の輝きの中で、シルエットになって立つ姿を想像した。

「星野。いつまで、そうやってぼうっとしてんだ。山に帰るぞ」

杉坂副隊長の声。

ハッと我に返ると、すでに関隊員とふたり、林道に上がる傾斜地にとりついていた。夏実はもう一度だけ、コバルトブルーに澄み切った渓流に目を戻すと、唇をぎゅっと噛みしめ、それから踵を返した。

＊

八月の末。

夏もそろそろ終わろうとするその日、夏実はまたメイとふたりで広河原へと下りてきた。足は自然と野呂川へと向き、気がつくと水際に立っていた。

この場所から二キロ上流で発見された釣り人の遺体を空に送り出してから、ちょうど一週間が経過していた。

岩のひとつに腰を下ろした。

メイも彼女の傍に自分から伏臥し、ふたりで川面を見つめた。

川風とせせらぎの音が心地よく、目を細めてゆっくりと深呼吸をした。

少し離れた浅瀬から突き出した小さな岩の上にカワガラスがとまっていて、せわしなく躰を揺すってはコミカルなダンスを続けていた。

あのときのことを思い出す。

この岸辺にふたりで座り、いっしょにコーヒーを飲んだ。彼は妻の死を告白し、夏実は自分の悩みを打ち明けた。

この渓で会い、ここで初めて会話した、あの湯村という男の前で、人知れず抱え続けてきた心の重さを口にしてしまったのはなぜだろうか。

その理由を考えていた。

傍らでメイが大きく欠伸《あくび》をした。

その頭をそっと撫でてやったとき、ふと視界に入ったものがある。夏実は驚いた。

数メートル離れた岩場に置かれていた銀色のマグカップだった。樹脂製の黒い半円形の把手に見覚えがあった。

立ち上がり、歩み寄って、その前にしゃがんだ。

間違いない。彼が持っていたのと同じものだ。

その証拠にチタンの本体に《ＹＵＫＩＫＯ》と手彫りの文字が読めた。

忘れていったのだろうか。

そんなはずがなかった。これは彼にとって、何よりも大事なものだったはずだ。

中を見ると、驚いたことに楕円形の石がひとつ入っていた。

マグカップを取り上げ、指先でその石を抜き取ると、下に敷かれるように紙片が入っていた。

ていねいに折られた紙をゆっくりと広げてみる。

縦書きの便箋《びんせん》だ。

きれいな書体の文字に心を奪われたように、それを読んだ。

読み進めていくうちに、知らず、涙が頬を伝っていた。鼻をすすり、最後まで読んでから、そっとたたみ直した。

空を見上げ、ハッと小さく息を吐いた。

足音がし、メイが傍にやってきた。

《どうしたの？》と、心配げな表情で見上げている。夏実は微笑み、身をかがめてメイを抱きしめた。それから指先で涙をぬぐった。

川面をかすめるように、心地よい風がまた吹いてきた。

南アルプス警察署地域課　山岳救助隊　　星野夏実　様

いかがお過ごしでしょうか？

あれから二度ばかり、この渓に来ましたが、ついにお会いすることができませんでした。

本来ならば御池の警備派出所までおうかがいするべきかとも思いましたが、どうにも照れくさくて……。

　こんなかたちで手紙を残すことになって、本当にすみません。

　誰かが持っていってしまうか、あるいは川に流されてしまうかもしれない。けれども、もしもあなたが手に取ることになったら、どうか笑って読んでやって下さい。

　この渓に立つたびに過去の苦悩がよみがえって、どうして来てしまったのかと自問自答するような釣りばかりを続けていました。しかし、今となっては、やはりここに来てよかったと思っています。それははっきりといえます。

　なぜならば、あなたに出会えたからです。

　あなたは、こんなぼくに自分の心の疵を明かして、涙を見せてくれました。そのとき、ぼくは自分が独りではなく、いろんな人に助けられて生かされていることにやっと気づきました。

　それ以来、ぼくの中にあった心の苦痛が嘘のように消えていきました。

　あなたとの出逢いが、何だか偶然のような気がしない。きっと死んだ妻のおかげだと思っています。由希子があなたに引き合わせてくれたんでしょう。

　明日、日本を発って北京に飛びます。農機具の輸入代理業をやっている友人が、現地派遣のアシスタントを捜していたので応じることにしました。当分、好きな釣りはできませんが、そのぶん仕事に打ち込めて、前向きな人生になれるような気がします。

　このマグカップを持っていくかどうか、悩みました。

過去を思い切って断ち切るために、思い出の渓に置いてゆくことにしました。自然の中にゴミを捨てるようなことをして、本当にすみません。

もしも夏実さんに見つけていただけたら、これほど嬉しいことはありません。

あなたがこの山で命の重みを知ったように、釣り人は釣りをすることで命の輝きを知る。それをあらためて教えてくれたのは、夏実さんでした。

ご恩は一生、忘れません。

来年の八月十九日。妻の命日には、きっと、ここに戻ってきます。またお目にかかれたら嬉しいです。それまでどうかお元気でお過ごし下さい。

ご活躍を遠方より応援しています。

八月二十五日　　湯村悟

文庫本特別収録

彼方の山

山岳救助隊の警備派出所正面入口のドアが開き、隊員服姿の星野夏実が飛び出してきた。

コンクリの階段を急ぎ足に軽快に駆け下りると、周囲に目を配る。

午後二時を回って、登山者の姿がまったくなくなった白根御池小屋の周辺。表にあるベンチや林の中にある幕営指定地もまったくの無人だった。

その場に立ち止まった夏実は困惑していた。

ふと見れば、外テーブルのひとつに、ぽつんとトランシーバーが立てて置いてある。足早に歩み寄ると、やっぱりそうだ。使い込まれて傷だらけになったモトローラ社の小型無線機。江草恭男隊長が〝古女房〟とまで呼んでいた愛機だった。

それを摑んでしげしげと見ていた夏実は、小さく吐息を投げた。

「ハコ長。どこ、行っちゃったんだろ？」

独りごちてみたものの、困惑は深まるばかり。

そのとき、小屋のガラス扉が開いた。夏実が振り向くと、青いトレーナーの上にエプロンをつけて、片手に箒を持った女性が出てきたところだ。管理人高辻四郎の妻、葉子だった。いそいそと玄関ポーチを掃き始めた。

モトローラをテーブルに置くと、駆け寄って声をかける。

「あの……」

「あら、夏実ちゃん。どうしたの？」

手を止めた葉子が、驚いてそういった。

「えっと……ハコ長、見ませんでしたか」

「江草さん?」

「本署の沢井課長が至急、連絡をほしいって警電で伝えてきてるんですけど」

「変ねえ。ついさっきまで、そこのテーブルにおひとりで座ってらっしゃったけど」

モトローラがポツンと置いてある外テーブルを、葉子が指差した。夏実は振り向いてテーブルを見つめた。まるでトランシーバーだけを残して、隊長の姿が忽然と消失してしまったみたいだ。

「もしかして小屋のどこかにいませんか?」

そういうと、葉子は頷いた。「ちょっと捜してみるわね。四郎さんなら居場所を知ってるかもしれないし」

箒を持ったまま、玄関扉を開き、そそくさと中に入っていく。

夏実はまた吐息を投げた。

そのとき、小屋の後ろのほうから声がした。

すっかり耳に馴染んでしまった神崎静奈の気合いの音だった。

身をひるがえすようにして、夏実は走った。山小屋のちょうど裏側、ドッグランと犬舎があるその前の狭いスペースに静奈の姿があった。

臙脂《えんじ》色のジャージ。地面に立てた柱の前で騎馬立ちの姿勢で、左右の拳をくり出していた。

空手独特の巻《ま》き藁突《わらつ》きという鍛錬だ。

一撃、また一撃と、気合いを発しながら、柱に巻き付けた藁に拳をぶつける。そのたびに柱がたわみ、大きな音を立てる。きれいにまとめられたポニーテイルが右に左に躍っている。

静奈の顔は真剣そのもの。こういうときは、なかなか声をかけづらい。

ふいに動きを止め、肩越しに静奈が振り向く。

「どうしたの、夏実」

「あの……」

向き直った静奈の拳に少し血が滲んでいるのを見て、驚いた。

「それって、大丈夫ですか」

自分の拳を見下ろし、静奈が含むように笑った。「いいのよ、いつものことだから」

彼女の前にある柱の巻き藁はさんざん拳を受けてへこみ、黒ずんでいる。藁がほつれかかった場所もいっぱいあった。

「静奈さんのその拳ダコ、また大きくなってません？　せっかくの超美人なのに、それって凄くもったいないっていうか」

彼女は自分の手を見てからいった。

「いいじゃない。空手は私の人生そのものなんだから」

そういって、ドッグランの柵にかけてあったタオルを取り、額や首筋の汗を拭った。

「ところで、何?」

「え」

夏実は思い出して、いった。「ハコ長を捜してるんです。沢井課長が連絡ほしいって」

「ハコ長なら、さっきまでここにいたよ」

「え。ここに、ですか?」

「そこの犬舎の前辺りに立って、私が型の稽古をするのをしばらく見てた」

「ハコ長が静奈さんの稽古を?」

彼女はふとかすかに眉根を寄せた。

「ちょっと様子が変だったかも」

タオルを首に掛けてから、こういった。「いつもの笑顔がなくてさ。真顔っていうか、何だか思いつめたみたいな表情だったから、妙に気になってね。だけど、なんて話しかけたらいいかわかんなかったし」

「ですよねえ、それって」

肩をすくめて夏実が答えた。

そのとき、表の小屋のほうから葉子が走ってきた。

「夏実ちゃん。やっぱり中にはいないって」

「そうなんですかあ」

途方に暮れてしまった夏実の目に、警備派出所のほうから歩いてくる別の救助隊員の姿が映った。デイパックを背負っていた。単独パトロールから戻ってきたらしい。

「関さん。ハコ長、どこかで見ませんでしたか？」

大声で訊ねると、関真輝雄はきょとんとした表情で後ろを指差した。

「御池のところにいたよ。何だかひとりでポツンとしてるから、声をかけづらくてね」

夏実は口を引き結んでから、静奈と葉子に頭を下げ、走り出した。

「ありがとうございます」

関に向かっていってから、そのまま駆けつづけた。


白根御池小屋の名のもとになった御池。少しよどんだ水の上を小さなアメンボがスイスイと泳いでいる。周囲のダケカンバはちょうど黄葉の真っ盛りだった。美しい黄金色の林が、水面に映り込んでいる。

その畔に座り込んでいる人影があった。

夏実は足を停めた。

違和感があった。

すぐに理由がわかった。彼女独特の〝幻色〟を感じる力が、池の畔に揺らぐ気配を捉えていた。

意を決したように、また歩き出した。池を回り込んで、江草が座っている近くまで行った。

「あの。ハコ長……」

江草が顔を上げた。

白髪交じりの髭面。夏実を見上げる表情が少し険しかった。

が、すぐに笑顔を作り出した。

「どうしました？」

「ついさっき、本署の沢井課長から警電が入ってきて、提出書類に関することで、ハコ長にすぐに連絡がほしいとのことです」

「ありがとう。すぐに行きます」

いつものような口調なのだが、やはり何かが違っていた。

ふと、彼はまた目を逸らして池の水面を見つめた。そこに無数のさざ波を立てて寄せてきた風が、立ち尽くす夏実と、座り込んだままの江草の間を抜けていった。

「ハコ長。お元気がなさそうですが、どうされたんですか？」

夏実が訊くと、彼は少し目を細めてから、また微笑んだ。

「最近、体力の衰えを感じましてね」

江草はゆっくりと振り向き、彼らを見下ろすようにそびえる北岳バットレスを指差した。

「立場上、派出所待機が続いて、ろくに足腰を動かしてないからでしょう。明日は休暇で下山予定でしたが、ちょっと、ひとりで登ってきます。のんびりとコースを辿ってから、久しぶりに頂上を踏む予定です」

「あー、明日は天気もよさそうですし。いいですね、それ」

「沢井課長と話をしてきます」

ゆっくりと立ち上がり、ズボンをはたいてから歩き出した。

その少し寂しげな後ろ姿を、夏実は立ち尽くしたまま見送っていた。

翌朝、いつものように午前六時の食事のあと、江草隊長は隊員服でザックを背負い、ひとり派出所を出発した。

夏実たちが見送る前を、その姿が草すべりのジグザグルートを辿って小さくなってゆく。

やがて三々五々と隊員たちは散っていったが、夏実はいつまでも御池の傍に立って、江草隊長が登っていく様子を見上げていた。

ふと、肩を叩かれて振り返る。

眼鏡をかけた深町敬仁隊員が立っていた。いったんこの場を立ち去ったはずが、引き返してきたらしい。

「どうした」

夏実は彼の顔を見てから、また草すべりの急斜面に視線を戻す。

健脚の隊長はすでに三分の一のところまで到達している。何人かの登山者を追い越している ようだ。

「昨日辺りから、ハコ長の様子がおかしいって思いません？」

「そうかな」

「元気がないっていうか、ちょっと寂しそうな感じ。それに今朝も、報告書にサインを書き忘れていたし、あのハコ長にかぎって、そんなのって珍しいと思いませんか」

「まさか更年期障害とかね」

「それって女性の話じゃ……」

「男だってあるそうだよ。それも年齢を問わず、いきなりかかるんだって」

「それよりも、病気とかじゃなければいいんですけど」

深町が夏実を見つめた。「まさか」

「先週、定期検診の結果が荷揚げといっしょに届いたじゃないですか。それで何か悪いことが見つかったとか」

「みんな、それぞれ見せ合ったけど、全員が健康そのものだったじゃないか。ゆいいつ横森がメタボって項目でちょっと引っかかってただけだ」

「あー、それもそうでしたね」

「ハコ長とはいえ、ひとりの人間だからね。たまには何かの理由で落ち込むこともあるのかもな」

「そうなんですか」

「鬼の霍乱《かくらん》っていうじゃないか」

思わず吹き出してから、夏実はまた草すべりを見上げる。

赤と黄色の目立つ隊員服の小さな姿が、秋枯れの急斜面を少しずつ登ってゆく。


今朝も静奈とふたり、犬たちとの訓練だった。

K―9チームリーダーの進藤諒大隊員が、この春から新しい救助犬の仔犬とともに下山して、県内のドッグトレーニングの施設に派遣されているため、ずっとふたりと二頭のペアだ。

規定の訓練をこなしてから、夏実は静奈に続いてシャワーを浴びた。

山の上の貴重な水だから、あまり長くは体を洗えない。いつものように適当に切り上げてバスタオルで拭き、手早く髪をまとめた。新しい隊員服に着替えると、風を浴びるために、ひとり派出所の外に出た。

そろそろ正午になろうという時刻だった。

小屋まで歩き、山奥から引いている冷たい水をマグカップに入れると、外ベンチのひとつに座る。

昨日、隊長のモトローラがポツンと置いてあったところだ。

思わず視線がそのテーブルの場所にとどまってしまう。

マグカップで冷水を飲みながら、ときおり空を見上げる。雲が高く、秋の深まりを感じていた。多忙な夏があわただしく過ぎて、何となく寂しい季節である。

早朝にここを発《た》った江草隊長。今頃、どの辺りを歩いているんだろうか。

このベンチからは木立があって北岳の勇姿は拝めない。だから、小太郎尾根をひとり辿っている江草の姿を想像してみた。

今もあんなふうに、ちょっと寂しそうな顔なんだろうか？

気がつけば、唇を軽く嚙みしめていた。

「なるほど、鬼の霍乱、か」

そう独りごちてから、少し笑う。

そのとき、広河原方面から登ってきた単独の登山者の姿が目に入った。

ピンクのシャツに灰色のショートパンツと黒のスパッツ。赤いハットをかぶっている女性だった。年齢はおそらく三十代。登山者を観察しながら、頭の中で特徴をくり返してしまうのは救助隊員である夏実の癖だ。衣類も靴もやけに新しく見えた。

ダブルストックを突きながら、少しつらそうな表情でやってきた女性登山者は、白根御池小屋の前に立ち止まり、いったん周囲を見渡してから、夏実のいるベンチのほうへとやってきた。ひどく疲労しているのか、足取りが重たげだ。そのまま、小屋の正面入口へと向かっている。

「こんにちは。お疲れ様でした」

テーブルから立ち上がって夏実が声をかけると、彼女は足を停め、驚いたような顔で見返してきた。目が充血しているし、顔色もあまりよくない。ダブルストックに体を預けるようにして、何とか立っている。

「ここ、白根御池小屋ですよね」

「あ、そうですけど」

「江草恭男さんって、こちらにいるんですか」

今度は夏実が驚く番だった。

「それって私たち救助隊の隊長の名前ですけど、あの、何か?」

「江草さんに会いたいんです」

「あいにくと、ハコ長は早朝から登山道のパトロールに出かけていますが」

「どちらにゆかれたんでしょう」

「草すべりから小太郎尾根方面です」

「では、私もそちらに行きます」

あっけにとられて立ち尽くす夏実の前で、その女性は足を踏み出そうとして、ふいに表情を歪めた。よろけたところに、あわてて手を貸した。

「しっかりしてください。とにかく、小屋でちょっとお休みになられたほうがいいです」

まずストックを預かり、四十リットルぐらいのザックを下ろさせた。それらを片手に持って、もう一方の手を彼女の背中にまわしながら、ゆっくりと小屋に向かって歩き出す。

食堂の窓越しに見ていたらしい。若い女子スタッフが二名、あわてて扉を開けて出てきた。

みんなでその女性を支えながら小屋に運び、靴を脱がせた。

「おつらいようでしたら、お部屋にご案内しますけど？」

心配そうな顔でやってきた葉子がいうと、女性は首を振った。

「いいえ。ちょっと疲れただけです。しばらくどこかで座らせていただけるとありがたいです」

「遥香《はるか》ちゃん、亜美《あみ》ちゃん、お茶をお出しして」

女子スタッフ二名が、葉子の指示ですぐに動いた。夏実と葉子がくだんの女性を食堂に連れて行き、テーブルのひとつにつかせて椅子に座らせた。赤いバンダナを頭に巻いたスタッフ、天野《あまの》遥香がお茶を持ってきた。

彼女はそれを両手でとって少しすすった。

血の気を失っていた顔に、わずかに赤味が差してきた。

「とりあえず、今日のご予定をうかがってもいいですか」

葉子が訊ねると、女性はしばし間を置いてからいった。

「とくにありません」

葉子が驚いている。

この女性が江草隊長を訪ねてきたことを口にしようと思ったが、夏実はやめた。個人的な事情を、とりわけ本人の前で第三者に明かすのはよくない。

「とにかく、ずいぶんとお疲れのご様子ですから、ここでゆっくりと休まれたほうがよろしいかと思います」

葉子が優しくそういった。

女性はいくらも飲まない茶を前にして俯きがちになっている。

前髪が少しほつれたままだった。


女性登山者の名は長沢杏子《ながさわきょうこ》といった。

年齢は三十二歳。住所は静岡県御殿場市だということだった。

初見で夏実が推測した通り、登山はビギナーだということで、それがいきなり日本で二番目に高い北岳にやってくるなんて無謀としか思えなかった。

出会ったときの会話に出てきた江草隊長のことが、やはり夏実には気になっていた。

警備派出所の待機室に入ると、無線機の前に関隊員が座っていた。南アルプス署地域課との、午後一時の定期交信を終えたばかりだったようだ。

「関さん。パトロール中のハコ長と連絡をとりたいんですが」

「いいけど、どうして?」

振り向いて、関がいった。

「実は公務じゃなくて、ちょっと私的な用件なんですけど」

「私的って?」

「それが……」少し迷ってから、夏実はいった。「ハコ長に会いたいって若い女性が、御池小屋に来ているんです。それで、本人に確かめてみたいと思って」

「ハコ長に、女性が?」

「えー、ちょっと美人で、シャイな感じっていうか」

関隊員は真顔で夏実を見つめていたが、ふいに無線機に向き直ると、スイッチを内線放送に切り替えた。

「救助隊各隊員、非常呼集です! すぐに待機室まで来てください」

「ちょ、ちょっと、関さん!」

夏実が口許に手を当てて叫んだとたん、ドヤドヤと足音がして、階段や通路から隊員たちが集まってきた。

「事故ですか! それとも事件ですか?」

大柄な横森隊員が息を荒らげながら訊いてきた。

「どっちかっていえば事件だな。ハコ長に会うために美女が登ってきてる」と、関。

「ええ――っ！」

ほぼ全員が声を揃えた。いちばん大きく聞こえたのは静奈だ。

「それってどういうこと？　あのハコ長にかぎって、これまで浮いた噂なんて、ただのひとつもなかったのに」

あわてたのは夏実だ。

「あのー、そんな話じゃないんですけど」

その声も隊員たちの騒ぎにかき消されてしまう。

「ハコ長は独身が長いからな。結婚したばかりの奥さんを病気で亡くされてから、ずっとおひとりだし」

興味深そうにいっているのは副隊長の杉坂知幸だ。

「今でこそ、無精髭にサンダル履きでだらしない恰好だけど、あれで若い頃なら、かなりのイケメンだったんじゃないっすか」と、曾我野がいう。

「三十代の美女なら、いぶし銀の中年男性にあこがれる対象としては、ちょうどいいかも。でも、どこで知り合ったのかしら」

「静奈さん。だから、そんな話じゃないんですってば」

口を尖らせてから夏実がいったので、全員が彼女を見た。

「じゃ、どんな話なのよ?」

「たんに三十代の女性がハコ長を訪ねてきたっていうだけです。どうして話がそこまで飛躍するんですか?」

とたんに吹き出したのが深町だった。

肩を揺すって眼鏡を押さえながら、たまらないという顔で笑い出している。

「星野さん。まあ、落ち着いて。みんな、派出所に詰めてルーティンな毎日だから、浮ついた話題に飢えてるんだよ」

「とにかく、ですね。ハコ長本人の口から真実を確かめないと、どうにもならないじゃないですか」

声高にいう夏実を見て、深町がふっと眼鏡を指で押し上げた。

「ま、そりゃ、そうだな」

関が備えつけの無線機に向き直ってマイクを取ったとき、ふいに待機室の表の扉が開き、高辻葉子が飛び込んできた。

全員が振り返る。

「すみません。さっきの女性のお客さんのことで」

「女性のお客さんって、まさかあの?」と、夏実。

「ええ。例の長沢さんって方なの。ご様子があまりに変なので……」

「怪我とか病気とかじゃなく？」

杉坂副隊長が訊くと、葉子は神妙な顔で頷いた。

「あれからずっと、食堂のテーブルに向かって座ってらっしゃるんですが、ふと見たら、ザックから出したナイフを目の前に置かれて、それをじっと見つめているんです」

「ナイフ、ですか？」

「横森が驚いて、そう訊いた。

「赤い柄のある、スイス製の五徳ナイフなんです」

「ビクトリノックスとかウエンガーとかって、いわゆるアーミーナイフですね」

関がいうと、葉子が頷く。

「まさか、自殺とか、されないとは思うんですが、何だか心配で」

「今もまだ、食堂におられるんですか」

夏実が訊くと、葉子がまた頷いた。「そうなんです。四郎さんがいてくれたらよかったんだけど、あいにくと今はいなくて。スタッフたちに見張ってもらってます」

そうだった。葉子の夫、つまり御池小屋管理人の高辻四郎は、南アルプス市役所での事務仕事のために昨日から下山をしていた。帰りは明日になる予定だといっていた。

「とにかく行ってみましょう」

杉坂副隊長がいい、全員が立ち上がる。

みんなで待機室を出て、警備派出所をあとにした。

隣接する白根御池小屋に向かって急ぎ足になる。先頭を切って正面入口の扉を開いたのは曾我野だった。

「あれ」

立ち止まった彼の背中に、夏実がぶつかりそうになる。

あとに続く隊員たちも団子状態になって、御池小屋のロビーに寿司詰め状態だ。

玄関ロビーで登山靴を履いているのは、まさにあの女性、長沢杏子だった。傍らにザックとストックを置いている。

「長沢さん。まさか？」

靴紐を結び終えると、彼女は立ち上がり、ザックを背負い始めた。

「まだお疲れでしょうに、ご無理はいけませんよ」

葉子がそう声をかけた。しかし、彼女は真顔のまま、口を引き結んでいた。ストックを摑むと、黙って外に向かおうとした。

「あの！」

夏実が声をかけた。

杏子が足を止め、振り向く。「何か？」

「どうして江草隊長なんですか」

彼女は夏実の顔を見つめてから、こういった。

「個人的なことなんです。あなたにいわなければいけないんでしょうか」

彼女がナイフを見つめていた――葉子がいったことを夏実はいやでも思い出す。

しかし、それを言葉にしてぶつけることは、さすがにはばかられた。

突然、彼女は夏実を振り払うように歩き、そろって立ち尽くす隊員たちの間を抜けて、小屋の外に出ていった。

「待って！」

夏実がひとり、小屋の外に飛び出す。

長沢杏子の足取りは意外に早かった。延ばしたストックを両手に持って、御池のほうへと歩いて行く。いったん小屋から走り出して追いかけ、御池の手前で足を止めてから、草すべりの取り付きから登り始めた彼女の後ろ姿を見送る。

いくつかの足音がして振り向いた。

隊員たちが夏実のすぐ後ろに立っていた。全員、深刻な顔をしている。

最前までの「浮ついた噂話」モードとは真逆の表情だ。

「杉坂さん。私、彼女といっしょに行きます。許可願えますか」

副隊長にいってみた。

彼は夏実を見てから、ふたたび草すべりを登る杏子の姿に目をやった。

「わかった。出動を許可する。救助犬はどうする？」

「もちろん、メイもいっしょです」

そういって夏実が笑う。「それから、江草さんへの連絡もお願いします。事情が分かったら、こちらにも情報を回してください」

「むろんだ」

夏実は山支度のため、急ぎ足に派出所に戻ろうとして、ふと、肩越しに北岳を見上げた。

荒々しいバットレスの岩稜に、真っ白なガスがまとわりついていた。


肩の小屋の入口を入ってすぐ、ダルマストーブの傍の小さなテーブルの上に碁盤が置いてある。

黒の石を指に挟んだまま、小林雅之が眉間に深く皺を刻んでいる。ふいに石を傍らに置いてから、背筋を伸ばす。

「こりゃ、まいった、だな」

頭の後ろに手をやって指を組んだ。「やっぱりハコ長にはかなわんなあ」

「高辻さんにずいぶんと鍛えられましたからね」

江草は目尻に皺を寄せて笑った。

厨房のほうからすらりと長身の若者が出てきて、ふたりの前に盆を置いた。

「コーヒー、どうぞ」

「悪いですねえ、和洋さん」

そういって江草がひと口すすった。満足な顔で、いった。「これは、美味いです」

父親から、ここ肩の小屋の経営を引き継いだばかりの小林和洋が、照れたように笑う。

「お粗末様です」

頭を下げて、また厨房に戻っていく。

「一昨日も八本歯付近で救助に出られたそうで、三代目もなかなかご活躍ですね」

すると小林が頭を掻いた。

「小屋番としてはまだまだだが、あれで体力だけはあるからなあ」

そういって笑ってから、ふいにいった。「ところでハコ長。今日はこれからどうするね」

「頂上を踏んでから、左俣コースで戻ろうと思っとります」

「それにしても、あんたひとりでパトロールなんて珍しいな」

「いつも出動や巡回は若い連中ですからね。派出所にずっと詰めてると、躰が鈍《なま》ってしまいます。たまには、こうして負荷をかけてやらんと、どんどん衰えていくような気がしましてな」

「そりゃ、そうだろうなあ」

小林が笑ったとき、腰のホルダーの中でモトローラの無線がコールトーンを発した。

――こちら警備派出所。ハコ長、取れますか？

関真輝雄隊員の声だった。

「ちと、失礼」

小林にいってから、江草はモトローラを持ったまま、小屋の外に出た。

外は一面のガス。真っ白な世界だった。

小屋にやってきたときはよく晴れていたのにと驚いた。山の天気は目まぐるしく変わる。むろん江草はそのことをよく知っている。

プレストークボタンを押しながら、彼はいった。

「江草です。どうぞ」

――実は、長沢杏子さんという女性がハコ長を訪ねてこられまして。

「長沢……」

江草は眉根を寄せた。

心の重苦しさが、またよみがえってきた。それを振り払った。

――ご存じですか？

「ええ。知っとります」

そういってから、江草は真っ白なガスを見つめた。「御池小屋に滞在中ですか」

――それが……草すべりルートでそちらに向かっておられます。あまり登山に馴れた方じゃないようなので、星野隊員が心配して追いかけてますけど。

「御池小屋を出てからどれぐらいになりますか？」

――三十分と経っていません。そろそろ星野が追いついた頃だと思います。ハコ長はいま、どちらです？

「肩の小屋で休んでいるところです」

――そちらに到着するまで、さらに二時間から三時間はかかると思いますが。

「わかりました。ここで待つことにします」

――それから……あの、隊長。差し支えなければ、ご事情をお聞かせいただけますか？

少しばかり考えてから、江草はいった。

「無線ではいいにくいことなので、あとでみなさんにお話しします」

――諒解です。すみません。

通話を終えた江草は、ガスに濡れたベンチにゆっくりと腰を下ろした。

かぶっていたキャップを脱ぎ、頭をゆっくりと掌でさすってからかぶり直すと、周囲をすっかり覆った白い闇を意味もなく見つめた。

「いいんすか、星野さんで」

隊員たちが詰めている待機室で、曾我野が隣に座る静奈にそういった。

「何が？」

「だって、食堂のテーブルでナイフを出してじっと見つめてたっていうし、気になるじゃないですか。もし、途中で星野先輩が襲われたりしたら……」

「大丈夫。殺気がなかったし」

「え」

静奈が口をすぼめて笑った。「悪意とか殺意を持った人って、独特の気配があるの。彼女にはそれがまったく感じられなかったわ」

「そうなんすか」

「私の言葉を疑うわけ？」

「い、いや」曾我野は狼狽えた。「静奈さんにかぎって、そんな」

「なれなれしく下の名で呼ばないの」

「うっす。神崎先輩！」

そういって軽く敬礼の真似をする。

静奈は少し肩をすぼめて笑った。

据え置きの無線機からノイズが聞こえ、すぐに夏実の声が飛び込んできた。

――星野から警備派出所。どうぞ。

無線機の前に座ったままの関がマイクを取った。

「こちら派出所、関です。どうぞ」

――草すべりの途中で長沢さんに追いつきました。

「ご様子はいかがですか?」

――少しお疲れのようですが、大丈夫です。このまま、いっしょに上に向かう予定です。

「諒解。ハコ長は肩の小屋で待機中。長沢さんの到着を待つということです」

――肩の小屋ですね。では、まっすぐそちらに向かいます。

「くれぐれも気をつけてください」

関が交信を終えると、曾我野は心配に思っていった。

「本当にいいのかなあ、星野さんで」

「しつこい」

静奈に頭を小突かれた。

「むしろ適任だと思うよ」

そういったのは深町だった。「どういう事情かはわからんが、心がすさんだり、傷ついたりしている人を癒やすのは、彼女の特技だ」

「深町先輩にそういわれると、何も返せないっすよ」

曾我野が苦笑いした。

そのとき、派出所の入口のドアが開き、葉子が入ってきた。

大きなポットを手にしている。

「みなさん。お茶でもいかが？　カモミール・ティーなんだけど」

「ありがとうございます！」

真っ先に静奈がそういって、待機室の大きなテーブルの上に広げていた地図をたたみ始めた。

「何してるの、曾我野くん。横森くんも、コップを並べて」

「諒解っす」

ふたりの若い隊員が立ち上がった。


山肌を舐めるようにガスが流れていた。

シカよけのネットが張ってある斜面に伝って、登山道が上に向かっている。

そこをゆっくりと辿りながら、長沢杏子が歩いている。後ろからそれを見ながら、夏実が続く。その足許に寄り添うように、ボーダー・コリーのメイが歩いている。

杏子の足取りはかなりしっかりしている。

最初はよろめいたり、バランスを崩しそうになったりしてハラハラしていたが、だんだんと山歩きに馴染んできたようだ。無駄な動きがなくなって、それだけ疲労が減り、体力の維持ができるようになったに違いない。もともとスタミナのある女性だったのだろう。

草すべりの急登ルートが終わって、小太郎尾根に到達した。ザレた砂地に立っていた。

本来なら、大きく景色が開ける場所なのだが、周囲は濃密なガス。まさに白い闇のようだ。

「杏子さん。ここで休憩しましょう」

夏実が声をかけて、デイパックを下ろした。

ナルゲンの水筒をとりだし、少し水を飲んでから、掌に落としてメイに舐めさせる。

杏子はバンダナで汗を拭いてから、ザックのストラップを外した。それを下ろしてから、テルモスの水筒で水分補給をした。

砂地の上に座り、周囲を取り囲むガスを見ている。景色なんて何も見えないのに、彼女はまるでそこに何かを見つめているようだ。そうしているうちに、秋の冷たく乾燥した空気に、たちまち汗が引いていく。

杏子の横顔から、なぜか目が離せなかった。

「そういえば、さっき食堂のテーブルでナイフをじっと見てらっしゃったって」

思い切って訊ねてみた。

彼女はザックの雨蓋のジッパーを開き、赤い柄のスイスアーミーナイフを取り出した。それを夏実に差し出してきた。

受け取ってみると、プラスチック製の柄に〈S・N〉と彫られているのに気づいた。

「長沢伸一郎《しんいちろう》。私の兄の名です」

夏実はまた彼女の横顔を見る。

「静岡県警御殿場署地域課の警察官で、あなたと同じ山岳救助隊のメンバーでした」

「富士山の山岳救助隊……それって、まさか？」

杏子は静かに頷いた。

「江草恭男さんが当時、そこの隊長をされていました。ちょうど十年前の冬、遭難事故が起こって出動したとき、救助隊が雪崩に巻き込まれました。引き返すべきだったのをむりな捜索をしていたために起こった二重遭難ということでした」

「それで、お兄さんは？」

「現場で見つかって救助されたんですが、埋没していた時間が長くて、酸欠のために脳にダメージを受けました」

それを聞いて夏実はショックを受けた。

「意識はあるのに植物状態みたいになって、けっきょく無動性無言症と診断されました。特殊疾患療養病棟で長い間ずっと過ごしていたんですが、今から二カ月前に亡くなりました」

言葉もなかった。

疲れ果てたような表情で語る杏子の横顔を、夏実は見つめるばかりだ。

「事故から十年です。いつかはきっと回復してくれるはずって、祈ってたんです。でも、やっぱりその十年の間にどんどん衰弱していくばかりでした。それで、けっきょく――」

そういって杏子は唇を嚙んだ。あふれてくる涙を指先で拭った。

「ハコ長、江草隊長にそのことを?」

杏子は頷いた。「少し前にお手紙を出しました。なかなかお返事がいただけませんでした。きっと山にいらっしゃるということで、届くのが遅れたのだと思います」

夏実は思い出した。

荷揚げとともに、隊員宛ての手紙などが届いたのは一昨日だった。江草が憔悴したようになったのは、ちょうどその頃からだ。訃報を知って打ちのめされたに違いない。

「江草さん。毎年、仕送りしてくださっていたんです」

夏実はあっけにとられた顔で彼女を見た。

「そうなんですか?」

杏子はゆっくり頷いた。

「兄が雪崩事故に遭ったのは、ご自分の責任だとずっといわれてました。現場での判断ミスだったって。だから心を痛めておられたんだと思います。現金書留で、いつも匿名でしたけど、江草さんからだってすぐに分かりました」

夏実は掌の中にあるビクトリノックスのナイフを見つめていたが、そっと彼女に返した。

それを見つめながら、杏子はいった。

「これ。兄が救助隊に赴任したとき、江草さんからプレゼントされたそうなんです。ずっと大事にしていたようです。だから、江草さんにお返ししたくて」

「それでわざわざ山に来られたんですね」

杏子は頷いた。


「まだ、悔やんでるのか」

江草は顔を上げた。

小林としばし目が合った。ふたりはダルマストーブの前に並んで座っていた。江草はふいに視線を逸らし、髭面を歪めて悲しげに笑う。

「忘れたくても忘れられません。女々しいといわれそうですが、これぱかりはなんとも」

そういって軽く唇を噛んだ。

長沢伸一郎の妹が北岳に来ているらしい。その話を口に出したばかりだった。

夏実からの無線で詳細を報されたのは、およそ一時間ばかり前だ。江草は心痛した。彼女からの手紙を受け取ったのは一昨日。消印の日付は二週間も前だった。

やむにやまれず登ってきたのだろう。

「三人、部下を失ったわけか」

そう、小林がつぶやいた。

長沢が雪崩事故に巻き込まれた七カ月後に、さらにひとりが勤務中に落石を受けて亡くなった。北岳に赴任したのち、救助隊の副隊長が雪崩に巻き込まれた。今回、長沢の死を報されてたしかに三人となった。

どの部下の死も、胸の奥に重石となって、今も残っている。

「なあ、ハコ長」

小林は湯呑みの茶をすすりながらいった。「あんたの部下たちにずっといわなかったその心の疵を、何だって俺になんか話してくれてたんだね」

江草は少し考えた。ふっと眉をひそめて、こういった。

「ひとりで抱え込むには荷が重すぎたのかもしれませんね」

「だからって、俺でいいのか」

「小林さん。そういうあなただって……」

いわれたとたん、肩の小屋の管理人の目が少し泳いだ。

その視線が壁の一点に止まった。そこには小さな額に入った写真があった。毛糸の帽子をかぶり、青いダウンに着膨れた姿で白い歯を見せて笑っている。隣にはジャンパー姿の小林が写っている。

七年前、この山で亡くなった小屋のスタッフだった。バットレスを登攀中、ザイルの切断でのグランドフォール——すなわち墜落。即死だったらしい。まだ大学二年生だったそうだ。

「つらいな。とくに若い者の死ってのは」

小林はそうつぶやいた。

江草はうなずき、湯呑みを取った。両手で口許に運んだとき、表の扉を叩く音がした。顔を上げると、ちょうど星野夏実が入口から入ってきたところだった。足許にボーダー・コリーのメイがひかえている。

「ハコ長。長沢さんが到着されました」

江草はゆっくりと立ち上がった。


小屋の外に出ると、相変わらず周囲を濃密なガスが取り巻いている。

夏実とメイの少し後ろに小柄な女性が立っている。ピンクのシャツにショートパンツとスパッツ。赤いハットをかぶり、ダブルストックを突いていた。

その顔はまぎれもなく、長沢伸一郎の妹、杏子だった。

兄が事故に遭って病院に搬送されたとき、たしかまだ二十歳を少し過ぎた頃だったはずだ。あれから十年が経っていても、面影はさほど変わっていなかった。

ゆっくりと赤いハットをとってから、ザックを足許に下ろし、杏子は江草に向かって頭を下げた。

江草も黙ってお辞儀をした。

「その節はお世話になりました」

杏子がそういったので、江草は少し驚いた。

「いいえ。私は何も」

「だってお金を送ってくださってたのは、江草さんだったんでしょう」

いわれて彼は顔をしかめた。

「雀の涙程度のものです。それでも少しぐらいお役に立てればと思いました」

「警察共済組合から医療費の支給がありましたし、亡くなってからは恩給もありました。そもそも私たち、生活に困ったりしてませんでした」

「よけいなことをしてしまったようですね」

すると杏子はふいに眉根を寄せた。

「ただ、あなたのお気持ちは痛いほどわかりました。だから、思い切ってお断りする勇気がなかったんです。あとで全額をお返しするつもりです」

「私からのお香典だと思ってお納めください。本当に何もできませんでしたから」

杏子は眉間に皺を刻み、顔を背けた。

しきりと目をしばたたいている。

「兄は――」

そういいかけて、また口を閉ざした。少し肩を震わせてから、杏子は涙を溜めた目で江草を見た。間を置いて、こういった。「あなたを尊敬していました。だからあのとき、現場でどんな状況だったとしても、兄はあなたを恨んではいないと思います。私も両親も、ずっとそのことを信じて、この十年間を生きてきました。そのことをお伝えしたかったんです」

江草は答えなかった。

ただ、じっと白い闇のようなガスを凝視しているばかりだ。

杏子はかがみ込んで、ザックの雨蓋のジッパーを開いた。赤い柄のスイスアーミーナイフを取り出した。それを見て、江草は驚いた。

「兄がずっと愛用していました。江草さんからいただいたものだったそうですね」

受け取った江草は、それをしげしげと見つめた。

傷だらけになった赤いプラスチックの柄に、〈S・N〉とイニシャルが彫り込まれている。

「兄の任務は十年前に終わっています。だから、それ、江草さんにお返しします」

江草はそれを両手で受け取った。そして、こういった。

「ご苦労様でした」

そのとき、ふいに背後から光が差した。

江草はハッと気づいた。

「見てください！」

夏実の大きな声に思わず振り向く。

そして江草は目を細めた。

ガスの中に立っている彼ら。そのちょうど真西の方角で、濃霧が左右に分かれ始めていた。

その間隙がどんどんと大きくなってゆき、そこに太陽が顔を出していた。強烈な光で周囲のガスが目映く輝いている。

向き直ったとたん、彼らの真正面のガスにくっきりとシルエットが投影されていた。

三人と一頭。

その周囲に七色の光輪が生じていた。

江草はその光景に目を奪われた。久しぶりに見たブロッケン現象だった。

その場に居合わせた全員が、声もなくたたずんでいた。

真横から風が吹いてきた。ガスにくっきりと映し出された光と影がゆっくりとフェードアウトするように消えたかと思うと、目の前のガスが切れ始めた。見る見る真っ青な空が眼前に広がってゆく。

そして遥かな彼方まで続く、純白の雲海の向こうに、富士の三角形のシルエットが立ち上がっていた。

江草はその姿に目を奪われた。

ここから何度も何度も見ているはずの富士山だった。

山岳救助隊として、あそこに赴任していた五年の想い出が、走馬灯のように脳裡をめぐった。

長沢伸一郎の溌剌《はつらつ》とした顔が、そこに重なっていた。

江草は右手の中のナイフを見つめ、それをズボンのポケットに入れてから、両手を合わせた。

富士山に向かって瞑目した。

傍に立つ杏子が、夏実もそれにならった。

メイだけが尻尾を振りながら、彼方の山を見つめている。

単行本後記

人生において、出会いはしばしば奇跡を伴う。

偶然ではなく、必然としか思えない、そんな不思議な出会いを何度か経験している。

そのたびに奇縁という言葉を思い浮かべるのである。


『漫画家残酷物語』『黄色い涙』などで知られる漫画家、故・永島慎二《ながしましんじ》さんに出会ったのは、今から二十数年前――都内のJR中央線阿佐ヶ谷駅近く、ガード下の小さな飲み屋だった。カウンターの隣に座った初老の男性の素性《すじょう》を知るや、「ええっ？　あの『柔道一直線』の永島先生ですかッ？」と大声で叫んでしまったことを、よく憶えている。

それからというもの、いろいろな店でごいっしょさせていただくことになった。

ぼくは彼のことを「ダンさん」と渾名《あだな》で呼び、彼は「樋口くん」と親しく呼びかけてくれた。

売れない小説家と往年の名漫画家がどうやって意気投合することになったかは記憶にないが、ふたりで朝まで飲んで、駅前の立ち食い蕎麦《そば》をかき込んで帰宅することもしばしばあった。

そんな永島さんがあるとき、ぼくに誕生日のプレゼントをくださった。

コンドルという外国のメーカーのフォールディング・ナイフだった。

紙箱の底に、きちんと折りたたまれた手紙が入っていて末尾にこうしたためてあった。

《自分をしばるナワを切るための道具として、使用して戴きたく、ぶれぜんとする訳です。お元気で…… 永島慎二 拝》

そのナイフのブレードを無為《むい》に開いたりたたんだりしながら考えた。

自分をしばるナワを切る。どうすればいいのだろう？

当時のぼくはまったくの出不精《でぶしょう》で、出版社との打ち合わせ以外は、マンションの部屋と飲み屋との往復ぐらいしか外出をしていなかった。そんなみみっちくて狭い人生にしばり付けられるナワを切るためには、やっぱり自分の居場所を離れ、どこかに行くべきだろう。

せっかくこうしてナイフをいただいたのだから、それを使える場所へゆこう。

翌日、ぼくはデイパックを背負って、ナイキのスニーカーを履き、阿佐ヶ谷駅から中央線の電車に乗って高尾山へ向かった。実のところ、小学生の遠足以外で、これが初めて自分の足で行った〝登山〟となった。

むろん、高尾山に登ったからといって、めったやたらとナイフを使う機会なんてあるわけがない。

首をかしげながら戻ってきて、それならキャンプをしてみようと思った。

登山用品店でテントを買い、マットや寝袋を買った。登山靴も新調した。レトルトカレーや米、飯盒などをザックに入れ、軽量化なんてまったく無知だったから、二十キロ以上の重たい荷物を背負い、新宿から小田急線に乗って西丹沢《たんざわ》に向かった。

畦《あぜ》ヶ丸《まる》、加入道山《かにゅうどうやま》……いろいろな人との出会いがあり、本当に楽しかった。

都会に戻ると、山が自分を呼ぶ声が聞こえるような気がした。山こそが自分がいるべき場所だと思うようになっていた。

だから毎週のように西丹沢の山々をめぐり、テント泊や避難小屋泊まりを繰り返すようになった。そして八ヶ岳や谷川岳《たにがわだけ》、北アルプスにもひとりで足を延ばし……気がつけば、いっぱしの〝山屋〟になっていた。

やがて渓流釣りを覚え、奥多摩《おくたま》通いが始まった頃、人生の大きな転機がやってきた。

都会暮らしに疲れ切っていた自分は、思い切って田舎に住もうと思った。どうせなら登山のできる山や釣りができる渓流がすぐ近くにあるような場所がいい。田舎暮らしではなく山暮らしが、きっと自分に合っている。

そうして住み馴れた都会を離れ、八ヶ岳と南アルプスに挟まれた土地で生きていくことになった。

家族を持ち、子供たちが生まれ、いろんなトラブルもあった。が、それはまた別の話。

もちろん大好きな南アルプス——とりわけ北岳には、毎年のように通っている。

時の流れは早いもので、あれからすでに二十数年が経過する。

ぼくは山岳小説を何作か執筆し、のみならず月刊『山と溪谷』の連載までいただくようになった。

思えばあの夜、阿佐ヶ谷の小さな店で、ダンさんこと永島慎二さんに出会わなかったら、あるいは誕生日に一本のナイフをいただかなかったら、おそらく今の自分はなかっただろう。

そう考えると、本当に奇縁としか思えない、奇跡のめぐり逢わせを感じるのである。

あのナイフは、今も書斎の片隅で紙箱の中に眠っている。

自分をしばるナワを切ることができたかどうか。まだ、答えはない。

*

本作は、日本で二番目に高い山、北岳を舞台とし、実際には存在しない山岳救助犬を使った救助隊のメンバーを主人公とした一連のシリーズ〈南アルプス山岳救助隊K―9〉のひとつである。今や、自分の代表作ともいえる山岳小説のシリーズとなった。

もちろん、シリーズものに馴染まれない読者の方々を置いてけぼりにしないため、過去作を読まれていない読者の方でもちゃんとご理解いただけるように配慮しつつ、書かせていただいたのでご安心いただきたい。初めて本作に触れ、もしさらなる興味を持たれるならば、ぜひ過去作に立ち返ってお読みいただけると、作者としてもたいへんに幸甚である。

本作の十二カ月にわたる連載、および単行本化に際して、多くの人々のご協力、ご尽力があったことを付記したい。

月刊『山と溪谷』編集部、山本聡編集長および神谷浩之の両氏。『週刊ヤマケイ』編集部、佐々木惣氏。ならびに『フライの雑誌』編集人、堀内正徳氏。

北岳、白根御池小屋管理人の高妻潤一郎氏。広河原山荘スタッフの五十川仁氏。

神奈川県警察の事件現場で長らく捜査の指揮を執られた細田徹氏。

その他、取材させていただいた方、あの山でお会いした人々に、心からの感謝を捧げる。

作中に登場する山岳救助隊および救助犬チームは作者の創造によるものであり、現実には存在しない。本作品はあくまでもフィクションであり、実在する個人、団体とはいっさいの関係がないことを付記しておく。

二〇一七年三月　樋口　明雄

解説

シェルパ斉藤

２０１６年の夏、雑誌の取材で南アルプスの白根御池小屋に泊まり、管理人の高妻潤一郎さんと雑談を交わした。

高妻さんは著名な山岳写真家である白籏史朗氏の助手を務めた経歴をもつ。礼儀を重んじる人格者の白籏氏に師事した高妻さんは、山小屋で働く若いスタッフに生活力や社会人としての作法も教育している。穏やかでありながらも確固たる信念を持った高妻さんの話を、取材する立場ではなく、一般客としてぼくは聞き入った。

「樋口明雄さんはご存知ですか？」

以前から名前は知っている。ぼくと同じく、東京から北杜市に移り住んで田舎暮らしを楽しんでいる作家だ。でも直接会う機会がなかったし、著作を読んだこともない。ジャンルは違うけれど、多くの本を出している同業者で同年代。対抗心ではないものの、気恥ずかしさなのか、やっかみなのか、妙な意識が働いて積極的に著作を読む気が起きなかった。

「樋口さんはうちによく来るんですよ。この本の舞台はここで、私も登場するんです」

高妻さんは談話室の書棚に並んだ『南アルプス山岳救助隊K―9』シリーズを披露した。

白根御池小屋への到着が早かったものだから時間はたっぷりある。早寝が鉄則の山小屋の夜は長い。消灯後にヘッドランプの灯でこっそり読んでもいい。作中の登場人物に薦められたのだから読んでみようと思い立って、ページをめくった。

たちまち夢中になった。物語の舞台になっている場所で、登場人物が実在する山小屋でフィクションを読む、という経験は滅多にできるものではない。ミュージシャンの生ライブに似た臨場感があって、物語の世界観に惹きこまれ、一気に読破した。

「山と犬、か……」

いいセンをついている。ぼくはどちらも大好きだし、得意分野でもある。おいしいところを持っていかれた気にもなった。

ぼくは自称犬連れバックパッカーであり、初代の旅犬、ゴールデン・レトリーバーのニホ(長男の名が一歩だから、長男に継ぐ犬は二歩になった)にはじまって、3頭のラブラドール・レトリーバーたち(サンポ、トッポ、センポというように名前はすべて『歩』がつく)と日本全国をバックパッキングのスタイルで旅している。

野営道具が詰まったバックパックを背負い、犬とともに野山のトレイルを数日間歩き、夜はテントを張って犬とともに寝る。犬は列車やバスに乗れないので、帰路は道端で犬とともにヒッチハイクをして戻る。そんな旅を二十数年間、続けている。

よその土地に出かけて未知の体験を共有することで、犬は多くを学習し、人間との絆も深める。日常生活でしつけや訓練をするのではなく、旅に出て非日常の経験を積ませることで犬を成長させたいとぼくは考えている。

歩くフィールドは人々の暮らしと自然が共存している里山が多い。高山植物が咲き誇ってライチョウも生息するような山岳地帯を犬と歩いたりはしないが、最初の年は本格的な山歩きにも出かけた。ニホを連れて八ヶ岳山麓の自宅から歩き出し、八ヶ岳を越え、霧ヶ峰や美ヶ原を抜けて、出身地である松本まで1週間かけて歩いたのである。自宅から歩き出したので『史上最長の散歩』と名づけたその旅でニホは成長したし、山岳地帯における犬の能力の高さをぼくは思い知った。

体力と脚力は人間以上だ。勾配がきつい登山道でもニホは4本の足で軽快に登っていく。一定の間隔を保って前を歩き、ぼくとの距離が開いた場合は立ち止まって間隔を詰める。

嗅覚も含めて野生のカンに関しても、人間は足元に及ばない。森の奥に獣がいた場合も人間よりもいち早く発見して反応する。岩場に潜むカモシカを吠えて威嚇したことがあったが、もしクマと遭遇したとしてもすぐに気づいて追い払ってくれたことだろう。

そして人の心に寄り添うという点でも犬は優れている。歩き疲れても尻尾を振ってまっすぐ見つめる姿に、心が癒される。優しい気持ちにもなれる。万が一遭難したとしたら、犬はそばにいてぼくを励まし、一晩中寄り添ってくれるはずだ。

また犬と歩いているおかげで出会う人々やドラマも次々に訪れて、非日常の旅を原稿に書く紀行作家であるぼくを強力にアシストしてくれている。仕事の面でも最高のパートナーなのである。

本書は山岳救助犬をモチーフに山で起こりうるドラマや人間愛を描いた作品であるが、山の風景や社会背景、人間関係を丁寧に書きあげてあるがゆえに、山岳救助犬が白根御池小屋の隣に常駐している気分にさせてくれた。そして山岳救助犬が日本に実在しないことを歯がゆく感じた。新潟県の低山で親子が遭難する事件が起きたが、本書に登場する山岳救助犬たちがいればあの親子は助かったんじゃないか。本書の読者はそう思っていることだろう。

その後、ぼくは樋口さんに直接お会いすることができた。甲府市のアウトドアショップでぼくは山に関する講演を行ったのだが、その席に樋口さんがいらっしゃってあいさつされたのだ。

「樋口さんの本は読んでます。山岳救助犬の本はいいですね」

それしか読んでいない、とはいえない。でも、その一言で樋口さんはピンと来たのだろうか。担当編集者が旧知の間柄であったこともあって、本書の解説を書くことになり、樋口さんから直接プレゼントされた本書を読み直してみた。

自分が犬と暮らし、山を旅している人間だからより強く感じるかもしれないが、樋口さんの文章は山岳の風景や人物像（犬像というべきかな？）の描写が的確でわかりやすく、それぞれの場面が映像のように目に浮かんでくる。また、樋口さんの犬に対する愛情も文章の端々に感じられる。「犬たちが人の4倍も7倍も早く歳をとるのは、それだけ一瞬一瞬を濃く生きているからだって。だからいつも犬たちはニコニコ笑ってるんだって」の台詞には共感をおぼえたし、本書のクライマックスである『相棒（バディ）』を読んだときは、3頭のレトリーバーを看取ってきた自分の体験が浮かんで胸が締めつけられた。

そして再読を終えて、自分がこれまで樋口さんの本をなぜ積極的に読もうとしなかったのか、なんとなくわかった気がする。

山と犬を愛して、田舎暮らしを楽しむ同年代の樋口さんの感性は自分に近いものがある。そんな樋口さんの著作を読んでしまうと、世界観や表現方法がインスパイアされてしまい、自分の原稿が書きにくくなると、本能的に感じたのではないか。

まあ、ともかくその樋口さんの作品を読んでしまったからには、これまで以上にぼくは犬連れバックパッカーとして日本全国のトレイルを犬とともに歩き続け、実体験のドラマを書き続けていこう、と誓いを新たにしている。

これからも樋口さんは山岳救助犬の話を書き続けてもらいたい。樋口さんが書く山岳救助犬の小説がきっかけで、いつの日か、日本に山岳救助犬が登場することを切に願う。

（紀行作家）

［南アルプス山岳救助隊K―9シリーズ］
『天空の犬』徳間書店（二〇一二年）、徳間文庫（二〇一三年）
『ハルカの空』徳間書店（二〇一四年）、徳間文庫（二〇一五年）
『ブロッケンの悪魔』角川春樹事務所（二〇一六年）、ハルキ文庫（二〇一七年）
『火竜の山』新潮社（二〇一六年）、新潮文庫（『炎の岳』改題・二〇一八年）
『レスキュードッグ・ストーリーズ』山と溪谷社（二〇一七年）、ヤマケイ文庫（本書）
『白い標的』角川春樹事務所（二〇一七年）、ハルキ文庫（二〇一九年）
『クリムゾンの疾走』徳間文庫（二〇一八年）

［初出］
『山と溪谷』二〇一六年四月号～二〇一七年三月号に掲載した作品に、『夏のおわりに』（『フライの雑誌』第一〇〇号〈二〇一三夏秋号〉初出）と書き下ろし『彼方の山』を加えて文庫化しました。なお、文庫化にあたり、加筆・修正を行なっています。
「北岳ライチョウ異聞」を「神の鳥」に改題しました。

本作品はフィクションであり、実在する個人・団体とは一切関係がありません。

レスキュードッグ・ストーリーズ

二〇一八年十一月三十日　初版第一刷発行

著　者　樋口明雄

発行人　川崎深雪
発行所　株式会社　山と溪谷社
郵便番号　一〇一―〇〇五一
東京都千代田区神田神保町一丁目一〇五番地
http://www.yamakei.co.jp/

■乱丁・落丁のお問合せ先
山と溪谷社自動応答サービス　電話〇三―六八三七―五〇一八
受付時間／十時～十二時、十三時～十七時三十分（土日、祝日を除く）
■内容に関するお問合せ先
山と溪谷社　電話〇三―六七四四―一九〇〇（代表）
■書店・取次様からのお問合せ先
山と溪谷社受注センター　電話〇三―六七四四―一九一九
ファクス〇三―六七四四―一九二七

フォーマット・デザイン　岡本一宣デザイン事務所
印刷・製本　株式会社暁印刷
定価はカバーに表示してあります

Printed in Japan ISBN978-4-635-04860-6